拍案

李 动

著

文匯出版社

图书在版编目（CIP）数据

拍案：李动著 .—上海：文汇出版社,2017.1

ISBN978-7-5496-1957-3

Ⅰ.①拍…Ⅱ.①李…Ⅲ.①纪实文学－中国－当代

Ⅳ.①I25

中国版本图书馆 CIP 数据核字（2016）第 314811 号

拍案

作　　者 / 李　动

责任编辑 / 吴　华

装帧设计 / 王　翔

出 版 人 / 桂国强

出版发行 / **文匯**出版社

　　　　　上海市威海路755号

　　　　　（邮政编码200041）

经　　销 / 全国新华书店

照　　排 / 上海歆乐文化传播有限公司

印刷装订 / 上海新文印刷厂

版　　次 / 2017年1月第1版

印　　次 / 2017年1月第1次印刷

开　　本 / 710×1000　1/16

字　　数 / 210千

印　　张 / 11.75

书　　号 / ISBN978-7-5496-1957-3

定　　价 / 48.00元

自　序

警察生涯因文学而美丽

我开始尝试写作,是从写信开始。当新兵时,把书信当散文写,甚至以诗歌的形式来写信,亲朋好友看后赞不绝口,有位女同学更是佩服不已,写来了热情洋溢的回信,还寄来了许多书。

六年的军旅生涯,可谓是寒窗苦读的六年,灵魂升华的六年,更是凤凰涅磐的六年。20世纪80年代第一春,我将北方穿戴的棉帽子和大头皮鞋都送了战友,托运了一箱书籍复员了。

复员后,我原本是去一家化工研究所谋差的。哥哥动员我说,你不是喜欢文学吗? 那你应该到公安局去,写中国的福尔摩斯。我想想有道理,再说心里也有英雄主义情结,便决定去公安局。故此,我脱下军装又穿上了警服。

先是来到长宁公安分局遵义路派出所实习当户籍警,每周值班一次,一起值班的民警晚上都去上课或复习,准备自学考初中或高中文凭,因为我们这代五〇后和六〇后的高中文凭都不算,每个民警必须补考出高中文凭。因在部队读了许多文学和历史书籍,有了更高的志向和文化底蕴,所以我在家里悄悄复习,不是去考初中或高中文凭,而是想一步到位去报考大学。

三个月后,我悄悄地报考了电视大学,不久,收到了大学录取通知书,我手里捏着那张小小的白纸,欣喜若狂,差点成了《儒林外史》里所描写的范进式人物。好在我没有发疯,电大改变了我的命运。

上电视大学中文系第一节写作课时,石老师请学生们先写一篇作文,题目是随意写一个人物。我在部队写过一篇散文《我的外婆》，便凭记忆默写下来交了差。

不料，下一次上写作课时，石老师感慨万千地赞叹道："我们班里确实有写作人才！"说罢，他拿起了一篇作文用上海话朗读了起来，我仔细一听是我的那篇《我的外婆》，心里很是激动。他读罢评论道："这是一篇难得的好散文，作者是用感情的丝线串起珍珠般闪光的细节，写外婆的肖像，只写了蓝粗布头巾和开襟棉袄，寥寥几笔就刻画出了人物的穿着特点；写外婆的语言，也是当地的老太太的个性语言；写她的三次笑也各有不同，一次是见到久违的外孙高兴的笑，一次是满意的笑得合不拢嘴，一次却是苦涩的笑。"石老师按照文学理论，分析得头头是道。我既受宠若惊，又心里暗自发笑，因为我那时尚不懂高深的写作技法，唯一的技法是感情真挚，言为心声。

后来，我还写过几篇命题作文，都得到了石老师的热情褒奖，为此，深得他的厚爱。石老师喜欢写作，我们以轰动上海滩的长宁分局团委书记杀人案为素材，合作写了一篇中篇小说，被《小说与故事》作为头条发表，得到了360元稿费。我高兴得一夜失眠，因为1986年，我的工资才36元，这笔稿费是我工资的十倍。

我为此受到鼓舞，开始四处采访，热衷写作，给上海和全国发行量最大的报刊投稿，且频频发表。报刊特别青睐上海的纪实新闻，加上我喜欢文学，写得也具体生动，那些纪实报刊的编辑三天两头找我约稿，也有了一点辛苦钱，聊以弥补写作的艰苦。同时，我也像张天翼笔下的华威先生一般奔走于各地报刊举办的笔会。多年来，已走遍了祖国的名山大川，甚至涉足国外，真可谓是读万卷书，行万里路，也交了诸多文友。

为了提高文化素养，我自费报考了华东师范大学中文系古代汉语专业研究生，那些诗经楚辞、诸子散文、汉赋骈文、唐诗宋词、明清小说等，经教授们的诠释后，异常精彩。中国古代文化实在是博大精深。辛辛苦苦读了两年，考出了十多门课程，没想到最后取得的是研究生班结业证书，因为没有考出英语六级而拿不到硕士文凭。心里有点郁闷，只能自我安慰，写作不需要文凭，需要的是读万卷书和行万里路。两年读研期间，尤其是三年电大，经老师点拨，我认真读了一点中外名著，为写作打下了文学基础。

写作是一件熬心血和耗时间的活儿，且需要勤奋和灵气，这活不好干，尽管有点稿酬，但是比起自己付出的心血和时间来，实在是得不偿失。之所以能写出一些作品，都是坚持熬夜或放弃节假日休息换来的，是从充满荆棘的文学小道上杀出一条血路突围出来的。但写作也是一件苦中作乐的事儿，文学是心灵世界，也是精神家园。

30多年来，我已发表了300万字的作品，获得过《中国作家》报告文学作品一等奖，《人民文学》优秀作品奖等几十个奖项。先后出版了散文集《枫叶，漂向何方》《大上海小弄堂》《三十年后一杯酒》和《往事如烟也动情》；纪实作品集《刑警的潇洒与无奈》《上海大案》《神探》，以及长篇报告文学集《上海首任公安局长》《画像》等11部作品。

如今，又出版了这部非虚构大案集《拍案》，是我20多年来采访无数具体办案人，在掌握了大量材料，尤其是生动的细节基础上写就的，有的案件影响很大，可谓轰动一时，譬如《康平路一号凶案》，陈毅市长批示从速破案；还有《全国首起持枪抢劫银行案》，当年可谓是家喻户晓。但大多数案件却鲜为人知，不过其中情节的惊险曲折，细节的精彩生动，侦破的艰难曲折，案件的社会内涵，实在是不亚于轰动一时的大案，读者不妨静下心来读一读，在被精彩故事吸引的同时，人性的复杂幽微亦会给你醒悟和启迪。

目　录

第一章　德国侨民希尔之死

早先见过杂志上登过这起残害德国侨民的案件,但写得比较简单,很想翻阅一下原始卷宗,详细还原这起经典案例,但因无法接触卷宗而放弃。那次杂志社举行大案征文,经分管局长同意后,有幸翻阅了原始卷宗,故事本身就颇为精彩,无需妙笔生花,笔者原汁原味地记录下来,以飨读者。

侨民被害

人民解放军攻占上海后,无数国民党部队的散兵游勇和上海警察局放出来的4700多名刑事犯,兴风作浪,趁火打劫。上海解放后的第一个月共发生刑事案件190余起,最多一天竟达16起。这是上海首起外国侨民被害案件。

1949年初,在淮海战役打了败仗后逃回上海的国民党老兵孙锡庆和严金泉,整天无所事事,便跟着南通老乡叶金顺来到虹桥地区,看望其患肺病的弟弟叶金标。闲聊时,身着蓝布中山装、留着分头、长着长脸的孙锡庆感慨地说:"部队都被共军打散了,回到家里找不到活干,到哪里去搞点钱就好了?"身着灰色长衫、扁平脸、身体敦实的房东王金荣站起来,指着窗口对面的别墅,表情夸张地说:"远在天边,近在眼前。这个外国人家里肯定有'大黄条'(黄金)。"孙锡庆好奇地问:"是什么国家的人,干什么的?"王金荣说:"听说是德国人,在一家外国公司谋差。"

希尔别墅

孙锡庆兴奋地说："好的,那我们春节前干他一票。"王金荣却提醒他："说不定他家里有枪,你空手闯进去,可能有风险。"

孙锡庆犹豫了起来,瘦条儿、穿着长衫的严金泉提醒他："要不找找部队里的上海老乡,看看谁手里有手枪?"孙锡庆点点头,似有所悟。

事情过去了近半年,其他人都淡忘了此事,没想到孙锡庆通过部队的老兵果然搞来了一支快慢机。于是,他又热络地与几个患难兄弟一起商议如何抢劫那家外国人。

6月3日,这天下午,四个人来到虹桥地区的一幢别墅附近望风,然后来到隔壁工部局花园内的角落里商量了起来。为避免邻居怀疑,孙锡庆一人带着手枪先来到王金荣家,其他三人直到深夜9点,才趁着月色潜入王家。

听说来者都没吃饭,房客叶金标让老婆王月英到房前挖了几棵青菜,炒了碧绿的青菜和新鲜的蚕豆,热情地端上桌。王金荣兴奋地取出一瓶高粱酒,几人边喝边商量,至深夜11点,四人壮着酒胆出击了。严金泉的侄子张木手持王金荣递给他的手电筒,在前面探路,他们摸到了别墅的栅栏外,见篱笆很高,难以翻入,孙锡庆便明目张胆地直接敲门。

希尔夫妇正准备就寝,门外突然响起了急促的敲门声,希尔感到蹊跷,细听敲门声很粗野,虽然几天前上海已被解放军占领,但一些国民党的散兵游勇还在四处流窜。希尔知道来者不善,便随手拿起一根粗木棒来到门口,其妻紧随其后,那条德国犬也紧随其后,不断地狂吠。

希尔大声询问："谁?"门外传来了男子声音："我,快开门,有急事。"希尔打开一条门缝探望,朦胧的月光下,只见几条黑影站立门外。希尔感到不妙,赶紧关门,但门已被脚抵住,希尔举起木棒对准门外的男子猛击一下,门外"啊哟!"一声,希尔趁机关门。希尔夫妇吓得迅速退入房内,关闭电灯,借着月色,观察着窗外的动静。

孙锡庆被木棒猛击了一下,疼得眼冒金星,天旋地转,他双手抱头蹲在地下,过了一会儿才缓过劲来,便怒气冲冲地站起来,掏出腰里的手枪对着黑幕连开三枪。希尔夫妇突然听到枪声,知道遇上了兵匪,躲在客厅里,吓得不知所措。

几条黑影打着手电围着栅栏转了一圈,蓦地发现有个狗洞,便鱼贯而入。孙锡庆一脚踹开房门,冲进房间,打开灯后,用枪顶着希尔的脑袋,比画着手势,厉声命令:"把钱和金条统统交出来!"希尔佯装不懂华语,摊开双手,频频摇头。四人分头用铅丝和布条将希尔夫妇捆绑了起来,将他俩推进卧室,然后将狂吠的德国犬关进了厨房,并一枪击中将其命毙。

孙锡庆用手揉了下被击打的肿块,狠狠地扇了希尔几个耳光,猛踢了几脚后,还不解气,又恼羞成怒地用香烟烫希尔的手臂和眼睛,嘴里不住地谩骂:"他妈的,你还敢打老子?"

瘦条儿严金泉怕叫声惊动了邻居,用抹布将希尔的嘴堵住,又开始搜身,但仅从希尔的口袋里搜出九美元和数百万人民币(旧币一万元相当于现在一元),以及一只老式的瑞士挂表。

在希尔身上没有如愿,他们又转向拷问希尔夫人,钱和金条放在哪里?希尔夫人也是摇头表示不懂其意。孙锡庆左右开弓抽打她的耳光,边打边骂:"赤呐,穷瘪三,没钞票到上海瞎混个啥?"直打得夫人鼻子出血,最后又将她反绑起来。

孙锡庆决定报复杀了希尔,边上的南通老乡、寸寸头谢新明提醒说:"杀人后,解放军会追查的。"孙锡庆笑着说:"那些土包子到哪里去找我们?"说罢,他让严金泉看着希尔夫人,其余三人押着希尔出了后门。

谢新明打着手电在前引路,孙锡庆持枪押着希尔,张木紧随其后。谢新明发现院子里有口井,孙锡庆便让他揭开井盖,扬了扬下巴,示意希尔跳下去。希尔无奈地抬腿跨入井内,孙锡庆用枪抵着希尔的脑袋,命令他俯下身子,然后,孙锡庆一手按住其头,又让谢新明和张木分别抬腿,将其猛地推入井里。

正在客厅里看守希尔夫人的严金泉凝视着外国女人,感到与电影里的女人一样别致漂亮,便起了淫心。约十分钟后,几个同伙回到客厅,严金泉歪笑着向孙锡庆提议:"钞票和金条都没有弄到,就这样走了,好像太吃亏,这个外国女人有点姿色,白相一下,也算没有白来一趟。"孙锡庆被提醒后,眼睛一亮,扭头对着低头哭泣的希尔夫人看了一眼,果然有点味道,点头表示同意,又扬起脖子点了一下,示意严金泉先上。

严金泉急不可耐地推着希尔夫人进了卧室,猛地把她推倒在床上,野兽般地猛扑了上去发泄兽欲。其他三人轮番发泄后,回到客厅,他们不甘心就此罢手,又翻箱倒柜了一番,凡可带走的"战利品"都集中在一起。

这伙匪徒找出面包烘烤,又找到一瓶羊奶加热后,舒舒服服地用完早餐,于凌晨5时许,骑着两辆自行车扬长而去。

这次打劫,共劫走两辆自行车,三件西装,两双黄色皮鞋,一只挂表,一个台钟,以及一个装有布料的皮箱。

希尔夫人被反绑着双臂惊恐地躺在床上,悲痛欲绝,但她不敢声张。当她听到零乱的脚步声消失后,才惊恐地爬起来,也顾不得衣衫不整,蹦跳着来到院子

希尔尸体

里大声喊叫"救命!"邻居听到奇怪的呼救声后,进门见希尔夫人披头散发,衣服零乱。给她松绑后,虽听不懂德国话,但明白她家遭遇了打劫。

见她在院子里到处寻找,邻居便随着她的手势一起寻觅,最后在井里发现其丈夫的尸体。热心的邻居帮助拉出尸体后,希尔夫人抱着丈夫失声痛哭,邻居赶紧来到就近的龙华公安分局报警。

盗杀? 仇杀?

6月4日清晨,龙华公安分局接到报警后,侦查员迅速驾驶摩托车赶到现场勘查。现场地址是虹桥路300弄2964号,这是一座西式平房花园别墅。摩托车刚停稳,站在门口的邻居便告诉侦查员被害人是一位德国侨民。侦查员走进别墅,只见一位披头散发的外国女士坐在客厅里哭泣。侦查员询问女士:"您叫什么名字?"外国女士瞪着惊恐的碧眼,叽里呱啦,侦查员不知所云,最后找来翻译,才明白发生的可怕一幕。

因被害人系德国侨民,案件引起了市公安局刑警处处长马乃松的高度重视,他要求侦查科欧阳股长成立专案组尽快破案。欧阳股长虽然年轻,但已是侦查战线上的老兵,国字脸,目光如剑,留着流行的三七开分头。他回到办公室迅速布置后,带领几名侦查员驾驶着美式吉普车,拉响警报,飞速赶到了虹桥路。

被害人希尔的住宅,西靠马路,正门向南,后门向北,园东有一条河,南北两面都是竹篱笆。侦查员勘查发现,别墅的窗栏上留有皮鞋泥印和泥手印。南面篱笆靠河边有一个狗洞,边上有条小路通往蔡家角北村。侦查员仔细勘查后,发现狗洞处有新折断竹片的痕迹。

初步判断,嫌疑人是从这个狗洞钻入希尔家院子的,而要进入这个狗洞,必须绕到蔡家角北村。这里地处郊区,很偏僻,一般的陌生人不会随便光顾此处。由此判断,嫌疑人作案应该是熟人所为,或有熟人指引。

侦查员通过走访了解到希尔夫妇都是德国人,希尔是上海煤气公司的稽征督察员,但其收入并不丰裕,其妻是家庭主妇,他们的日常生活依靠希尔的薪水。希尔夫人为了改善生活养了几只羊,靠出售羊奶增加些收入。她为此雇佣了一名牧羊小男孩阿富为其割草,阿富平时白天帮助割草,做些杂活,晚上回去睡觉。

牧童阿富指着距离希尔别墅30米开外的那间农舍,奶声奶气地告诉侦查员,几天前,这家主人王叔叔曾问过他:"外国人家里有钞票吗?"男孩摇头回答:"不知道。"

当晚分析案情时,会上出现了两种意见。欧阳股长分析说,童言无忌,阿富反映的这条线索,和现场发现的泥鞋印,盗杀的可能很大,邻居王金荣难逃干系;另一种意见认为邻居王金荣知道希尔家不富裕,难以引起盗念,似乎更像是仇杀。

经过走访希尔邻居,摸清了王金荣的一些基本情况。王金荣,35岁,长得虎背熊腰,一脸的凶相,虽有点田产,但他赋闲在家,不愿稼穑,喜欢在外鬼混,是个市井无赖;其房客叶金标,30多岁,与王金荣恰好相反,长得瘦弱矮小,患有肺病,失业在家,其妻在纺织厂做工。他俩都有作案的动机和条件。

侦查员来到王金荣家走访时,发现他家斜对着希尔家别墅,可以看到南面篱笆狗洞。两人被叫到市公安局刑警处询问,但他俩都摇头说昨晚早就睡觉了,没有听到枪声。可是住在附近的居民,尤其是菜家阁26区7保7甲30户居民潘姓夫妇反映,案件发生的第二天,夫妇俩遇见王金荣和叶金标,谈起昨晚发生的案子,王、叶都说听见了三声枪响,为何侦查员询问他俩时都否认呢?两人似乎有意回避,有点此地无银三百两之嫌。虽然他俩回答问题时,神态慌张,语无伦次,但都坚决否认涉及此案。一时没有确凿的证据,询问到深夜,没有发现疑点,只能放人。

侦查员又通过几天走访,根据希尔邻居和煤气公司的同事反映,希尔夫妇待人和蔼,未与邻居有过龃龉。希尔在公司人缘也很好,虽然同事葛雷先生反映,希尔在担任管理用户度表时,曾因用户不交费用停止供应煤气之事,与施高脱路千爱里12号发生争吵,当时有个军官拔出手枪,威胁要干掉这个不好通融的德国佬,但经过深入调查,这个军官只是吓唬他一下,没有必要为了几个煤气费用谋划杀害希尔,故此,排除了仇杀的可能。

究竟是盗杀,还是仇杀?侦查员四处奔波了两个月,没有发现新的线索,侦破难以进展。

突然出逃

这时,虹桥地区驻扎的解放军内部出现了一件意外事件,引起了专案组的重视。原来解放军20军完成解放上海的任务后,接到留在上海休整的命令。驻扎在虹桥地区的16团2营6连,为了搞好军民关系,战士们深入到居民家中帮助挑水、打扫卫生等做好事，受到了老百姓的欢迎和赞扬。

王金荣见解放军战士免费上门帮助老百姓解决困难，便想到自家房子漏水，想整修一下屋顶上的瓦片，于是找到了6连连部，向黑脸大个施连长求助。施连长见群众有难相求，大手一挥，一口应允。几个战士辛苦了几天，王金荣非常感激，并想到施连长是解放军干部，以后遇到麻烦可以作为靠山。一天，他特意准备了酒菜，约请施连长到家里喝酒。施连长豪爽热情，也喜欢喝酒，便欣然赴约。

虽然酒菜不丰盛，但王金荣极力吹捧施连长："我们这些穷苦人，解放前过着是牛马不如的生活，多亏你施连长带兵解放了大上海，我们穷苦人才翻身当家作主。"施连长操着山东口音高兴地说："不是俺施连长解放了大上海，而是俺们人民解放军。俺只是带着一个连在虹桥机场一带打了几仗，消灭了几十个敌军。"

酒过三巡，施连长打开了话匣子，他一口喝下满杯酒后，开玩笑地说："前几天去开会，路过南京路，见街上的女人个个漂亮水灵，那紧身的旗袍把女人的曲线都显露了出来，手臂和大腿都露在外面，白如莲藕。"王金荣一听明白了，便笑着说："只要你喜欢，兄弟可以帮你找一个漂亮的旗袍女人玩玩。"施连长不好意思地说："俺没钱，玩不起这样的贵妇人。"

说者无心，听者有意。第二天，王金荣果然为施连长物色了一个穿旗袍的女人。又特意请了朋友潘金文，一起陪施连长打麻将。施连长经不住王金荣的拨弄，半推半就地来到王家操练起来。施连长打仗是个好手，但玩起麻将来却反应迟钝，硬着头皮学了几遍，摇头说："这玩意俺玩不了。"王金荣按计划推着他和旗袍女人进了自己的卧室，又拉着潘金文悄然离去。施连长在旗袍女人的引诱下，失去了理智，情不自禁地坠入了情网。

有了第一次，便想着第二次。于是，精力充沛的施连长三天两头溜出去，陶醉在温柔乡里难以自拔。他频频外出，引起了周指导员的怀疑。营教导员听完周指导员的汇报后，严肃地找施连长谈话，责令他写出深刻检查，交代外出到底去了哪里。

施连长这时才回过神来，回到住处有点魂不守舍，他找到王金荣和潘金文商量对策。王金荣正为公安局查希尔的案子心惊胆战，也怕万一被查，受到处罚，萌生了远走高飞的念头。这下施连长找他商议对策，他便极力怂恿说："我听到广播说，公安局有个南下干部玩弄了国民党情报站长的姨太太，结果被枪毙了。如果你与那个妓女发生关系的事被查出，可能也会受到严厉的处罚。古人有句老话，叫三十六计，走为上策。我看我们还是一起逃到外地去算了，到富裕的地方隐姓埋名找个工作，重新开始生活。"

施连长感到了后怕，便决定来个走为上策。于是，8月8日，施连长带上驳壳枪,与王金荣和潘金文一起不辞而别。

三人逃跑后,住进了八仙酒店,晚上喝酒时闲聊,施连长直率地问王金荣:"外国人被害一案外面传说你也参与了,到底是不是你干的?"王金荣尴尬地辩解说:"肯定不是我干的,不过,那天晚上,我从外面回来,见房客叶金标房间里有四个人在喝酒,估计与他有关系。"

三人边喝酒,边商量,最后决定一起到靠海的宁波做生意,实在不行,就逃往台湾。第二天出门时,因路费不够,施连长找个借口去亲戚家借钱,却一去不回。他俩久等不见其身影,便找到了一个鸡鸣狗盗之徒,拍着胸脯保证做笔大生意,等赚了钱多还利息。骗取信任后,两人借了钱,乘船前往宁波。没想到,半途被盘踞在舟山一带的国民党散兵游勇劫持,强迫拉去当兵。两人在小岛上被匪兵欺压得苦不堪言,一天深夜,趁机逃出了小岛,一路乞讨,千辛万苦地回到了上海。两人商量好,等回家凑足了盘缠,再一起到江南偏僻的小镇打工谋生。

守株待兔

8月9日,周指导员携带部队的公函,来到新泾公安分局,将此事通报给了分局长,请求协助缉拿三人。分局长听说解放军连长携枪出逃,即刻布置了专门力量全力追捕。市局刑警处欧阳股长看协查时,发现与施连长一起逃跑者中,有个叫王金荣的,他的突然出逃,更加引起了欧阳股长的怀疑。

侦查员细致排查三人在上海的社会关系,但解放初期,社会秩序还比较乱,基层组织尚没有健全,茫茫人海,犹如大海捞针。市局动员了全局上下的侦查员顾不得盛夏的炎炎烈日,四处寻找,却难觅其踪。

无巧不成书。一个月后的9月3日,新泾分局破获一起虹桥俱乐部柴油盗窃案,拔出萝卜带出泥,先后抓捕了10名涉案者。审讯嫌疑人时,其中有个叫金龙弟的主动交代说:"6月3日,那起杀害德国侨民的案件,估计与王金荣有关系。因为我们过去是老搭档,经常一起去偷鸡摸狗,但自希尔被害后,他一反常态,故意躲避我们。我们再邀他去偷东西,他找各种借口回绝。"

金龙弟提供的线索,增加了侦查员破案的信心。欧阳股长与部下讨论后决定,改变无头苍蝇式的四面出击,而是根据王金荣和潘金文都是本地人,且都有家属和田产,以及身上没有足够的盘缠等特点,估计他们深夜会潜回家中,于是,在两人家门口的必经之地埋伏了便衣,日夜守候。

果然不出所料,10 月 16 日暮云四合之际,潘金文一脸憔悴、疲惫不堪地溜回家中,被门口的"鞋匠"及时发现。欧阳股长接到报告后,没有轻易出击,他想通过潘金文带出大鱼王金荣。于是,侦查员布置潘家的邻居王大妈上门探探虚实。

王大妈是个积极分子,她接受任务后,马上来到潘家,见潘金文已换上了蓝布衣服,正坐在家里狼吞虎咽地扒饭。王大妈笑着问:"金文,好长时间没有看到你了,到什么地方去发财了?"金文苦笑着说:"发什么财,出去混口饭吃。"

潘金文的妈妈在一边数落了起来:"一出去就是几个月,也没个音讯,让我担惊受怕的。这次他拿了家里的金条坚持要出去做生意,说明天到华漕与王金荣去碰头。"潘金文阻止母亲道:"你不要瞎讲了,我不会闯祸的,你放心好了。"

王大妈听着潘母唠叨了一番,劝了几下,借故告辞了。欧阳股长听到汇报后,感到机不可失,立即布置几路侦查员在华漕必经之地的陆家巷守株待兔。

时值深秋,郊外的农作物已然成熟。农田里,尤其是十字路口,布满了坚固的碉堡,侦查员分头躲藏在附近的几个碉堡里守候伏击,密切地注视着来往的行人。

侦查员眼不错珠地注视着垄上的小径,白天行人稀少,夜晚更是人迹罕至。农田里传来阵阵蟋蟀的鸣叫声,空旷的田野显得更加恬静。

晨曦微露,小路上出现了零散的行人,突然闪现出两个匆匆赶路的身影,引起了侦查员的警惕,果然是潘金文瘦弱的身材和王金荣敦实的身影。两人只听到一阵风声,还没反应过来,已被牢牢地扭住了双臂,闪电般地被戴上了手铐。

当面对质

审讯王金荣时,欧阳股长单刀直入地问:"那个德国人被害的案件你知道吗?"王金荣听罢,明显露出了慌乱的神色,但他很快镇定下来,摇头否认道:"不清楚!"欧阳股长逼视着王金荣:"真的不清楚?"王金荣拍着胸脯坚决否认道:"肯定不清楚!"

在没有确凿证据的情况下,要想突破王金荣这个老奸巨滑的混混比较难,欧阳股长又加紧审讯同伙潘金文,开导他说:"拉拢施连长下水,主犯是王金荣,只要你有立功表现,我们可以对你从宽处理。"潘金文频频点头:"是,明白。"欧阳股长开门见山地问:"你知道希尔夫妇一案,是谁干的?"潘金文吐露心声道:"我们都怀疑与王金荣有关,那天我们三人出逃,住在八仙旅馆喝酒时,施连长趁着酒兴突然问王金荣,但他却说可能是房客叶金标干的。"

有了这条重要的线索,欧阳股长连夜继续审讯王金荣。王金荣辩解说:"德国人被杀害一事,我真的不知道。"欧阳股长直接点他穴位:"希尔夫妇被害那天,你家来过客人吗?"王金荣还是摇头否认。

欧阳股长扭头示意侦查员叫潘金文进来对质。潘金文低着头将那天在八仙旅馆喝酒时,施连长问王金荣的话又重复了一遍,王金荣被逼至绝路,无奈只得吞吞吐吐地交代。

6月3日晚10点左右,王金荣回家见房客叶金标和四人正在房间喝酒,两个熟悉,两个陌生,他们都讲南通话,王金荣一句也听不懂。王金荣睡下后,听到他们还在喝酒。第二天起床后,叶金标还在,那四人却不见了。几天后,叶金标告辞,说回南通老家养病,便一去未返。

欧阳股长仔细地询问了四人的面貌特征,熟悉的一个叫老严,名字叫不出,瘦长条;另一个熟人是老严的侄子,尖下巴,脸上有粉刺,但两人的具体地址不清楚;另两个不熟悉,一个是矮个子,留着寸寸头,身体结实;另一个陌生人长脸,留着分头。王金荣所反映的四人长相特征,与希尔夫人所描述的基本吻合,至此,参与作案的四人,已基本确定。

王金荣虽然描述了四名犯罪嫌疑人的面貌特征,但他却说对四人的具体住址不清楚,他似乎在与侦查员玩迷藏。欧阳股长与部下分析后认为,王金荣在耍滑头,他故意把事情都往房客叶金标身上推,却不说出具体住址,让侦查员老虎吃天,无处下口。

经过反复审讯,步步紧逼,王金荣挤牙膏似的吐露了一些零碎信息。案发后,王金荣与叶金标被市公安局刑警处传讯后的返家途中,叶金标曾到白克路祥康里的一家成衣铺去找过一个人,王金荣在弄堂口等候,叶金标找的人就是案发那天晚上与其喝酒的人;另外,案发的第二天,叶金标还送给王金荣一些棉布和肥皂。经过希尔夫人辨认,棉布和肥皂就是她家被劫的。

悉数归案

兵贵神速。11月10日下午两点,欧阳股长迅疾带领三名侦查员,押着王金荣坐着吉普车赶到祥康里成衣铺,但见小店门板紧闭,人去楼空,向隔壁妇女打听,说是这家店主已歇业,现在曹家渡一家铜丝厂打工。

吉普车又马不停蹄地赶到铜丝厂,该厂老板根据侦查员的要求,马上将全厂的男工友集合起来,几十个工人站成几排,王金荣煞有介事地一一辨认,他其实一眼就看见了站在人群里穿帆布工作服、头戴工作帽的谢新明,但他佯装不认识,并悄悄地给他递了个眼色,通报他赶紧溜之大吉。

王金荣假装仔细辨认后,对欧阳股长摇头说,没有此人,结果使侦查员失去了一次抓捕案犯的机会。

成衣铺的线索断了,欧阳股长决定还是从房客叶金标入手。通过走访王金荣的邻居,打听到叶金标有个哥哥曾多次带人一起来探望他。立马找到叶金顺的家,获悉其弟弟住在南通舅舅白阿二家。欧阳股长决定长途跋涉赶往南通其舅舅家。经过大半天的奔波,赶到南通已是夜色朦胧,可惜晚了一步。门前大锁高挂,屋内空无一人。住在隔壁的老太说,白阿二和其外甥叶金标夫妇已于前天返回上海的住处,并告知了具体地址。

欧阳股长买了十个馒头,分给同行的三位侦查员,坐上吉普车,直接赶往闸北区大洋桥白阿二的住处。好像老天故意耍弄人似的,敲开门后,只有叶金标舅妈一人在家,问起外甥叶金标,她说:"还在南通,过几天就来。"怎么回事,难道他们没返回上海?欧阳股长亮出了警官证,严肃地告诫她:"等外甥回来后,请他务必到公安局来一趟,不来的话后果自负。"

欧阳股长的话还真管用,11月18日下午两点多,叶金标在其舅舅的陪同下来到了新泾分局自首。审讯室里,患肺病的叶金标,脸色蜡黄,身体虚弱,但其内心却很顽固,他一口咬定与希尔夫妇案件没有任何关系,并且矢口否认案发当晚四人在其住处喝过酒。僵持了一个多小时,侦查员叫来了房东王金荣与其对质,叶金标辩解说因为与房东租金问题上有矛盾,王金荣故意在诬陷他。

棋逢对手,欧阳股长又走了一着妙棋。他让侦查员驱车叫来了叶金标的老婆当面对质,王月英当着丈夫的面,提醒他说:"那天深夜,家里不是来过四个人吗?你还让我炒菜做饭给他们吃。"

被逼至绝境,叶金标再也无法抵赖,只得承认这四人是孙锡庆、严金泉、谢新明和严的侄子张木。

叶金标被王金荣当面戳穿谎言后,心里失去了平衡,便狗咬狗地交代说,是王金荣告诉这些人对面外国人家里有"大黄条",所以孙锡庆和严金泉两个兵匪才决定下手的。他说因自己身体不好,案发当晚自己已躺在床上就寝。抢劫外国人家的行动方案,也是王金荣与四人具体商量的。最后,叶金标说出了严金泉住在南市区计家弄3号,谢新明住在白克路兄弟处,张木住在南通,孙锡庆住在何处不清楚。

有了作案者的具体住址,接下来就顺风顺水,势如破竹了。

当晚风狂雨骤,欧阳股长带领侦查员驱车赶到计家弄,在地区甲长和户长的指引下,在棚户区里转了九曲十八弯,才摸到严金泉的住处,可惜人不在,欧阳股长拜托甲长和户长严密监视,如人回来,及时报告。

11月22日清晨7点,新泾分局刑队值班室接到报告,严金泉已潜入家中,一小时后,严金泉被生擒。他明白自己难以抵赖,便供出了主犯孙锡庆住在复兴东路54弄73号。一个多小时后,孙锡庆尚在梦中,被一脚踹开门的侦查员压在被窝里,从其枕头下面找到了那支快慢机。另两名嫌疑人谢新明和张木,于第二天也先后归案。

根据六人的口供,相互印证,侦查员彻底搞清楚了作案的原因和经过。1950年初,上海市军事管制委员会对这个残忍恶劣的犯罪团伙依法判处六名案犯死刑,立即执行。

这是上海解放后第一起涉外凶杀案,影响恶劣,加上特务趁机造谣,以讹传讹,传播甚广,许多国外报纸都报道了这起凶案。为了澄清事实,《解放日报》等报刊详细介绍了案情,真相最终大白于天下。

第二章　康平路一号凶案

几年前，随手翻看上海市公安局一本内部材料，蓦地眼睛一亮，因材料不够详细，无法写成完整的故事，后来见到有位老同志写的侦破经过，加上被害人家属回忆被害人的文字，以及查阅了当年的档案，才写出这篇非虚构作品。

上海刚解放的那段时期，一些盗匪趁革命秩序尚未稳固之际，肆无忌惮地趁火打劫，为非作歹。康平路一号抢劫杀人案便是其中的典型案件。鉴于被害人李祖夔的显赫声望和作案者冒充公安人员身份，陈毅市长下令限期破案。

1949年5月是一个载入史册的日子，人民解放军以秋风扫落叶之势横扫大上海。5月27日，上海落入解放军之手。

战后的上海，经过人民解放军军管会和人民政府公安局的大力整治，市容面貌很快恢复如初，社会秩序趋于有序，老百姓生活亦日趋正常。但城市的治安形势却依然严峻，国民党军队残存的散兵游勇到处兴风作浪，旧社会遗留下来的地痞流氓也趁机残渣泛起。

一

是年深秋的一天，幽静的康平路上发生了一起凶杀案，令陈毅市长深感震惊，他下令限期破案，务必严惩凶手。

为何一起凶杀案会引起日理万机的陈毅市长的震惊？因为康平路不是一般的马路，这里洋房林立，别墅成群，属高档住宅区；被害人李祖夔亦非一般的居民，他是中国民建会重要成员、知名商人。

康平路原名叫麦尼尼路。160年前徐汇地区首先设立了上海法租界，20世纪20年代初,徐汇地区迅速发展,这里因为环境幽雅,靠近南洋公学(现交通大学)和徐家汇教堂,而成为繁华区域。康平路虽不宽,但两边的老式洋房鳞次栉比,花园外的竹篱笆里偶尔伸出几支烂漫的花朵,透出些许尊贵和气派。

康平路虽不长,但两边的建筑物时间跨度则较长。20世纪20年代,建筑以巴洛克风格为主,30年代建筑以西班牙式洋房为主,40年代建筑又以欧美式为主。这里曾经住过诸多达官贵人、富商巨贾,譬如国民党要员陈果夫、陈立夫兄弟,民国外交部长宋子文、棉纱大王荣德生等。1946年4月,荣德生在家门口被绑架,一个星期后,绑匪索要100万美元,否则撕票,后经谈判,赎金降到50万美元,荣家付清后,荣德生终于被放回。此案惊动了蒋委员长,他下令严查,一个月后,上海市警察局局长毛森宣布侦破此案,并追回了20万美元。

转眼历史翻到了1949年,上海解放前夕,许多房东弃房而逃,远走高飞,许多洋房人去楼空,但大多住户留了下来。

这年的春天特别的灿烂,夏天特别的溽热,秋天却不知不觉地悄然降临。马路两边的行道树叶开始泛黄,一阵秋风过后,路边落满了梧桐黄叶,似翩翩起舞的蝴蝶,充满了诗意,颇为浪漫。

是年11月24日傍晚时分,康平路1号别墅的木门突然响起,房主李太太打开门,见是两个陌生人,她礼貌地问:"你们找谁?"

留着五五开分头、身着蓝色中山装的大个子问:"这里是李祖夔先生家吗?"

李太太点点头,又问:"你们是哪里的? 有何事?"

大个子指指手臂上的红袖章道:"我们是公安局的。现在社会上很乱,有许多反革命分子潜藏在居民家中,我们是来查户口的。"说罢,他还出示了名片,上面写着:"上海市人民政府公安局稽查员吉英民。"

李太太便热情地引他俩进门,那个大个子进门后,边做手势,边大声说:"全家人到客厅去接受调查。"

客厅里那位留着板寸头、有着一张长圆脸、浓眉大眼、身着深灰色长衫的主人李祖夔好奇地打听是谁来了,当他听说来人是公安局的,便站起来热情让座。李先生缘何如此热情?因为上海被解放军接管前,他曾多次与中共上海地下党主要负责人刘长胜、刘晓等同志接触,对共产党的政治主张颇为赞同,尤其是年初,国民党溃逃台湾时,国民党立法委员王新衡上门动员他赴台湾,但李祖

李祖夔(1894-1949)

13

婉言拒绝了。解放军进城后，他们秋毫无犯地睡在了马路边，令他深为感动，更加坚信了自己的判断。

大个子边检查李先生出示的民国身份证，边悄声对他说："有人到局里密告你，此地不方便，到楼上再谈。"

李先生一时茫然，便引导大个子上了二楼。大个子随着李先生进了书房，见整个墙面都是线装书，红木书桌上摊着一张写了一半的毛笔字，便赞赏道："李先生是个读书人。"

李先生恭敬地说："随便写写，同志有什么事情尽管吩咐，只要我能做到的，一定尽力效劳。"

大个子毫不客气地说："有人检举你吸毒，我们要检查。"

李先生颇为惊讶，一副无辜的样子，大个子毫不让步地说："我们也是公事公办，希望你能理解。"

李先生心想为人不做亏心事，检查也无妨。他来到卧室配合地打开红木大橱的橱门，又拉出一层层抽屉，让其检查。大个子发现了抽屉里的大量黄金和银元，但他感觉还是太少，不罢休地说："橱门和箱子全部都得打开接受检查。"

大个子来之前已做过功课，知道李先生原来做过大官，还是个大商人，投资过火柴公司和永安公司等知名企业，一定家藏万贯，就这么一点金条，离他想象的相去甚远，故逼其继续接受检查。

李先生是见过世面的人，他感到来者不善，便纳闷地问："你们是市公安局的，还是分局的？"

大个子严肃地告知："市公安局的，不该问的别问。"

当大个子见到底层抽屉里藏有一管烟枪时，突然正色道："你看，举报人没说错吧，果然抽鸦片。"说罢，从裤袋里掏出手枪威胁道："老实交代，鸦片藏在哪里？"

李祖夔一脸无辜地说："那是过去留着的，真的没有鸦片。"

大个子不屑一顾地说："谁信？"说罢，便从口袋里取出一根绳子，熟练地将李先生捆绑了起来。

这时大个子原形毕露地说："老子缺点钱，今天特意上门借点钱。"

大个子从橱里抓起一件黑色的衣服摊放在地上，然后将发现的黄金和银元，以及金银细软，"哗啦啦"地倒在衣服里。

大个子还恶狠狠地说："你他妈的盘剥了人民多少血汗钱，就这么一点东西，打发叫花子啊？把金条和银元，以及值钱的东西都交出来。"

李先生被捆绑着手，无可奈何地说："真的就这些，不信随你自己翻。"

大个子也不客气，果然粗手粗脚地翻箱倒柜，却没有找到什么值钱的东西和银元,又不死心地来到书房一阵乱翻,还是没有发现什么值钱物,便气急败坏地回到卧室,又从口袋里掏出一个袋子,取出里面的一块纱布,塞进了李先生的嘴里,拿着那管烟枪匆匆下楼。

楼上的高个子一人匆匆下楼来到客厅,他将烟枪扔在李太太脚边,严肃地警告说:"这就是证据,老实交代,鸦片放在哪里?"

李太太一脸无辜地道:"李先生从来不吸鸦片,这支烟枪是他当禁烟局长时,感到好玩留下的。"

大个子一脸不信地说:"你骗谁?"

说罢又"噔噔噔"地上楼,准备继续搜查,想翻出更多的黄金和银元。但他再次上楼后,还是翻不出新东西,拿起那件包有金条和银元的衣服下楼,犹豫了一下,又返身想取最初发现的那些金银细软,却没想用力过猛,钥匙被折断了。楼下的瘦个子等不及了,催促他说:"快点,走吧。"

大个子心有不甘地下楼,大手一挥,他们便从边门匆匆离去。

李太太赶紧上楼查看,却见丈夫已倒在卧室的床上纹丝不动,她吓得连叫了几声"老李",但他却没有反应。

二

上海市人民政府公安局常熟分局值班人员接到报案后,听说康平路1号洋房发生凶杀案,知道这里住的不是一般人家,赶紧向市局刑警处汇报。

市局刑警处除了留用一些旧警察局的侦探和技术人员外,那些穿黄色军服的侦查员原来多是有点文化的解放军,对于破案他们还真不是内行,但他们年轻,有一股子干劲,善于学习。

大案股副股长端木宏峪听说又发生一起杀人大案后,随即叫上两名侦查员,迅速发动美国制造的三轮摩托车赶往现场。

端木股长原是陈毅麾下的新四军,随军北上解放济南,枪林弹雨,大难不死。1948年11月,因他长得牛高马大,加上粗通文墨,被调至济南市公安局刑警队。他破案思维缜密,小试牛刀,破案有方,遂被任命为侦查组长。在一片狼藉的济南府里,抓敌特,破凶案,并参与抓捕飞檐走壁的侠客"燕子李三",练就了侦查基本功。

1949年5月27日,端木宏峪身着土黄色军装,胸前佩戴着一块长方形白色布条,布条的红框里上书"中国人民解放军"字样,腰里扎着牛皮武装带,随华东社会部副部长李士英南下接管了国民党上海市警察局。

6月2日,上海市人民政府公安局成立,22岁的端木宏峪被任命为刑警处二科盗案股副股长,从此开始了他艰难而又传奇的侦探生涯。

6月份,上海发生了一起杀害德国侨民希尔的凶案,端木副股长正在匪徒老窝卧底,没有赶上参与侦破此案,他深感遗憾。这一次他接报后,想一试身手,带领侦查员赶往康平路1号。

三轮摩托车飞速地来到康平路口,"吱"地一声戛然而止,三位身着黄色军服的汉子从车上跳下。股长姚伯钧、副股长端木跳下车,他们环顾四周,发现马路上渺无人迹,异常寂静,路灯孤独闪亮。

他们按照地址找到了位于路口的那座花园洋房,敲开门后,身材高大的端木亮了一下证件,一位颇有气质的中年妇女打开门,见是三位穿制服的解放军,嗫嚅地问:"你们是?"端木告诉她说:"我们是市公安局刑警队的。"

中年妇女正是李太太,在她的引领下,他们来到二楼的案发现场,只见死者俯卧于卧室的床上,手脚被绳子捆绑着,头上盖着睡衣,端木小心地揭去盖在头上的睡衣,见其嘴里塞着一块纱布,瞪着惊恐的眼睛,似乎是死不瞑目。

很明显这是他杀。端木股长在济南公安局刑队时,接触了许多刑事案件,虽不是科班出生,对刑事专业尚不够精通,但他知道保留现场是刑事技术员和法医鉴定案件性质的基础,也是确定侦破方向的基础,所以他又小心地将睡衣按原样盖在了死者的头上,等待着法医和技术员前来鉴定。

很快,国民党警察局遗留下来的法医和技术员也赶来了,法医揭去盖在死者头上的睡衣,见其嘴里塞满纱布,取出纱布,上面有一股浓重的药水味道。经过化验得知,死者嘴里的那团纱布含有大量麻醉药"可罗方"。

他们仔细勘查现场,二楼的卧室和书房被翻动得一片狼藉,家藏的金块和银元,以及金银首饰被洗劫一空,说明凶手是精心策划,为谋钱财有备而来。

端木见李太太坐在红木太师椅上惊恐不已,便安慰她说:"李太太你要相信共产党的人民警察,一定能抓住凶手,替你报仇。"

李太太愣愣地望着阳刚帅气的端木,不住地点头。

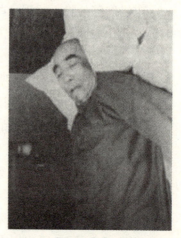

李祖蘷被害现场

端木股长取出笔记本和钢笔说:"你先将今天晚上发生的事情经过仔细地讲一下。"

李太太双手捂着心口,惊魂未定地说:"下午5点半过后,我听到有人敲门,打开门后,见两名佩戴红色臂章的男子站在外面,其中一个穿蓝色中山装的高个子指着臂上的红袖章,自称他们是公安局的,社会上隐藏着许多反革命分子,要挨家挨户查户口,我信以为真,便将他们领进客厅,没想到却遇上了盗匪。"李太太边抽泣,边讲述刚才遭遇的可怕一幕。

端木股长听罢一愣,赶紧问道:"名片上面写的什么?"

李太太说:"我看得很清楚,上面写着'上海市人民政府公安局稽查员吉英民'。"

端木股长继续追问:"另一个长得什么样? 身穿什么颜色和式样的衣服? "

李太太说:"另一个长得较瘦,身穿灰色西服,脚上穿着时髦的尖头皮鞋。"

端木股长随手记下了这些关键词,抬起头来问:"李先生生意上是否与人有什么瓜葛,或欠人钱款?"

李太太肯定地说:"李先生为人诚实,没有什么冤家和仇人。"

端木股长又追问:"那你想想有什么可疑的人? "

李太太犹豫着,欲言又止。

端木股长鼓励她说:"你放心好了,我们人民警察是保护好人、打击坏人,我们会为你保密的。"

李太太用手捋了下头发,犹豫地说:"李先生有个外甥叫邓庚华,他没有职业,经常来串门,和老李关系密切。"

端木股长点点头,随手记下了邓庚华这个名字,又问清了他的住址。

经过仔细勘查现场,除了那根绑架李先生的绳子和含有药水的纱布外,凶手没有留下其他任何东西。

三位侦查员连夜赶到常熟分局,调出了李祖夔的户籍材料。端木股长仔细翻阅其户籍资料。李祖夔,56岁,系上海滩知名宁波商人。年幼随父亲移居上海,17岁参加辛亥革命。1924年直系战争爆发,在驱逐军阀齐燮元之战中出过大力,深得孙中山先生嘉许,并与中山先生合影留恋。1925年,出任上海县知事(县长)兼沪

李祖夔尸体检验证明书

海道尹,后任禁烟局局长。北伐后,弃政从商,先后投资了大中华火柴公司、商务印书馆和永安公司等股份。1947年,他随黄炎培先生参加了中国民主建国会,曾任该会财务处长。

通过对李祖夒熟悉的人了解,他与地下党有许多往来,为共产党作过贡献。解放前夕,国民党要人几次动员他去台湾,都被他婉言拒绝。

李祖夒没有答应去台湾,是否因此被特务暗杀? 他是个名声在外的商人,是谋财害命? 抑或是生意场上的对手趁机仇杀? 案情陷入了扑朔迷离之中,一时难以定性属于什么类型的凶杀。

三

万籁俱寂,常熟分局那间神秘的档案室里依然灯光如昼。端木撅灭烟屁股,从泛黄的户籍资料上抬起头,心里已然明白被害人李祖夒的显要身份。感到此人绝非一般人物,心里颇有压力。反复翻阅资料,未发现什么可疑线索,端木思忖一下,决定先从他的外甥邓庚华入手。

邓庚华虽不是上门抢劫的凶手,但他有可能串通他人作案,端木股长遂决定跟踪其行踪。

侦查员经过几天的跟踪,发现此人没有职业,却喜欢出入交际场所,经常与舞伴出入舞厅。

入夜,霓虹灯闪亮之后,端木与侦查员小林化妆成舞客来到百乐门舞厅。坐落在愚园路上的百乐门舞厅是上海滩上最著名的舞厅,舞厅门前霓虹灯闪烁。解放前曾号称“东方第一乐府”。

端木股长与小林问了一下票价,哇,50万元一张(旧币一万元等于现在一元),他俩吐着舌头惊讶不已,50万元等于一般工人半个月的工资。他俩都是南下干部,那时干部都是供给制,不发工资,只有那些留用的旧警察发薪水。他们没有钱,就掏出工作证亮了一下身份,收票员见了,鞠躬放行。

他俩好奇地走进舞厅,悄悄地寻觅邓庚华的身影,他的照片早已烂熟于心。百乐门里面有几个舞厅,其中最大的舞池为500平方米,舞池的地板用汽车钢板支托,跳舞时会产生晃动的感觉,故称弹簧地板。解放前诸多电影明星和名媛以在这里跳舞为荣,票价极为昂贵,普通百姓不敢问津。

在那个最大的舞厅里,果然发现了邓庚华瘦长的身影,端木和小林坐在角落里注视着他,五彩的灯光在舞厅里变化闪烁,只见他搂着时髦女郎细柔的腰肢,舞姿娴熟,颇为亲昵。

跟踪了一个多星期,他们发现邓庚华与一位女青年频繁来往,据了解,他们正在热恋,未发现他与其他可疑人员接触,也没有发现其有什么可疑之处。

市公安局局长李士英在刑警处马处长的陪同下,专门上门了解案情,并传达了陈毅市长的批示:限期破案,务必严查凶手。

然而,侦查员昼夜侦查,四处奔波,一个多月转眼过去了,还是没有发现什么重要线索,案件也没有什么进展。

一波未平,一波又起。不久,衡山路上又发生了一起持枪抢劫案,被抢劫的对象是一户陈姓人家,也是大户人家,劫匪也是冒充公安人员以检查户口为名,进门检查东西,发现金条和银元后,也采用绳子捆绑被害人,再将"可罗方"塞进其嘴里,逃之夭夭。

案发地就在康平路附近,作案手法雷同,所幸被害人陈先生昏迷后被抢救过来。端木听说这个案件后,敏锐地意识到此案可能与康平路凶杀案系一伙人所为,遂决定串并侦查。

端木股长立刻带领两名侦查员赶到衡山路陈家询问被害人,陈先生还没有从惊恐中缓过神来,他坐在沙发上回忆说:"有几个人,为主的是个穿蓝色中山装的高个子,国字脸,留着五五开分头,上海口音。"

陈先生喝了一口水,继续回忆说:"还有一人个子较瘦,穿灰色西装,穿着尖头皮鞋;另外一人身穿一身蓝色衣服,北方口音。"

端木股长马上反应过来,其中两人的面貌特征和穿着打扮与康平路命案李太太所反映的凶手颇为相似。

端木股长追问:"最近家里来过什么人?"

陈先生想了一下说:"最近没有来过什么陌生人,只是有个侄子住在家里。"

端木让人叫来其侄子小陈询问道:"你回忆一下,带谁来过这里?其中有无可疑对象?"

小陈不假思索地提供说:"最近我结识了一个新朋友,叫邱俊天,几天前他还来探访过我,其他没什么人来过。"

根据小陈提供的线索对邱俊天进行身份调查,发现邱俊天曾是国民党军队的上尉,解放后成了无业游民,但此人却打扮时髦,且出手阔绰,经常带着时髦女郎到上等旅馆开房。

端木听罢,下意识地猛拍了一下桌子,喊道:"有戏了!"

他蓦地感到康平路凶案有了转机,遂决定对邱俊天进行跟踪侦查。经过几天跟踪,侦查员发现邱俊天与一个穿蓝色中山装的男子来往频繁,经过调查,此人叫周占平,他们一起出入高档饭店,胡吃海喝,有次还一起到大方饭店喝酒,并开房与女人同寝共宿。

端木股长一行立刻来到常熟分局,查到了周占平的户籍资料,此人28岁,浙江余姚人,军校毕业后,曾任北平国民党某师少校参谋,后因病返沪经商,主要从事营造业,获利巨大。侦查员还了解到周占平曾在西宝兴路中山北路口建起了八幢楼房,这么有钱的商人,住在高级公寓里,为何还要抢劫?令人费解。

案子没破之前,许多东西的逻辑关系无法理解,一旦侦破,便有其内在因果。端木股长没有被一时的假象所迷惑。他带领侦查员对周占平的住所国泰公寓进行了秘密搜查,虽未找到抢劫的赃物,但却发现其本人的照片。周占平也是国字脸,身着蓝色中山装,留着时髦的五五开分头,其体貌特征与李祖夔一案的劫匪颇为相似。

经李太太和陈先生辨认照片,均指认就是此人。

劫匪终于被锁定,悬在端木股长心上的沉石也随之坠了地。

专案组其他几位侦查员摩拳擦掌,热情高涨地要求马上逮捕周占平和其同伙,但端木股长感到两起案件牵涉到五六个人,现在只摸清了两个人,抓了两人会打草惊蛇,其他的同伙会闻风而逃,端木决定不盲目行动,等摸清情况后再一网打尽。

那天晚上,跟踪周占平的侦查员发现他在大方饭店请客吃饭,这是一家建于20世纪20年代的老饭店,地处繁华的南京路附近。端木股长听完汇报后,立马组织了十多名侦查员迅速赶去,分头冒充食客和路边摊贩。有的便衣点一碗馄饨,有的便衣点一碗光面,更多的是站在饭店马路边来回走动。只见周占平和朋友眉开眼笑地大口喝酒,大块吃肉,好不热闹,没想到已被盯梢跟踪。

端木股长是穿着黄色军装南下上海的,那时南下干部都是供给制,不发薪水,端木股长除了军装之外没有便服,好在工作需要,刚发了一套蓝色棉布中山装。

那天,他身着崭新的蓝色中山装,高挑的身材,三七开分头,非常帅气。端木股长与两位便衣坐在包房外边的散座上,各自点了一碗阳春面,虽然只是800元(当时100元等于1分钱)一碗,但精细的面条,浸泡在一碗清汤里,上面撒上些许碧绿的小葱,开出圈圈猪油花朵,那个味道简直是太鲜美了。

都是20多岁强壮的小伙子,一碗面条根本不够垫底的,但那时不发薪水,这一碗面条还是晚上工作的误餐费,按标准报销一碗面条勉强符合标准,两碗就超标了。他们故意吃得很慢,汤面早已冷却,为了消磨时间,只能一根一根抿着吃,像吃咸酱瓜一般。

端木股长让两位侦查员记住出席对象的衣服颜色和面貌特征。通过清点，一共来了10个食客。三个多小时后，这帮食客才散席，于是，每人跟踪一人，身高马大的周占平作为重点对象，由端木股长亲自跟踪。

周占平与另外三人一起坐上南京路上的有轨电车，"当，当"有轨电车发出的声音特别清脆悦耳。一路上霓虹灯闪烁，几位侦查员就像刘姥姥进了大观园一般好奇，但他们不敢分神欣赏夜景，不错眼地盯着几个对象。他们到静安寺下了车，然后一起来到国泰公寓周占平的住处，又开始搓起了麻将，一搓就是一个通宵。

侦查员经过一个来月的昼夜跟踪，终于摸清了周占平、邱俊天和张尔文等10人的身份和住址，这帮乌合之众大多是国民党军队的散兵游勇，他们对共产党掌管天下不满，同时又因自己的历史问题怕被共产党追究，遂决定抱团取暖，组成团伙，打家劫舍。

这些身强力壮的年轻人大都经过军队的训练，身上可能藏有手枪，不是一般的地痞流氓，所以抓捕这些训练有素的乌合之众决不能掉以轻心。

四

经刑警处处长马乃松批准，盗案股组织了统一收网行动。

1950年1月26日深夜，寒风呼啸，树枝瑟缩。经过周密部署，三人一组，佩戴手枪，分头守候在周占平和邱俊天等人的住处。

端木股长与两名部下守候在首犯周占平所住的国泰公寓，他们躲藏在树丛里，等待着对象落网。

寒风吹着树梢"嗖嗖"作响，下水道里的水也冻成了冰，虽然三人都穿了棉袄，但蹲在地上不动，还是冷得瑟瑟发抖。寒夜里寂静无声，尤其是几声凄厉的猫叫，更显得格外寂静。

周占平就像个夜猫子，昼伏夜出，直到凌晨1点才姗姗回来，嘴里还叼着烟。几个趴在草地上的黑影，见他走近楼道时，借着楼道里的灯光辨清是周占平后，端木股长果断地做了一个手势，三个人影突然从树丛里蹿出，从背后不由分说地将周占平按倒，黑洞洞的枪口对着他的脑袋，厉声道："我们是公安局的，老实点，再反抗就毙了你！"

周占平一听是公安局的,假李逵遇上了真正的"黑旋风",只能束手就擒,侦查员迅速给其上铐。端木股长决定,立刻上门进行搜查,但是翻遍了他住处的角角落落,却没有找到一件赃物,更没有觅到手枪。

几路侦查员分头经过一夜的紧张行动,先后生擒10人,但蹊跷的是没有发现被抢的赃物和手枪。

这帮乌合之众被带到局里连夜审讯。侦查员遇上老手,周占平、邱俊天和张尔文为首的几个坚决抵赖,其他几个小喽罗与他们只是胡吃海喝松散的来往,许多人并没有直接参与抢劫,只听说老大周占平抢劫了康平路上的李老板,其中一人交代说,周占平有个表弟在南京路上的"邵万生南货店",大约三个多月前,他陪着周占平去过,见他有包东西存放在那里。

究竟哪几人参与了抢劫,他们之间的关系一时难以厘清。审讯一时陷入僵局。

端木股长感到没有证据,几个主犯不会轻易认罪,得设法找到证据。冥思苦想后,他决定另辟蹊径,明天亲自到南京路上的"邵万生南货店"去取货。

翌日上午,端木股长身着便衣,上门走进了"邵万生南货店",这是一家卖些笋干、火腿等土特产之类的的小店。端木进门,见那个站在柜台后,身穿灰色长棉袍、头戴黑色西瓜帽的小伙计,便上前问他:"你是周占平的表弟吧?"

对方上下打量了一下来者,发现对方人高马大,颇似军人,没有生疑,便点头称是。端木虚晃一枪,悄声说道:"周占平让我来取东西。"

小伙计刚想转身,又警惕地问:"我表哥为啥没来?"因为他表哥曾反复关照,这是一包重要的东西,只有他亲自前来才能取出,小伙计犹豫不决。

端木看出了他的踌躇心理,打消其顾虑说:"周少校在家接待客人,一时走不开,他让我取出东西后,马上送到国泰公寓去,你不信的话,可与我一起去周少校家,把东西当面交给他。"

小伙计一听国泰公寓正是周少校住处,还邀他一起送去,信以为真,遂从房内取出一包东西,恭敬地交给端木后,说:"我要看店,一时走不开,你待我问表哥好。"

回到局里,端木股长赶紧打开包袱一看,里面有许多金条、银元,还有军管会臂章和"可罗方"麻醉药,以及手枪等物,真是踏破铁鞋无觅处,得来全不费工夫!

铁证如山,为首的几个嫌疑人见到赃物,目瞪口呆,只好如实招来。

原来周占平离开国民党部队后,凭着人脉做些营造业生意发了大财,他又胃口大开地做起了股票,赢了一点后,得意忘形,将全部资金,甚至八幢楼房都一股脑儿地投入股市,一时成了富商大贾。

上海解放后,投机商趁乱投机大炒银元,结果股票大跌,周占平连本带房输得精光。过惯了奢侈生活的他,难以忍受清贫,遂决定报复共产党,拉起旧部队里的患难兄弟邱俊天和张尔文等一起策划抢劫富商人家。

8月初的一天,周占平和邱俊天,以及胡武奎一起首先抢劫了迪化北路(今乌鲁木齐北路)上的富商谭家。他们经过周密策划,假冒公安人员,以检查户口为由上门趁机打劫,搜查到几根金条和银元后匆匆逃逸。

他们没想到刚出门,谭先生就打开窗口指着三人大呼:"抓强盗!"吓得三人撒腿就跑,他们险些被路人抓住,多亏年轻力壮才溜之大吉。

有惊无险,惊魂之余,他们将抢来的金条换成银元,一起上馆子、逛舞厅、嫖女人,潇洒了三个月,银元便所剩无几。于是,他们决定再次抢劫有钱人家。

正巧周占平在舞厅里搭识了一个叫邓庚华的青年。看他的衣着打扮像个有钱的小开(富人),便请他吃饭,几杯酒下肚,邓庚华就吹嘘其舅舅李祖夔如何有钱,还曾做过商人和禁毒局局长,云云。

言者无心,听者有意。于是,周占平拉上国民党军校一起毕业的少校团副张尔文一起作了康平路的抢劫案。他们吸取上次作案后被害人大呼的教训,为了防止被害人再呼叫,周占平特意准备了绳子和麻醉药。

正当公安局紧锣密鼓地侦查康平路凶案时,邱俊天又新搭识了小陈,听说他住在老衡山路叔叔家,小陈炫耀叔叔家很有钱,邱俊天听进去了,并特意上门"打样"(观察)后,几个人通过精心策划,又来到陈家,故伎重演地作了第三起抢劫案。

多行不义必自毙,这帮假李逵没想到胡作非为了五个多月,就被真正的"黑旋风"一网打尽。

陈毅市长闻讯后,欣喜地大加褒奖了端木股长和市局刑警处的侦查员们。

第三章　三擒贼王

这是我在长宁公安分局任教员时采访的一起案件。因几位刑队的学员老是缺课，我批评他们时，他们摇头苦笑着给我讲起了这起案件，这虽是一起普通的盗窃案，但没有想到这个盗贼却十分了得，抓了他三次，都被他成功逃脱。几位办案的侦查员都是打篮球的强壮青年，出手敏捷，怎么会一次次地让嫌疑人像泥鳅一般地滑掉逃走？侦查员异口同声地感叹，这小子看上去貌不惊人，没想到他这么活络，对其甚为佩服。

刑队队长听说后，发起了倔脾气，命令几位办案侦查员，一定要生擒这个狡猾的"小猴子"。经过侦查员的不懈努力，终于将其擒获归案。

一

在上海虹桥开发区的南面，有几幢华侨别墅在一排排火柴盒似的高楼建筑群中，虽不起眼，却典雅幽静。别墅四周环绕着绿色的冬青树，冬青树外是一圈铁栅栏，壁垒森严。别墅群的花园里，碧水喷泉、花木繁茂，一辆辆豪华的轿车进出穿梭其中，在朦胧的月光下，更显得幽深神秘。

别墅群的门卫是个循规蹈矩、一丝不苟的退休老头，陌生人进入大门都要严格检查，来者必须报出几号几室，主人姓氏，方才放行，要想混进里面，简直是难于上青天。

夜阑人静，两个黑影踯躅在小区的铁栅栏外，两点幽幽的火星在黑暗中闪亮，那是两个人在抽烟。其中那个尖下巴，小眼睛，右耳朵后有个疤痕的矮个子，叫何涛，绰号叫"小猴子"；边上那个国字脸，浓眉大眼的高个子，叫蒋国平，他俩

24

是患难与共的狱友。

"小猴子"刚从"山上"下来,却没有改邪归正、重新做人的想法,出狱后没几天,又旧病复发,到处寻觅可以下手的地方。那天,他路过华侨别墅时,发现出入的都是高档小车,便敏感地意识到,住在里面的人一定都很有钱。于是,他"瞄"准了这块肥水宝地,拉上狱友蒋国平作搭档,趁着夜色,围绕着华侨别墅来回转悠,却望楼兴叹。当他俩晃晃悠悠路过门口窥视时,"小猴子"蓦地发现进出大门的小车如入无人之境,老头不但不拦车询问,还麻利地开门放行。小猴子灵机一动,拍着脑袋兴奋地叫道:"有了!"

翌日上午,小猴子与蒋国平洋装笔挺,大模大样地叫了辆Taxi。小车来到华侨别墅门外,"嘟嘟"傲慢地叫了几声。那位忠于职守的门卫老头,一改刻板的表情,从警卫室内一溜小跑出来,也不询问来者去何处,麻利地拉开铁门,笑容可掬地欠身。小车屁股里吐出一缕青烟,长驱直入。

出租车驶到5号公寓前戛然而止,"小猴子"塞给司机一张50元,笑容可掬地说:"司机,对不起,我们上去拿点东西,你稍候几分钟。"

两人下了出租车,便大摇大摆地向楼里走去。"小猴子"走在前面,蒋国平提着一盒蛋糕紧跟在后,楼内寂然无人。他俩疾步来到顶层,迅速打开蛋糕盒,拿出准备好的钳子、螺丝刀等作案工具,下楼观察时,见那户门上贴着大红"喜"字,便停下来按了几下电铃,证实里面无人。膀粗腰圆的蒋国平将瘦小的"小猴子"轻轻一托,"小猴子"用插片一插,那扇门上的气窗便打开了。虽然窗与框架只有45度斜角,常人无法钻入,但身材瘦小、头尖腮窄的"小猴子"却有特异功能,只见他扭头、缩腰、蹬腿,干净利索地钻了进去。

"小猴子"先窜入卧室翻箱倒柜,把抽屉内三根金条和一个24K的戒指往西装内袋一塞,又来到客厅,熟门熟路地专撬上锁的抽屉,发现一大叠外汇券与美元,也来不及清点,秋风扫落叶般地全部席卷而走。

在外面望风的蒋国平不耐烦地催促:"好了没有,快点!"

"小猴子"脸上笑嘻嘻地打开门走出来,埋怨道:"讲讲是华侨,档次蛮高的,却'花头'一点也不浓,除了那台日本彩电,没什么值钱货。"

蒋国平一边下楼,一边埋怨今天没捞到油水,想想那台彩电是抢手货,何不搬走"放掉",换几个钱,也算不虚此行。

他对"小猴子"说:"你等一下,我马上就来。"

说罢,转身飞奔上楼,急不可耐地用力踢开房门,顺手从床上拉下床单,包在彩电外边,抱上就走。

蒋国平明目张胆地将彩电放入出租车里,干脆一不做,二不休,再次上楼把大橱里的各种毛料西装和貂皮大衣也塞入包袱席卷而走。

"小猴子"故意问司机:"彩电坏了,什么地方有修理?"

司机殷勤地答:"前面天山一条街上就有。"

于是,小车畅通无阻地出了壁垒森严的华侨别墅小区的铁门,绝尘而去。

当天下午,蒋国平就将彩电换成了1500元现金,晚上请了女朋友张梅芳,还叫上了"小猴子"一起来到饭店胡吃海喝。酒足饭饱之后,蒋国平分给"小猴子"500元,"小猴子"客气了两句,悉数收下。

蒋国平把那件高档的貂皮大衣送给了张梅芳,女朋友本来就长得漂亮,瓜子脸,丹凤眼,尖鼻子,皮肤白皙,穿上貂皮大衣一试,更加靓丽。

"小猴子"伸出大拇指夸奖说:"人家讲,马靠鞍装,人靠衣装。你本来就长得漂亮,穿上这件时髦的大衣,更是锦上添花,像电影里的演员。"

张梅芳笑着说:"你不要瞎讲。"

蒋国平附和地说:"是的,小猴子没有瞎讲,你穿上这件貂皮大衣,确实更加漂亮了。"

张梅芳好奇地来到饭店的卫生间,对着镜子一照,果然镜子里的她自己都认不出来了,确实高贵了许多,是像电影里的外国贵妇人。

张梅芳来到座位上,高兴地说:"谢谢侬,这件貂皮大衣多少钱?"

蒋国平不假思索地说:"国内还没有呢,是朋友从香港带来的,要一万多元。"

张梅芳听罢一惊,吐着舌头说:"我其他衣服都那么一般,穿上这么高档的大衣,实在是不协调。送我这件大衣一点也不实惠,还不如送我一万元钱,哪怕5000元也比大衣好。"

"小猴子"提醒她:"你不穿,就到华亭市场卖了,不就换成现钱了吗?"

华亭市场是上海最繁华的个体交易市场,各种时髦服装应有尽有。爱赶时髦的上海年轻人,都喜欢到此光顾。

张梅芳将那件貂皮大衣拿回家,却舍不得穿,第二天上午来到华亭市场兜售貂皮大衣,吸引了诸多海派青年。有位"港仔"见状,上前搭讪道:"正宗货,多少钱一件?"

张梅芳见来者气度不凡,便迎合地说:"原价一万多元,因老娘生大病,需要手术,急需用钱。你诚心买吗? 5000元给你。"

"港仔"也不还价,说:"太合算了,在广州要买上万元呢。我诚心诚意要,但我钱没带够,你留下地址,我下午一定来送钱取货。"

张梅芳见他一副迫切模样,便抄下了地址。

"港仔"果然按时来到张梅芳家,一手交钱,一手交货。

二

长宁公安分局刑侦队薛队长见到华侨别墅失窃的赃物貂皮大衣后,一阵高兴,用力地拍着"港仔"、便衣徐大海的肩膀,由衷地夸奖道:"找到线索啦,你小子还真有两下子!"

薛队长个子瘦高,颧骨凸起,鼻子坚挺,戴副细巧的眼镜,给人一种精明的感觉,有点像电影演员陈述。他话不多,每次分析案情,他都是等别人发表意见后,再总结别人的真知灼见,分析推理,许多案件侦破后发现,案件经过与破案前他分析得如出一辙,大家都佩服他。薛队长确有一套自己的破案路子,他善于从假象中抓住本质。

徐大海是从部队刚复员一年多的侦查员,人高马大,国字脸,浓眉大眼,留着三七开分头,是个打篮球的高手。虽然人高马大,但反应灵敏,公安局见他善于打篮球,特意招他加入警队。

罗其峰是与徐大海一起特招加入警队的,他也是大个子,但人高身瘦,尖尖的下巴,不善言谈,为人厚道,踏实肯干。

两个大个子便衣马不停蹄地来到张梅芳住地所在的派出所摸情况。户籍警反映道:"张梅芳考大学落榜后,在家待业了两年,表现一般。最近找了个男友后,经常深夜才归。目前正在报考樱花度假村的服务员,刚才还到居委会来开过证明,听说笔试已通过,16日去面试。"

16日上午,徐大海与罗其峰开着摩托车来到樱花度假村考场外恭候,只见张梅芳从容地站在日本考官面前,操着娴熟的日语对答如流。从日本高管赞许的目光中便知,她已被录用了。她春风得意地走出考场,钻进一辆红色的Taxi飞驰而去。

翌日上午,治保干部老马请张梅芳到居委会去一次,张以为是宾馆来了通知,一路上兴奋得欢腾雀跃。当她看到那天买大衣的"港仔"出示了公安局的工作证后,顿时愣住了,像烈日晒蔫的枯草一般萎了下来。

"呜呜"的警报声划破了夜的沉寂,警车直奔蒋国平的家。进门只见老两口在家,徐大海出示工作证后,问其母:"蒋国平在家吗?"

那位五十开外的妇女见到穿警服的"不速之客",吃惊地问:"他不在家,什么事?"

徐大海说:"有事找他,等他回来,让他到分局刑队来一趟。"

徐大海转身刚欲走,又回头严正告诫蒋母:"如果他不来或逃跑,一切后果均由自己负责。"

蒋母连连点头。正巧这时蒋国平破门而入,一见几位穿制服的人在家里,心里什么都明白了,回头想夺门而逃已经迟了,只得乖乖地在拘留证上签字。为防止转移赃物,刑警立刻对蒋家进行了搜查。

真是无巧不成书,"小猴子"正得意忘形地来蒋家串门,他见蒋母便亲热地喊:"阿姨,国平在吗? ……"

蒋母意外地发现了他,连连摆手示意,瞪眼惊恐地说:"公安局的人正在屋里搜查。"

"小猴子"像猴子一样反应极为灵敏,一溜烟溜之大吉。

搜查完蒋家,警车开到"小猴子"家时,他早已逃之夭夭,无影无踪。

薛队长与徐大海连夜审讯蒋国平。薛队长戴上老花眼镜,那缕缕银丝和额上的皱纹记录了他一生的辛劳。他燃上香烟,仔细查阅了两人的卷宗。"小猴子"名叫何涛,22岁,无业,身高1.60米。13岁便染上偷窃恶习,先后三次因盗窃被劳教、劳改。蒋国平,因打架伤害罪,曾被判处两年有期徒刑。他俩是监狱里的"患难之交"。

薛队长分析说:"蒋国平是搭档,何涛是惯窃犯,应是主犯,一定要将他早日捉拿归案。"

突击审讯了蒋国平三天,但他却死不开口,还捶胸顿足,对天发誓。他在监狱里听了"小猴子"与警察打交道的经验后,也信奉起了"坦白从宽,牢底坐穿;抗拒从严,回家过年"的顺口溜。为此,死顶硬赖,顽抗到底。

薛队长冷静分析后,决定先易后难,先审张梅芳,掌握证据后,再有的放矢地突破蒋国平。

女人毕竟是女人,果然,一审张梅芳,她就一股脑儿地和盘托出。

徐大海来了精神,立刻提审了蒋国平,单刀直入地问他:"你女朋友的貂皮大衣是什么地方来的?"

蒋国平打了个寒颤,心想:女朋友已全吐了出来,我如此顶下去不是自找苦吃吗? 他探虚实地问:"张梅芳也进来了?"

徐大海笑而不答,心想,他急于了解女友是否进来,是要以此来揣摩我们是否掌握了证据,便不紧不慢地吊他胃口:"你最了解她了,应该轧得出'苗头'。"便不再多说,结束了这次审讯。

这种欲擒故纵法,造成了蒋国平心理极大的压力,他愈加感到女友已出卖了自己。他熬了一个通宵,失去了女友,又失去了自由,感到得不偿失。为了自由故,他决定放弃朋友。翌日清晨,蒋国平便急不可耐地要求见徐承办。

28

蒋国平见到徐承办第一句话就问："张梅芳真的进来了吗？"

徐大海把拘留证在他眼前晃了晃，对方见后一反常态地说："我全部都讲，但有个条件。"

徐大海趁热打铁道："只要你如实交待，立功赎罪，我们会考虑的。"

蒋国平哀求道："我女友马上要被宾馆录取了，她如果一进来前程就全完了，再说她不知道这件大衣是我偷来的，求你们放只'码头跳跳'，放她出去，我保证全部都讲。"

徐大海答应了他的请求。

蒋国平沉寂了半晌，对徐大海道："给我一支烟。"

屋里静悄悄的，只有烟雾在弥漫。他抽完烟，便一五一十地如实道来。

今年春节前夕，"小猴子"来找蒋国平，笑他谈朋友是不务正业，让蒋帮他做"搭子"去捞一票，蒋国平是个打架的武夫，对于鸡鸣狗盗之举不屑一顾，但想到讨好女朋友，便爽快地点头应允。

第一次"蹬堂"，他们就发现房内有一老太太，她看见两个男青年闯进来就说："今天才5号，要等15号才发工资呢。"

小猴子笑答："那你15号等着，我们一定再来。"

他俩发现这样盲目地乱窜已不能满足挥霍的需要，便开始寻找目标，专找那些窗口上贴有大红"喜"字，阳台上堆放电器大纸盒的户头下手。果然弹无虚发，连连得手。

春节将临，他俩准备窃得华侨别墅后，紧急刹车，见好就收。没想到栽在春节前的最后一次。

徐大海追问道："华侨别墅里还偷了什么东西？"

"偷了一台彩电、一件貂皮大衣和西装等。"

"还有吗？"

"没有了，我拿脑袋担保。"

"想想金条和美钞有吗？"徐大海提醒对方。

蒋国平愣了半晌，恍然大悟道："这赤佬白相我，进去偷了东西瞒着我私吞。妈的！"说完，一股怒气直冲脑门。

徐大海利用他们之间的矛盾，分化瓦解道："看看，你被人家卖了，还帮他数钱。"

蒋国平越想越气，一连吐出了25个案子，一千元以上的15起，共计10万余元。

三

天气阴沉,朔风低吼。陡然间,天空飘下了雪片。

徐大海坐在昌河小面包车内,注视着"小猴子"家楼门进出的行人。直到深夜11点,还不见"小猴子"的踪影。又饿又冷,冻得直跺脚,可又不敢离开半步。

清晨,风消雪停,朵朵雪花挂在树枝上。徐大海望着车窗外,欣赏着雪后美景,突然发现一辆棕色的士戛然停在被监视的楼前。车内闪出那熟悉的黑影,窜进楼内,须臾,又匆匆钻进车内。徐大海立刻启动车子,紧紧尾随其后。车子穿越淮海路、襄阳路,"小猴子"从反光镜里发现有车子在跟踪,突然让驾驶员转个弯,后面小车也跟着转弯。他马上意识到不妙,立刻让司机加速,小面包车紧追不舍,前车突然穿过闪闪的"黄灯","红灯"亮了,小面包戛然而止,徐大海眼巴巴看着的士消失在车流里,痛恨不已。

徐大海通过步话机立刻向刑队作了报告,队长又派出了两辆摩托,朝三个不同的方向搜索棕色的士。

徐大海与罗其峰换上摩托继续向东驶去。车至淮海中路上海社科院时,突然发现了目标,于是紧咬不放,尾随一里多路。棕色出租车在嵩山电影院门口猛地急刹车,"小猴子"从车里一下蹿了出来,两名侦查员立刻下车追上,他们迎着川流不息的人流飞奔,眼看快追上目标时,"小猴子"倏地猫腰钻过马路边的铁栏杆,向马路对面夺路飞去。侦查员奋不顾身地也横穿过车流如梭的马路,篮球队员徐大海平时经常打球,他眼疾手快,一个鱼跃飞过栏杆,在那棵大树旁一把擒住了通缉已久的"小猴子"。

只见"小猴子"贼眉鼠眼、尖嘴猴腮的猥琐样儿,真不敢相信这便是大名鼎鼎的"贼王"。"小猴子"突然哭丧着脸向路人求救:"爷叔帮帮忙,他们欺负我。"

正在路旁装卸商品的几位搬运工,见两个五大三粗的壮汉捏小鸡似地拖住一个可怜的小个子,误以为弱肉强食,于是路见不平,拔拳相助,围上来,抓住两个便衣警察,大声吼道:"欺负小人算啥本事,有种与我们试试。"

几个装卸工三下五除二地扒开侦查员,等徐大海掏出证件解释后,"小猴子"早已逃得无影无踪,搬运工人一个劲地赔不是,气得他俩直跺脚,有苦难言。

侦查员们正愁无线索之际,突然,徐大海接到张梅芳打来的电话:"'小猴子'昨晚与他哥哥的同事张文在徐家汇饭店喝酒。"

对象又出现了!徐大海一阵兴奋,立刻查了户口卡,当即传唤了张文。张文对公安局消息如此灵通颇感吃惊,他摸不准怎么回事,如实交代了昨晚的一切活动。

昨晚,"小猴子"找他借钱,声称公安局正在通缉自己,要他帮帮忙,买张去南京的车票。张文立即回家取了80元钱给他。尔后,又请他喝了一顿,随后带他到自己的姘妇陈美琴家避风头。

徐大海与大罗旋即赶至陈美琴家。陈美琴看了证件,明白了一切,但这位进过"庙"、见过世面的时髦女郎却无半点惊慌,她柳眉一竖,厉色反问道:"你们凭什么深更半夜私闯民宅?"

徐大海客气地说:"据反映有个叫'小猴子'的曾来过此处。"

陈美琴一口否认:"什么猴子、熊猫,到动物园去找,这里没有。"

侦查员尽管受到如此"礼遇",但没有抓住她的把柄,奈何不得她。

此刻,"小猴子"正躲藏在她家的阁楼上,他竖起耳朵贴在地板上偷听,吓得浑身直痉挛,生怕女人供出他,但是这个女人够模子。侦查员反复向她讲明法律,她置若罔闻,无动于衷,只是反复一句话:"没来过,有的话,随你们怎么处理。"

徐大海与大罗交换了一下眼色,决定来个调虎离山计,立刻撤出陈美琴家,守候在大门口的角落处。

侦查员刚"撤兵",陈美琴就急不可耐地上楼报警,但她来到小阁楼后,却不见了人影。就在侦查员与陈美琴对话的当儿,"小猴子"便悄悄地爬出气窗,跳到邻家的屋顶,逃之夭夭。

天上下起了淅淅沥沥的小雨,伫立在大树下的徐大海和大罗被树枝上滴滴嗒嗒落下的雨点渗透了衣衫。一阵寒风吹来,浑身直哆嗦,像随风摇曳的芦苇一样。

此时,"小猴子"早已星夜赶程,来到打浦桥,找到青海劳改农场另一位结拜兄弟孙建强家。孙兄弟正忙于筹备婚事,自从"山上下来"后,做了个体户,已赚了十几万元,日子过得正红火,而且找了个漂亮可心的媳妇。平静的生活里突然闯进了这个吃官司的兄弟,他不想让未婚妻知道此事,便拉他来到淮海路的咖啡馆细谈。

小猴子向他告急:"我已被'老派'通缉,现在公安局正在搜捕我。今天看到《新民晚报》上登了我作的案子,还把我的名字放在第一位。进去的老兄已交代我偷了价值十多万元的东西,这下再被抓住必死无疑,现在只能最后一搏了。望兄弟看在朋友的面上,给我一把刀子,帮我联系一个住处,暂避避风头,我每天给你200元报酬。"

孙兄弟已有十多万元的家产,真不在乎这几个小钱,只想过几天太平日子,他早已改邪归正了,不愿为这个朋友冒风险。便应付他说:"你先到我朋友家暂时住下,然后我给你想办法。"

出了霓虹灯闪烁的咖啡馆,孙建强把"小猴子"带到做生意的朋友家,介绍道:"这位朋友是从广州来出差的,明天就回广州,今晚在你处暂住一夜。"对方爽快地答应了。

孙建强出了朋友家,便冒雨疾步赶到打浦桥派出所报案,来到门前,他又突然犹豫起来了。他想起与"小猴子"一起在荒漠上吃苦的情景,感到这次再送他去那荒凉的地方,良心上说不过去,但又后怕知情不报会犯法。

他在寂黑的雨夜中徘徊良久,心想:如果"小猴子"进去又逃出来,一定会来报复我的;如果公安局抓到他得知他曾来找过我,我又知情不报,还帮助过他,公安一定会依法处理我的。他踌躇不定,进退两难的时候,突然想起未婚妻已怀孕,自己再进去,怎么对得起她和未出世的孩子。想到这里,他便毅然地跨进了红灯闪亮的大门。

长宁公安分局从指挥中心获悉这一重要的信息后,电台立刻向各守候点的侦查员呼叫。一刻钟内,分散在各点的20多位民警立即赶到集合点,片刻,那幢五层楼房被警方围得严严实实。

为防止案犯狗急跳楼,在三楼东南面的两扇窗户下,四人一组,悄然拉好棉被守在楼下,以防不测。

徐大海与大罗则佯装送电报的邮递员,故意把摩托引擎发动着不熄火,并大声喊道:"304室,加急电报!"

三楼那个窗口灯亮了,从窗内传来:"马上就到"的回答。他俩故意踏着响步来到304室敲门,声音格外地响,划破了夜的寂静。房门刚露出一线光亮,徐大海瞥见"小猴子"正赤膊警觉地坐在床上,看见情况不妙,倏地从被窝里窜出,一脚踏在床边的桌子上,朝窗口冲去。侦查员们不顾一切地冲上去,几个人像球场上争抢篮球似的死死抱住这个油光滑腻的对手。

房东见状,顿时愣住了,他尚未回过神来,锃亮的手铐、脚铐已锁住了这个"广州来客"的手脚。

警方告知房客:"这是我们追踪了多日的大盗。"

房客马上解释说:"是朋友介绍来这里住一晚上,我真的不知道他是大盗。"

警方笑着说:"我们已经清楚,否则,你不会这么太平。"说罢,几个腰圆膀粗的大汉如抬死猪一般,把赤条条的猎物抬到了警车上。

四

夜阑人静,分局审讯室里仍然灯火通明。

薛队长、徐大海与大罗连夜突击审讯。"小猴子"已读过《新民晚报》上的案例报道，知道公安局掌握了多少材料，便将报纸上已报道的案子全吐了出来。尽管他认罪态度极好，有问必答，但他深信"三人作案没有门，二人作案是木门，一人作案是铁门"，所以他"单枪匹马"作的案子，却守口如瓶，滴水不漏。

次日，正是星期天，长宁区检察院的周副科长听说"小猴子"已捉拿归案，立功心切，想趁热打铁，多挤出几个案子，便放弃休息，一大早就到长宁公安分局提审嫌疑犯。周副科长是大学法律系科班出身，理论知识比较精通，但社会知识不够丰富，尤其是对犯罪嫌疑人的狡诈和恶劣本性更是理解不透。他审讯对象时，喜欢背法律条款，但对象见他一副文质彬彬的样子，根本不理他那一套。犹如秀才遇到兵，有理说不清。当周副科长给"小猴子"上铐时，经验丰富的"小猴子"握拳竖着伸出来，因手腕是椭圆形的，手铐齿却卡在手腕宽的两边。

来到检察院，"小猴子"突然借口上厕所，周副科长点头应允。"小猴子"来到厕所里拨弄一下手铐，手便神奇般地从手铐中抽了出来。他一阵兴奋，但不露声色地又缩了进去，佯装冲了下马桶，老实巴交地跟着周副科长来到办公室。

"叮铃铃……"周副科长离座去接电话。"小猴子"注视着周副科长的一举一动，趁其不备，突然一个鱼跃跳起来，把凳子踢翻，嗖地窜出房门，又把门反锁上。周副科长撂下电话，旋即开门去追，等打开门，只见"小猴子"不顾一切地从西楼楼道门的窗口跳下，犹如猫一样轻捷地窜上墙，溜之大吉。

周副科长奋不顾身地也从窗口跳下，翻身落墙奋力直追。墙外的居民见高墙内跳出一人，飞也似地溜走，刚意识到是犯人逃跑，只见里面又一人翻墙而出，在楼上直跑。居民们见义勇为，围追堵截"逃犯"，把周副科长牢牢擒住。他既没穿制服，又没带工作证，纵有千张嘴也无法使居民们相信，他是检察院的执法人员。结果他被四五位壮汉反手押往公安局大门。

残阳西下，月儿蹒跚地爬上了树梢，大街上空荡荡的，但火车站内却人声鼎沸、熙熙攘攘。浓浓的雾气笼罩着站台，惊魂未定的"小猴子"刚进车站，便发现公安民警荷枪在站台上巡逻。他禁不住打了个寒战，魂不守舍地钻过密集的人群，来到候车室，茫然望着如潮一般涌来的人流。

此时此刻，他心里想，几次绝路逢生，化险为夷，多亏老天保佑，但公安人员却像魔影似地盯牢自己，始终没有甩掉，如果今晚再不逃出上海，结局肯定是锒铛入狱。他望见许多出站的乘客肩上扛着箱子皮包，正好把头挡住，便灵机一动，迅即来到车站附近的一家药店，花五角钱买了一只大纸箱，扛在肩上，又挤进车站。

当巡逻警察路过他身边时，他迅即把纸箱换一下肩，用扛着的纸箱挡住脑袋,把他的脸挡得严严实实。一路上他左右换肩,躲闪过了道道机警的目光,买了张站台票终于混到了火车上。

一声汽笛长鸣,当列车冒着黑烟离开上海火车站时,"小猴子"如压紧的弹簧倏地放松一般地轻松下来。此次绝路逢生,他长长吁了一口郁积已久的闷气。

五

"小猴子"来到列车上,犹如老鼠钻进油库里,使出扒包绝技,列车抵达福建泉州时,身无分文的"小猴子"已是腰缠万贯的大亨了。他提着丰厚的礼物来到舅舅家投宿躲避。

"小猴子"的舅妈杨之萍本是个贪财女人,见外甥带来了丰盛的礼物,喜得眉开眼笑。舅妈长得不难看,也谈不上漂亮,但她喜欢打扮,有一种媚态,其性格比较率性,因为比老公小十岁,所以老公事事顺着她。

见多识广的"小猴子",一见舅妈就闻到了一种特殊的味道。他投其所好,送她一根又粗又长的24K金条和带鸡心的金项链,舅妈见之受宠若惊,简直不敢相信这梦寐以求的东西一夜之间竟成了自己的财产,于是忘了舅妈的身份,勾着外甥逛公园、荡马路、上餐馆、入舞池。

"小猴子"派头十足,大把大把的钞票尽情挥霍,像扔掉信手摘来的树叶一样随意。在山珍海味席上,"小猴子"酒量真大,一杯又一杯,舅妈虽不多喝,却沉醉在美酒佳肴中。现实、理智、身份等等,在她惺忪醉眼中变得模糊了、淡化了,终于不顾羞耻地投入了外甥的怀抱。

两人出双入对,形影不离,为避开舅舅的干扰,干脆一起住进了宾馆,几天不归。对于他们不顾人伦廉耻的行为,舅舅气得有苦难言,又不能对外人道,像吞吃了苍蝇似的恶心,摇头叹气,无可奈何。

昼夜守候在上海"小猴子"家的大海与大罗,从来信中得知"小猴子"已逃离上海,且逃至千里之外的福建泉州。大海与大罗顾不上回家准备衣服用品,迅速赶到机场乘飞机直奔泉州。他俩下了飞机,十万火急地赶到"小猴子"舅舅家,可惜来迟了。

"小猴子"的舅舅面对赶来的上海刑警,怒气未消地说:"他俩去杭州了。"说罢,又发泄道,"这个外甥真不是个东西,竟然勾引自己的舅妈胡来,真不知羞耻。"

大海追问:"去杭州几天了?"

舅舅掰着手指算道:"已经是第三天了。"

两位上海侦查员没有急于离去,而是与"小猴子"的舅舅细聊了起来,以期获得更多的线索。经过细问,了解到"小猴子"与舅妈勾搭上后,天天一起出去鬼混到深夜才回来。三天前,老婆与"小猴子"不辞而别,在火车站,她打了个电话回来,说是去杭州玩几天。其实是私奔,听说"小猴子"的叔叔在杭州,他俩可能去"小猴子'的叔叔家度"蜜月"去了。

杭州是闻名天下的旅游城市,景色优美,宾馆如林,民房幢幢,人海茫茫,何处去寻觅"小猴子"的身影?经过刑队其他侦查员的调查,摸到了"小猴子"叔叔家的住址,两位大个子赶到其叔叔当地所属的派出所了解情况,户籍警找了个理由,上门一摸情况,"小猴子"没有来过。

是的,"小猴子"心里应该清楚,带个老女人上门,会被叔叔和婶婶笑话的,也会被他们教训的,所以他没有惊动叔叔。

两位侦查员先来到杭州火车站查询去上海和泉州的车次,但不知"小猴子"何时离开杭州?每天有许多去上海和泉州的车次,人流如织,川流不息。"小猴子"可能乘坐火车出境,也可能乘坐长途汽车离去,还有可能从水路上离开;可能今天,也可能明后天,甚至更晚离开杭州,一时难以判断。

一筹莫展之际,徐大海突然想起"小猴子"舅舅曾对他说过,他的老婆信奉佛教,她每遇大事都会去寺庙烧香拜佛,磕头求愿。徐大海预感到他俩也许会去杭州闻名遐迩的灵隐寺大雄宝殿烧香求愿,于是决定住在灵隐寺附近,每天从早到晚守株待兔。

大雄宝殿在茫茫的雪景中,显得更圣洁壮观,殿内烟雾缭绕,肃穆宁静。尽管寒气逼人,但香客却熙熙攘攘,络绎不绝。在大雄宝殿守候的第二天,大罗蓦地发现了排队的香客中,"小猴子"的身影在善男信女中慢慢前移。大罗捅了一下身边的大海,使了一个眼色,大海顺着他的眼色,也发现了"小猴子"。为了不破坏这里宁静的氛围,他们躲在暗处的角落里静静地观察着"小猴子"的一举一动。只见"小猴子"与一个打扮时髦、描眉画眼的女子正跪在巨大的佛像前烧香许愿。大佛两旁站立着怒目圆睁的八大金刚,一切都笼罩在神秘的氛围中。一男一女虔诚地祈祷渡过难关,安然无恙,阿弥陀佛!

丧魂落魄的"小猴子"祈祷完后,感到一阵从未有过的轻松,笼罩在他心头的晦气似乎烟消云散。他俩出了大殿,双双勾着手迈着悠闲的步子,向寺庙外的大门慢慢走去。大罗保持一定的距离紧随其后,大海躲在大门墙外恭候。"小猴子"和舅妈手拉手刚跨出高高的门槛,两人似神兵从天而降,一前一后,同时行动，"小猴子"突然感到手臂背前后猛地被牢牢卡住，他尚未反应过来，一副锃亮的手铐神速地卡住了他的手腕。这下即使他有天大的本事，也插翅难逃。

警车呼啸着直奔上海，"小猴子"戴着手铐坐在警车上，这下他彻底服输了，缩在车内，面如土色，瑟瑟发颤。他心里明白自己作案太多，罪行深重，此去一定凶多吉少，心里黯然绝望。坐在"小猴子"身边的舅妈又哭又闹，不停地数落："我没有做什么坏事，为什么一定要带我去上海？"

大海解释说："'小猴子'做了许多大案，偷了许多东西，也送你不少赃物，比如你手上戴的24K戒指，还有你脖子上挂的项链等，所以你有义务到上海提供证据。"

舅妈一听明白了，原来"小猴子"这么有钱都是偷来的，送她的礼物也是偷来的。她才如梦初醒，"小猴子"吹嘘自己开公司发财赚了大钱，她还准备与"小猴子"长期同居呢。她一迭连声地抱怨"小猴子"欺骗了自己。

"小猴子"心里也在哀叹，自己今天被抓，全坏在了这个女人身上。

第四章　追踪印钞厂幽灵

裘礼庭是上海市公安局刑侦处副处长，被誉为803"三剑客"（803即上海市公安局刑侦处，因地址在中山北一路803号而得名），他指挥侦破的上海"美丽"牌香烟广告美女一案可谓是轰动一时。我曾经采访过他，写过一篇纪实文学《上海小姐之死》，在《青年一代》杂志上连载后，引起了很大的反响。

20多年后，在采写上海公安老专家时，得悉裘礼庭组织侦破了上海造币厂的盗窃大案，便又上门作了详细的采访。此时，裘礼庭已是耄耋老人，但他记忆力甚好，详细地回忆了侦破案件的经过和许多生动的细节。我根据他的生动描述，写了这起案件，在《新民晚报》连载后，裘礼庭高兴地打来电话，让我上门继续采访，以保留更多经典案件侦破过程和精彩细节。因我要去澳大利亚、新西兰旅游，答应回来一定上门采访。旅游回来后，却听说他走了，走得很突然，可惜许多经典案件的侦破经过也随之消失。

幸好这起造币厂盗窃案的侦破过程和诸多细节，被我及时地抢救了下来，现呈现给读者。

20世纪80年代中期，上海印钞厂内发生了一起新币被盗案，因为地点敏感，案件引起了时任国务委员、中国人民银行行长陈慕华的重视，她批示望尽快组织力量破案。但两年过去了，还是没有破案。陈慕华来上海考察时，特意到上海造币厂视察，并问起了此案。刑侦处副处长裘礼庭临危受命，立下军令状，不破此案，当场免职。于是展开了新一轮地毯式侦查。

上海西北角有条叫光复西路的小马路，上海人一般都对这条偏僻的马路不太熟悉，对这条马路上的工厂更是陌生，当年这家工厂以代号作为厂名。

高墙大院加上坚固铁门，给人一种神秘感。这里每天有数千工人和川流不息的汽车进进出出，周边的人仅知道是一家保密工厂，但大多数人搞不清楚工厂到底制造什么东西？其实就是一家造币工厂，半个多世纪以来始终低调平静，由于属于保密单位，该厂不能见报，也不能宣传，一直默默地为国人提供流通的人民币纸币。

不料，20世纪80年代中期，这家秘而不宣的工厂突然引起舆论的特别关注，其原因是里面发生了一起令人惊愕的盗窃大案。

银行里连续发现多起新币被盗案

银行里的金库可谓是壁垒森严之地，厚重的不锈钢门，坚固的保险锁，加上专人守候，一般人根本无法进入。那些武艺高强的专业大盗，用特殊电钻破墙入门，那也只是美国大片里的镜头，现实生活中却闻所未闻，除非内部人员串通作案。

那是一个年末冬天，广东潮州市人民银行的职工小张遇到了一件令人匪夷所思的事。当他打开金库里的钱箱，取出新五元券人民币清点钱款时，却发现其中一千张包装的五元券纸包，被人用一捆封包的"贴头纸"调包了。

小张望着一厚叠五元人民币一样大小的白纸，惊讶地感叹道："奇怪，怎么会有这种怪事？"

他的惊呼立即引起了身边同事老徐的关注，他们细查了一番，发现这种钱箱内的钱款共分8个大包、40个小包，每小包5000元人民币，缺失一个小包，共计5000元人民币。此事发生于1985年11月25日的上午。

闻讯赶来的银行部门经理听后开始不信，等他亲自查验后深感纳闷，于是，他立即向上级汇报。于是逐级向上汇报，每级领导都从未听说过如此怪事，最后上报至中国人民银行行长陈慕华处，引起了她的高度重视，并当即批示：望组织力量尽快破案。批示迅速电传至新币的来源地上海印钞厂。

12月3日，上海印钞厂党委书记和厂长看完总行的电传后，顿感事态严重，他们虽是现任领导，但自接管印钞厂以来，从未发生过成品短缺的事情。印币车间和包

上海印钞厂

装车间都有严格的程序,运输钱款途中也都是武警持枪押运,书记和厂长都清楚不是运输途中出了纰漏,还是车间内部出了问题。于是,保卫科长立即来到普陀公安分局报案。分局刑队接报后,感到案件重大,迅疾派人会同厂保卫科的同志组成五人小组,当天晚上飞往广东潮州勘查现场。经检查,装钱的箱内少了一小包,里面有1000张五元的纸币。这个小包被一元的贴头纸填满了,这种特殊的贴头纸,只有上海印钞厂生产,且从不对外。

经过仔细分析,大家感到一定是家贼所为,因为钱箱坚固,途中难以调包,即使有人想调包,也没特殊的贴头纸。侦查员返回上海后,立即成立了专案组,悄悄地进驻印钞厂展开秘密侦查。全厂共有3000多名职工,成品车间有300多人,倘若一一调查筛选,至少需花几个月时间。因当时没有监控探头,只能采取一一调查的死办法。不过刑队侦查员毕竟是侦破案件的专家,他们决定先重点排摸一下"暴发户",也就是现在的"土豪"。当初暴发户的标准是经济反常,因为那时都是死工资,青工三十多元,老职工七八十元。

成品车间首先跳出一个郑姓装卸工,32岁,性格外向,调皮捣蛋,常常违反厂里规定,午睡时喜欢将捆扎好的人民币拿来当枕头,更令人怀疑的是,此人家里最近添置了冰箱、彩电和录音机,还有一辆时尚摩托车。要购买这些高档的电器,在当初可谓是笔巨款。小郑自然成了侦查的重点。

说来也巧,第二年春节后,小郑驾驶摩托车肇事,被拘留审查。开始小郑很坦然地以为只是交通肇事,神态自若,有问必答,但审讯者反复追问购置摩托车的钱款从何而来,他说是多年的积蓄,但审讯人员却没有轻信,反复提审他。后来小郑听同监房的人议论,方才得知自己厂里发生了特大盗窃案。此时此刻,他才反应过来不放自己出去的原因所在。想到自己曾用新币当枕头,公安人员一定怀疑是自己所为,小郑后悔莫及。在侦查员反复强力审讯下,一个初出茅庐的青年,哪里顶得住如此狂轰滥炸,他在一种复杂心理的驱使下,为了争取主动,竟然稀里糊涂地承认这起盗窃案是自己所为,但具体时间和具体作案手法,以及盗窃了多少钱款,他却答得牛头不对马嘴。经过慎重复查,他购买每件电器的钱款都有来处,最后还是否定是他所为。

一波未平,一波又起。正在专案组陷入困境之时,又发生了一件蹊跷事。1986年7月10日,广东省惠阳县工商银行职工在开启钱箱时,也发现短缺了一大包新币,共计25000元人民币。

案件尚没破,1987年4月3日,吉林省农安县农业银行的职工,也发现一小包五元券的人民币被人偷梁换柱,共5000元。

两年内接连发生了三起新币失窃事件,合计缺失人民币35000元。当初的

35000元可谓是笔巨款,更主要的是内部盗窃,且频频发生。这起建国以来罕见的"印钞厂失窃案",也引起了上海市领导的高度关注,各级领导分别批示迅速破案。由市公安局领导指挥,刑侦处长老端木挂帅的专案组,迅速集结精兵强将,再次来到印钞厂展开了第二轮侦查。

经办案侦查员的初步判断,可能是犯罪嫌疑人采用"贴头纸"掉包手法作案,这起案件必须是有条件接触新币的人才能作案,这显然是一个"家贼"。三批丢失的五元券均系上海市印钞厂印制,经过侦查分析,人民币在出厂前就已经被掉了包,作案现场应该就在印钞厂内部有机会接触新币的车间工人。

因发案时间已久,现场没有留下有价值的痕迹。案发后几个月才来现场勘查,结果自然是一无所获。不过当时已在回笼货币中发现了赃款,这说明狡猾的作案人已在使用盗来的新币。这个神秘的大盗从大世界储蓄所、常熟路储蓄所和老西门储蓄所等处购买了"定期"和"定活两便"的储蓄存单,接着转手再从银行取出,变成了市场上可以流通的货币。那时银行里也无监控探头,每天人员进进出出川流不息,无论是银行内部职员,还是周边商店职工,谁也无法回忆出持款人的体貌特征。

侦查由秘密转为公开进行。一是开诚布公地召开全厂职工大会,发动群众提供线索,侦查员逐一排队摸底,以期觅到有价值的线索;二是追寻赃款,通过银行"控号",重点是上海繁华路段和家电、珠宝等高档商店。

通过对印钞厂职工逐一谈话,部分工人反映了一些线索,侦查员根据线索首批排出了84人,还没有来得及细查,第二批又排出了196人。经过几个月的内查外调,经过严密筛选,最后确定四人,再经过四组办案人员的重点查证,最后均被排除。

老处长立下军令状保证限期破案

案发两年后,国务委员、中国人民银行行长陈慕华来上海印钞厂考察时,向时任市委书记芮杏文提起了此案,她对芮书记说:"案情严重,望尽快组织力量破案。"最后,陈慕华又提出要亲自听一下案件的侦查进展汇报。为此,上海市委政法委书记石祝三与市公安局常务副局长易庆瑶通了电话,决定向陈慕华汇报前,先听取市公安局刑侦处具体侦办情况。

周五那天,裴礼庭副处长突然接到处里的通知,让他到市政法委开会,向市领导汇报上海印钞厂失窃案。他感到有点纳闷,他正在嘉定负责一起凶案的侦破,这个印钞厂的案子不归自己负责,怎么突然叫他去汇报?

裴礼庭副处长去请示端木处长,老端木说:"你手上的案子先让别人管一下,这个案件影响太大,你集中精力去抓这个案件。"

裴礼庭知道这是老端木信任自己,便放下手上侦办的杀人案,立刻找来卷宗研究起了这起印钞厂失窃案。

裴礼庭中等个儿,身着咖啡色西装,国字脸,双眼皮,挺鼻梁,嘴巴有点儿瘪,周正俊朗。他待人接物温文尔雅,说起话来慢条斯理,一点也不像个铁血阳刚的侦查指挥官。传说他办起案件来也是不疾不徐,不温不火,像宁波糯米团子一般黏住对手,以柔克刚,那些顽固的死硬对手经不起他的死缠慢绕,最终缴械投降,故此,他的外号叫"宁波糯米团子"。

星期一上午9点,石祝三书记和易庆瑶副局长一起参加了会议。裴礼庭先安排侦破小组副组长老顾和技术人员汇报案情,汇报完后,石书记看着裴礼庭,开门见山地问:"裴副处长,你看怎么办?"

裴礼庭已做了充分的准备,便爽快地说:"这个案子作案对象范围明确,系内部作案,我看此案能破。"

石书记听罢一愣,也不绕弯子地问:"你有多大把握?"

裴礼庭说:"此案从发生到发现,间隔时间过长,赃款已经变成流通货币,因此有些难度,侦破需要一些时间。"

石书记马上将了他一军:"裴副处长,那你认为什么时候能破案?"

裴礼庭看了一下笔记本上的日历,抬起头来掷地有声地说:"今天是6月15日,快则国庆节前破案,慢则年底一定破案。"

传说裴礼庭手里没有死案,他今天居然没给自己留退路,看来破案有望。不过,石书记神情严肃地说:"君子一言,驷马难追。军中无戏言,大家听着,案子年底不破,撤裴副处长的职。"

裴礼庭被逼上梁山,背水一战地说:"好,就这样定了。"

易局长笑着说:"祝你国庆节前破案。"

石书记和易副局长虽然都是笑着要求限期破案,但与会者和专案组的侦查员还是替裴礼庭捏了一把汗。有的部下发牢骚说:"谁拍板,谁负责。"有的老专家也嗔怪地说:"从来没听说破案打保票的,

裴礼庭

41

到时破不了案,看他如何对付?"

裘礼庭听了这些非议,面带笑容地说:"我当然要负责,最多撤职回到派出所当户籍警,大不了再干我的老本行。"

谁也不知道他到底有多大把握,其实,何时能侦破案件裘礼庭自己心中也没底,他心里的压力比别人更大。虽然是内部人员作案,但已反复查了多遍,没有破案,自己难道是福尔摩斯,能神机妙算?裘礼庭没有那么神,但他相信只有细之又细地深入下去,注重细节,一定会发现破绽,使案情水落石出。

市局刑侦处、经保处和普陀分局三方组成了 25 人联合侦破组,由裘礼庭全权负责,但因案子久拖未破,各小组又各自为政,人心涣散,士气低迷。故此,裘礼庭首先调整队伍,把人员分成三个小组:一是调查组,在厂内调查;二是号码组,负责线索查证;三是重点组,负责侦查重点怀疑对象。专案组人员明确了各自的方向和任务,侦查工作重新启动。

兵分三路,重点是印钞厂成品车间

针对三个侦查小组的各自任务,裘礼庭经过缜密梳理,提出了三条意见:一是依靠群众,摸清案发后谁在经济上和行为上反常;二是再次查找被盗五元券的去向和线索;三是重点调查最有可能作案的成品车间男性,女性无力搬动沉重的钱箱,每只钱箱有 75 斤重,女性基本可以排除。

布置任务后,兵分三路,分头行动,各司其职。重点还是放在印钞厂成品车间深挖细查。

侦查员曾在成品车间排出九名可疑对象,经过逐一仔细核查,九人先后被排除,但裘礼庭决定再重新过堂一遍,他要求侦查员刨根问底,尤其注重细节上的破绽,必须搞清楚这九个人过去是怎么被排除的?被排除的依据又是什么?

侦查的重点还是暴发户,倘若一个人突然有了横财,必然会找地方去开销,突然暴富大手大脚者是侦查的重点。现有九个目标,其中陈姓工人成为第一个重点,他说自己养鸽子挣了一些钱,但养鸽子是怎么挣到钱的?必须查个水落石出。经过走访发现,

印钞流程一

他养的一些信鸽确实卖了很高的价,再深入查下去,陈姓工人赚钱的秘诀原来是卖掉的鸽子,常常飞回"娘家",反复买卖获利,钱原来是如此赚来的。

第二个对象李姓工人经常请病假,经谈话了解到原来是去广州跑单帮。经查家里有货品,又有来回火车票,人证物证俱有。

还有王姓工人和保安勾结偷厂里的纸品贩卖……

这样筛选下来排除了六人,一网还没有拉出水面,已经否定了三分之二,仍不见大鱼,难道这一网又漏掉了?

此时,技术员在仓库的一只箱子上觅到了一枚指纹,经全厂职工打手印,却与保卫科长对上了。科学不会说谎,许多人感到保卫科长就是从事保卫的,不同意调查他,有的认为不管牵涉到谁,都必须一查到底。裴礼庭有过调查内部人员作案的经验,决定还是不能被其身份所迷惑,但秘密侦查后结果大失所望,保卫科长没有存款和大量现钞,结果予以否定。

此时传来了新消息。大世界储蓄所发现了被盗的五元券。这个消息无疑给侦破组在迷雾中看到了一线曙光,裴礼庭亲自带队驱车直奔储蓄所。女营业员回忆说,接到公安局的协查通知后,她隐约记得两个月前,有人用五元连号券购买过三张"定活两便"存单。侦查员追问存款者是男是女?有什么体貌特征?营业员却似是而非地说应该是男的,衣服和年龄实在是不记得了。

失望而归,但很快钢铁二厂银行储蓄所又传来了信息:有人持赃款储蓄。顾副组长带人心急火燎地赶到储蓄所。经过仔细盘问,系厂医务室一位朱医生存了200元钱,是连号的五元新券。跟踪追击到朱医生,原来她的钱是从淮海路一家储蓄所取出来的,她说营业员可以证实,但问及储蓄所的营业员,这些钱是什么样的人存入的,却同样令人失望,她只记得存入4000元五元连号新币,存单是500元票面的定活两便。

紧接着,在南京路一家储蓄所和淮海路龙凤珠宝店也相继发现了赃款,可是那个使用赃款的人却深藏不露,折腾了一阵,结果线索又中断了。

外线断了,还是回到成品车间,抽丝剥茧般地细细追查,七号目标终于浮出了水面。此人叫张德康,男,39岁,国字脸,身材魁梧,是个复员军人,现为成品车间装卸工,平时低调,沉默寡言。职工曾反映他们夫妻俩各有十来件羊毛衫,同时家里连续购置电冰箱、照相机和录音机,以及吊扇、吸尘器等高档电器,总价值5700

印钞流程二

多元。为此,曾对他做过调查,但其妻子和岳母,以及他本人都解释得严丝密缝,合情合理,便被排除了嫌疑。

当初的调查结果是张德康系上门女婿,为传香火,岳父想叫外孙跟他的姓,起初张德康不同意,岳父去世前给了他5000元钱作为补偿,他终于答应了。当时侦查员感到他的回答符合逻辑,其表情也坦然自若,没有深究,便放过了此人。

裘礼庭是个细心人,喜欢刨根问底,他要求侦查员们细之又细,不要轻易放过每个对象,细节是成功的关键。侦查员对张德康解释的细节深究下去却发现经不起推敲。其岳父常年生病,吃药住院开销很大,每月工资就六七十元,他哪里来的5000元巨款? 再追踪下去,张解释说是老家卖了房子。

裘礼庭听了汇报后没有轻信,他让侦查员追查他老家的房子在哪里,又卖给了谁,不能放过这个关键细节。侦查员给张德康岳父的老家扬州公安局打电话请求协助调查,终于露出了狐狸的尾巴。老头已多年不回老家了,也根本没有传说中的房子。买羊毛衫、买冰箱和买录音机,以及装修房子的钱到底哪里来的?为什么全家都帮他说谎? 其中必有隐情。

狡猾的内贼终于浮出水面

裘礼庭预感到其中有戏,便当机立断,亲自在印钞厂会议室找张德康谈话。经验丰富的裘礼庭有点预感,有时嘴上乱跑车的人,人们都怀疑他,往往这类人不会作案,而那些沉默寡言者却常常曝出冷门。

裘礼庭见了七号对象开门见山地问他:"厂里发生的案子至今未破,你有什么想法?"

张德康表情自然地答:"我们工人只知道做工,有什么想法不想法的。"

裘礼庭单刀直入地问:"能谈谈你岳父给你5000元的情况吗?"

对方有点不耐烦地埋怨道:"这事不知谈了多少次了,你们应该有录音,你们想听,就听录音好了。你们吃饱饭没事做,一次次找我麻烦,我要回家给儿子烧饭,告诉你,我没空!"

说完,他站起来做出欲走的样子,裘礼庭一字一顿地说:"既然你很忙,咱们就长话短说,你岳父给你的5000元是现钞还是存单?"

张德康答:"当然是存单。"

裘礼庭又追问:"是哪家储蓄所的存单?"

一阵沉默。因为假的东西经不起细节上的追问,他说了一个谎,就要用无数的谎话来补第一个谎话,越补漏洞就越大。

裘礼庭刨根问底地追问:"怎么不回答啦?"张德康态度一横,干脆耍起了无赖:"算我偷的好吧!你满意了吧?"裘礼庭像糯米一样黏住不放,笑着说:"我还是不满意,偷来的也要讲清楚,什么地方?什么时候?偷了多少?"

张德康一时坚不吐实,裘礼庭没有死缠下去,而是另辟蹊径,赶到张德康妻子杨某所在的房管所进行询问,防止他们串供。

裘礼庭直截了当地问张妻:"你父亲给张德康的5000元是怎么回事?"她面无表情地答道:"父亲只生我一个女儿,他封建思想比较严重,要叫我们的孩子跟他的姓,给了丈夫这些钱,算是补偿。"裘礼庭追问:"你父亲的5000元是哪里来的?"张妻口径一致地答:"是把乡下的房子卖了所得。"

裘礼庭知道她在瞎编,追问她:"谁去乡下卖的房子?"张妻搪塞道:"这我不清楚。"裘处长提醒她:"我们查过了,你父亲乡下没有房子,你在撒谎!张德康的存单在哪里?"

这个回马枪杀得张妻无言以对,她听到此有些慌乱,便主动地说:"在……在这里。"说完,从包里拿出两张存单,每张两千元。

但她还是不愿就此认输,又解释说:"老实说,你们不要冤枉张德康,厂里的产品不是他偷的,这些是他做生意时赚的钱,怕你们和厂里的案子联系起来,才说了谎。怕你们抄家,我便把存单放在了包里。"

裘礼庭发现这个女人颇有心机,便点她的穴位道:"还有500元票面的定活两便存单呢?"她失言道:"你们是怎么知道的?"张妻被逼到绝境,只得老老实实在写字台的抽屉里拿出六张定期和定活两便存单,共计1.7万元人民币。

裘礼庭边看存单,边漫不经心地问:"你知道张德康有两个晚上没回家吧,他去干什么了?"她还是狡辩道:"反正你们什么都知道了,他其实是去做生意,这些钱是那两个晚上做生意赚来的。"

此时此刻,张德康已被带到普陀分局审讯室,以给他心理施加压力。

裘礼庭对张妻说:"你好好想想,有什么事随时来找我们谈清楚。"说罢,又马不停蹄地赶到普陀分局刑队。裘礼庭走进审讯室,见张德康已经坐在凳子上,表情木然。

裘礼庭颇为自信地提醒张德康:"到这里来,你该交代了吧?"张德康突然态度萎缩了下来,原来强硬的语气变成了哀求:"我确实没有偷厂里的产品。"

裘礼庭叫人把张德康妻子交出的存单往桌上一甩,提醒他道:"你看看清楚,这些存单是哪里来的?你不交代,你妻子难道也不交代吗?"

扑通一声,张德康突然跪倒在地,恳求道:"我该死,请免我一死。"

裴礼庭语气坚定地说:"你站起来,坐回去好好交代,如何处理就看你交代罪行的态度如何?"

张德康沉默了片刻,提出要喝水,"咕噜咕噜"喝完水,他便开始回忆起了自己的作案经过:

我第一次偷厂里的产品是1985年的夏天,那天下班时,我爬到鼓风机管道里潜藏了起来,等大家都下班走了,我还是不敢钻出来,一直熬到了晚上8点多钟,才悄悄爬到大门前,用事先准备的锯条,锯断了库房门的挂锁,借着外面照进来的月光,看到已经封包的产品,一包包摆在货架上,激动地拆开其中一包,取出一小包,放进一包"贴头纸"偷梁换柱,然后又拿了第二包,又放进一包"贴头纸",封好纸包打上结头,最后把门锁好,锁是我事先备好的,和原先的一模一样。

我用报纸把锯断的锁和两包钱包好,然后又爬出鼓风机管道,躲起来睡觉,但怎么也睡不着,心慌意乱,加上蚊虫叮咬,一夜没睡,但想到这么多的钱,可以买许多东西,心里又被钱到手的喜悦之情替代了。

第二天清晨,我迷迷糊糊地听到有人陆续来上班了,便悄悄爬了下来,混到了上班的人里面。快下班时,我爬上鼓风机管道,把锁扔到了垃圾桶里。用工作纸将赃款裹好,装入尼龙袋大大方方地带出厂门。

回家后,妻子问我怎么一夜未归,我说在外面做生意,没敢告诉妻子事情真相。星期天上午,我到储蓄所,买了"定活两便"存单,心里是惶恐不安,但五个月来风平浪静,看风头已过,心又痒了起来,当年的冬天,又故伎重演地偷了一次。

交代完后,张德康长长地喘了一口气,感叹道:"现在反而轻松了。两年来心里压力很大,知道早晚要出事,所以每次侦查员问我时,就将早就编好的谎话背书一遍,没想到侦查员还真信了,以为自己可以蒙混过关了。谁知这次却遇到了克星,紧盯不放,结果还是难逃法网。"

裴礼庭听完张德康交代后,还是细心地请张德康给五元一刀的人民币打结,果然张德康打的是左结,印证了当时的实验是对的,他是个左撇子。

最后张德康在审讯笔录上签字画押,被戴上手铐送进了监房。

裴礼庭见对象消失在门外的背影,拿起杯子一口气喝了半杯水,抬腕看看手表,已是凌晨1点多,他抬头发现墙上的日历是7月15日,心里盘算一下,离自己立下军令状的那天还提前了两个半月呢。

第五章　法院女科长横死之谜

20世纪80年代中期,上海发生了一起杀人案,被害对象是法院女科长,案件引起了上海公检法领导的高度重视。因为犯罪嫌疑人曾蹲过几年牢狱,抗审能力极强,面对警察的26次审讯,他坚不吐实,死顶硬扛。

刑侦处处长端木宏峪点将大案队队长谷在坤出山,希望扭转僵局。谷队长果然不负厚望,经过外围走访调查,发现疑点,抓住细节,通过巧妙斗智和心理较量,终于柳暗花明。

谷在坤被誉为803"三剑客"之一,他们这一代刑警在科技尚未发达的计划经济年代,靠着敏锐的目光、缜密的推理和巧妙的审讯,以及拼命三郎的吃苦精神,侦破了一大批轰动上海滩的大案,至今还被人津津乐道,视为经典。

当年我在市公安局政治部宣教处谋差,主要负责宣传报道工作。1988年深秋,我曾采访过谷在坤。他应约来到建国西路394号四楼办公室,见他一头黑发梳理得整整齐齐,头势清爽,身着棕色皮夹克,系着紫红色领带,皮鞋锃亮,可谓是标准的老克勒。

25年后,我又采访了谷在坤,没想到这次见他已是满头华发,禁不住让人感叹岁月无情,廉颇老矣,但老谷尚能吃饭,记忆力惊人,我有幸采访了多起当年轰动上海滩的大案。这起案件因被害人身份特殊,当初没有对外报道,虽鲜为人知,但侦破过程异常精彩。

谷在坤是803"三剑客"之一,虽然英雄迟暮,但老谷精神矍铄,眼睛有神,他身着一件格子衬衣,头发已然花白,但还是梳理得整齐美观,还是那么儒雅,那么潇洒。

斜阳下那白发萧然、黑斑点点的面容,透出一种洗尽铅华的宁静和沧桑之美。如网的皱纹像一部复杂难解的侦探书,写满了曲折离奇的情节和人世善恶的风霜,需晚辈用心灵去细读、去憬悟。

采访中,老谷的思绪穿过了20多年的历史烟云,清晰地回忆起当年审讯阿铁锅的过程。那起案件的审讯步骤,犹如福尔摩斯探案,缜密推理,步步逼近,点中穴位,迫使嫌疑人精神崩溃,如实吐槽。

审讯嫌疑人 26 次却刀枪不入

下午4点半,上海市高级人民法院老干部科张科长家里有点事,她给部下打了个招呼,提前离开单位。

这天下午阳光很好,初春的气温悄然上升,马路边的梧桐树亦悄然冒芽,尽管路人大多还穿着棉袄,但已明显地感到了暖意。

张科长是个体型微胖的中年妇女,齐耳短发,身着一身蓝色制服,为人端庄,不苟言笑,但为人热情,办事认真。她匆匆回到家,来不及脱去制服,便对女儿说:"我出去一下,如果回来晚了,就对爸爸说我去看电影了。"

张科长拎了一只尼龙袋离开了华山路的家,谁知这一去再也没有回来。这天是1986年3月29日。

张科长一夜未归,其丈夫和女儿感到有点儿纳闷,因为她从不在外过夜,其丈夫问了她时常联系的几位亲朋好友,都说不知道。第二天晚上,张科长还是没有回来,这下家里紧张了,丈夫来到单位询问,她竟然没去上班,家里感到蹊跷,到公安机关报了案。

因为张科长是法院的科长,她的失踪引起了公安局的关注。正当民警寻找的时候,也就是失踪的第三天,即3月31日下午,青浦县公安局接到华新乡东风港河道里一艘水泥挂机船船民的报案,县局刑警赶到现场,船老大告知,水泥船行驶到这里时,被一样东西卡住,突然熄火,船工用竹竿摆弄了几下,惊讶地发现是一具尸体。

这具尸体还穿着法院制服,经法院解剖验尸,死者系溺水死亡,脸部右额有两块皮下出血,其他体表完好。胃内有少量糊状物,阴道内有精液。经家属辨认,死者就是失踪两天的张科长,53岁。

死者身上没有任何物件,出门带的那只尼龙袋也不知去向。侦查员开始怀疑是自杀,但高院的华院长、中院的顾院长和张科长的同事以及家属都认为张科长不可能自杀,其理由:一是她言行正常,没有什么揪心事,也没有留下遗书;二是她不可能到这么远的地方去跳河自尽。既然没有自尽的可能，那就是他杀，凶手是谁？因为张科长阴道内有精子，侦查员自然怀疑是情杀。

先从情杀方向侦查，通过向其周边的同事朋友了解，张科长为人正派，她平时衣着朴素，齐耳短发，胖胖的，不爱打扮，也没有什么绯闻，但人不可貌相。侦查员感到她出去的那天傍晚有些可疑，为什么不如实告知女儿真实去处，还要编故事，神秘兮兮走得那么匆忙？侦查员又围绕她的男女关系查了几天，却没有发现她与其他男人有染的蛛丝马迹，更没有觅到任何证据。

侦查中有个绰号叫"阿铁锅"的男子跳出来成了重大嫌疑，阿铁锅真名叫诸福元，是张科长的亲侄子，青浦县华新乡凌家村人，31岁，无业。疑点之一，被害人失踪的两天前，他去法院找过姑妈；疑点之二，他在村里吹嘘过姑妈和姑父都是大干部；疑点之三是他有过前科，曾因盗窃罪被判四年徒刑。

青浦县公安局根据这些疑点对阿铁锅收容审查，因为被害人身份特殊，市局预审处提前指导办案。出人意料的是这个阿铁锅对姑妈的死若无其事，矢口否认。转眼进来两个月了，审了26次，对象却刀枪不入，软硬不吃，死不认账，也滴水不漏。

预审处的办案人员说，根据以往的经验，人的抗审能力是有极限的，各种审讯手段和技巧都使用过了，倘若是他作案的话应该开口了。看来可能不是他，没有证据不能老是关押不放。

听说要"放人"，市高院华院长和中院顾院长大为惊讶，他们斩钉截铁地说，张科长不可能自杀，这肯定是一起凶杀案。市委政法委书记石祝三听取汇报后，指示市公安局局长李晓航，一定要设法查出凶手。

李局长给刑侦处处长端木宏峪下了命令，务必破案。

刑侦处处长端木宏峪神情凝重地对六队队长谷在坤和一队队长张声华交待说："市政法委石书记和市高院华院长都认为是凶杀案，李局长也要我千方百计设法破案。"

老端木敲了几下烟斗，心情沉重地补充说："如果放人就没有嫌疑人了，也就更难破案了。你们俩明天到预审处把案件接过来，一定设法把这个引人注目的案件拿下来，否则，我无法向李局长交待。我明年初就要离休了，如果拿不下来，我离休后会留下遗憾的。"

张声华和谷在坤都是803有名的"三剑客"，张声华的特点是勘查现场心细如发，且善于思考，思维严密，判断精准；谷在坤的特点是反应敏捷，善于捕捉对手心理活动，能言善辩，足智多谋，更拿手的是善用兵不厌诈之计，审讯技能高超。

张队长和谷队长组成了六人专案组，连夜翻看卷宗材料。反复细看卷宗后，他们又对先期办案人员了解情况，获悉其难度之一是拿不到凶手的直接证据；之二是对象已经历了 26 次审讯，软硬的手法都使用了，还是无效。对象已操练出了极强的抗审能力，其侥幸心理得以巩固；之三是此人性格有两面性，既性格坚硬，又情绪波动；既为人狡猾，又认知幼稚。最后，承办员喟叹道："如果有人看到那天阿铁锅去过青浦纪王镇 74 路公交车终点站就好审了。"

审讯前深入外围细摸情况

谷队长明白，因为没有拿到证据，盲目地审讯，结果遭遇了滑铁卢。他没有轻易接触对象，倘若盲目去审，结果肯定重蹈覆辙走麦城。为了寻找突破口，抓住嫌疑人的疑点，找到证据，谷队长反复细看卷宗，用笔划出了几个疑问：其一，阿铁锅姑妈对他如此关心，他为什么要谋害姑妈？看来非财莫属。其二，阿铁锅写给姑妈信中多次提到的"一包东西"，与案子是否有关？没有掌握这包东西的实质，他岂肯如实招来？其三，如果是他作的案，一定去过 74 路车站，有谁见到过他？

看完卷宗理出思路后，谷队长和张队长一起来到青浦打捞尸体的河边案发现场，查看了 74 路汽车站，并来到阿铁锅村里外围摸情况。

为了弄清阿铁锅是否去过 74 路公交车车站这个关节点，还有他写给姑妈的信中提到的那包东西到底是什么？谷队长找到了阿铁锅最亲近的人、他的妻子蔡女士。

谷队长首先对蔡女士说："阿铁锅这些天在牢房里很后悔，反复说对不起老婆，吃了不老实的亏。"

蔡女士听罢一愣，老公被关押了两个月，还是第一次听说对不起自己的话，她激动地接口说："是的，阿铁锅的毛病就是喜欢说谎。"

谷队长顺驴下坡地说："阿铁锅牛皮哄哄的，说有一包东西要给姑妈，这是一包什么东西？"

蔡女士脱口而出："那是阿铁锅骗他姑妈的，他编造家里有一包黄金

阿铁锅家

首饰,以这包东西作为抵押,以此向姑妈借钱,说可以换很多钱。他为了讨好姑妈,还骗她说要介绍一笔钢材生意,让她发大财。"

谷队长感到其中有戏,趁热打铁地追问发什么财?蔡女士便回忆起了几年前的一件事。阿铁锅为了做生意赚钱,曾向姑妈借了700元,说救急几天后就还。但到期却没有还钱,姑妈讨要了几次,阿铁锅难以还债,便欺骗姑妈说星期六一定还钱。姑妈如约前来取钱时,他拿不出钱,无奈就拉着妻子来到纪王镇74路汽车终点站,见姑妈下车就欺骗她说:"家里有一包黄金在樟木箱里,因为钥匙丢了,你随我回家去撬箱子。"

姑妈一听生气地说:"我这么远赶来,还要随你走六七里路去撬箱子,笑话!"说罢,板着脸生气地扭头就乘上汽车回去了。

谷队长摸到阿铁锅妻子反映事情的细节后,敏感地意识到这包东西可以作为破案的突破口。根据几天的走访掌握的信息,结合卷宗的疑点,谷队长用笔在纸上记下了他的几点分析推理:推理之一,死者张科长失踪两天前,向家人和亲戚借了2500元钱,并答应几天后归还。这就证明张科长急于借钱给一个人,这个人不会是一般的人,可能就是她的侄子;推理之二,张科长那天离家时对女儿说晚上如果回来晚了,就说去看电影了,说明她是打算回来的,因路途较远来回需要一定的时间;推理之三,她去侄子处,先坐车到北新泾,然后转乘74路到终点站,离侄子住处的村子还有六七里路,侄子阿铁锅一定会骑自行车来接她。他候车时,也一定有同村的人见到阿铁锅在车站;推理之四,法医验尸后结论是死者张科长系生前落水,脸上有挫伤的痕迹,说明她是被害的,没有听说她有自尽的念想,即使投河自尽,也没必要坐车去大老远的地方。

谷队长根据多年的破案经验,推理后断定这肯定是阿铁锅做的案。他对这些疑点设计了审讯的步骤后,又摸清了阿铁锅的性格,遂决定明天晚上与阿铁锅正面交锋。

抓住细节破绽将其逼入绝境

谷在坤听说阿铁锅每次审讯都是手铐脚镣,戒备森严,他却反其道而行之,要求给阿铁锅松绑,为了给对手造成心理压力,还故意找来一只印有"上海市公安局刑侦处"的痰盆放在审讯室的显眼处。

晚上9点整,谷队长提着大号咖啡玻璃杯泡的一杯浓茶走进审讯室。坐定后,他习惯性地双手捋了一下黑白参半的头发，做了一个手势，请侦查员带阿铁锅进来。谷队长身着绿色警服坐在审讯桌前，那双浓眉大眼目光如剑，眉宇间透出一股凌厉之气，有种不怒而威的凛然。待阿铁锅坐定后，谷队长指着对象的手铐，不容置疑地说："给他打开手铐和脚镣。"

阿铁锅听罢有点惊讶，打开手铐和脚镣后，他环顾了四周，见变了地方，抬头与谷队长彼此目光对视的一瞬，阿铁锅发现审讯台上坐着的警察是张新面孔，从打扮和气质看上去来者不凡。

谷队长也认真审视了一下对手，只见他头发零乱，皮肤黝黑，五官不正，虽贼眉鼠眼，但眼神里透出狡黠。

阿铁锅一眼就发现了痰盆上"上海市公安局刑侦处"几个红字，愣了一下，先发制人地问谷队长："我现在是属于收审，还是逮捕？"他吃过几年官司，心里清楚收审属于没有定罪，逮捕就是已定罪了。

谷队长把他抛来的皮球又巧妙地踢了回去："这个你自己心里最清楚。"

阿铁锅感到对方果然厉害，马上封门道："我除了没有杀人，样样都有。"

谷队长也不急于直奔主题，而是根据其情绪易激动的特点，调动其情绪，问他："你吃过几年官司，放出来后，也没有改好，又是赌博，又是嫖女人，还到上海来嫖女人。"

阿铁锅也不忌讳，谈起玩女人头头是道，眉飞色舞。

谷队长单刀直入地问："阿铁锅，你不是蛮爽气的吗，你什么都不要说了，就说说你姑妈是怎么死的？"

阿铁锅坦然地说："要么是自杀，要么就是她同事杀的。"

谷队长心里清楚，他栽赃姑妈的同事早已调查过纯属无稽之谈，说她自杀为什么不到就近的黄浦江去自杀，偏偏要去这么偏远的青浦乡下的小河里自尽，再说她生前也没有表露出轻生和留有遗书之类的迹象。

谷队长看了下桌子上的纸条，按照审讯计划切入关节点："29 日那天晚上，你在哪里？"

阿铁锅说："那天晚上我在录像厅看录像。"

谷队长从 74 汽车终点站到村里走了一遍，也去过录像厅，他心里清楚录像厅在村子的西面，而纪王镇 74 路车站在村子的东面，阿铁锅故意说自己在西面，有回避心理。

谷在坤便抓住这个关键细节深挖，追问他："你看的是什么录像？"

撒谎最怕的就是核对细节，为了圆第一个谎话，就会用无数的谎话来弥补漏洞，结果漏洞百出。阿铁锅无法说出细节，无言以对。

谷在坤知道他在说谎,一时编不出故事,便来个兵不厌诈,颇为自信地说:"人家反映你那天没有去过录像厅。"

阿铁锅感到露出了破绽,马上改口说:"肯定去过的,但到了录像厅门口没进去就走了。"

谷队长心想,如果他去纪王镇车站接姑妈,一定也有人去车站见到过他,又心生一计,进一步诈他:"人家看到你在纪王镇74路车站等人,而且还蹲着。"

阿铁锅像被电击一般,他那天确实在车站遇见过同村的人万明泉,站了一段时间,累了,确实蹲下来过。阿铁锅心想,那天到车站对方知道了,连蹲下来也晓得,肯定是万明泉那小子提供的。他脸上不断地抽搐,但还是沉默。

谷队长意味深长地说:"你姑妈办公桌那本台历上记了什么你知道吗?"其潜台词就是:那天台历上记载她到青浦来借钱给你了。阿铁锅心想,姑妈台历上可能记录了去向和借钱的事,脸色顿时煞白。

阿铁锅被逼进了死角,无奈承认了去纪王镇74路车站接过姑妈,是为了借2500元钱;借了姑妈的钱后,他说给了姑妈六根金项链,五只金元宝。他当天还看到姑妈身后有两个人,其中一人是法警李明,估计姑妈是被那个法警害死的。

谷队长合乎逻辑的推理果然算准了,那天阿铁锅骑车早早来到74路终点站,那时车子很少,要等候很长时间才来一辆车。因为农民都有蹲下来的习惯,也被谷队长猜对了。

阿铁锅候车时见到了同村的万明泉,他走过来主动递给阿铁锅一支烟,彼此聊了几句,阿铁锅告诉他说在等人。车来后,万明泉接了妻子先走了。两天后,万明泉听说阿铁锅的姑妈淹死在凌家村东风港的岔河里,就怀疑是阿铁锅这小子下的手,可是他没有主动向侦查员反映情况。

第一次审讯就取得了重大突破。谷在坤翌日找到万明泉询问情况,并做了笔录,又找了借给张科长钱的人做了笔录。之后,又审讯了两次,阿铁锅为了活命,又变得强硬起来,就是不承认杀人。

情绪崩溃后嚎啕大哭吐槽案情

晚上9点,审讯室灯火通明。第四次审讯,谷队长没有说话,首先将万明泉的笔录和姑妈借钱的笔录向阿铁锅一一展示,阿铁锅脸色顿时变了。

谷队长感到火候到了,针对对手性格情绪易波动的特点,便采取了刺激其情绪的激将法。谷队长开始刺激他:"你想想看,你姑妈对你这么好,保释你提前出来,帮助你家翻造房子,又帮你解决婚姻成家,对你像对待亲儿子一般热情,你姑妈对你真是恩重如山啊,你对的起姑妈吗? 你有人性吗?"

阿铁锅被刺激得抽泣起来,谷在坤见其情绪波动后,突然拿出卷宗里姑妈的照片递给阿铁锅,安慰他说:"阿铁锅,你好好看看姑妈的照片,如果还有良心的话,应该向你姑妈请罪。"

阿铁锅双手捧着姑妈的照片凝视片刻,突然失控地跪在地上,对着姑妈的照片大放悲声:"姑妈,我对不起你,我没有良心,我不是人! 我该死,待你百日时,我会将我的头来祭奠你的亡灵。"边说边不断地抽打自己的耳光。

谷队长乘热打铁,一鼓作气地追击,阿铁锅终于缴械投降,交代了作案经过:

1986 年 3 月 27 日,阿铁锅去法院找姑妈,获悉她的女儿将赴美国读书。为了搞到钱做生意,两天后,他打电话给姑妈,说需要 2500 元钱急用,几天后一定还钱。为了借到钱,他骗姑妈说家里有只猫眼钻石可以作为抵押。张科长信以为真,便向家人和亲戚借了钱。

29 日傍晚,张科长带了 2500 元钱,手上拿了一只尼龙袋,坐车到北新泾,又转乘 74 路长途汽车,赶往纪王镇车站。为了早去早回,她顾不上吃晚饭,买了两个面包,在汽车上就着白开水啃了下去。抵达纪王镇后,天早已擦黑,阿铁锅已等候多时,他搓着双手热情地迎上来。

阿铁锅谎称:"姑妈,钻石在家里,我骑车带你去拿。"他让姑妈跳上自行车带她去家里,但他心里盘算着拿不出猫眼钻石,怎么骗她把带来的钱先拿出来,然后再骗她回去。

车站离村子有六七里路,自行车漆黑的小路上摇摇晃晃的前行,路边的油菜花在微弱的星光下虽看不清楚,但却散发出阵阵的清香,给人一种清新之感。阿铁锅一路眉飞色舞地吹嘘钻石的价值和来历,姑妈心情甚好,特意关照他:"早点生个儿子,好当爸爸了,不要再瞎混日子。"阿铁锅不住地点头,解释说:"现在生儿子没有钱,等赚了钱后,一定生个大胖儿子,让他好好孝敬姑奶奶。"姑妈被哄得云里雾里,眉开眼笑。

不知不觉到了新华乡凌家村,阿铁锅清楚一进家门拿不出钻石就要露馅了,所以他在村里绕圈就是不回家,又来到了东风港岔河边。姑妈见他不回家已产生了疑问,又从他吹嘘猫眼钻石的来历中听出了破绽,他吹嘘这只猫眼钻石是外婆传给妈妈的传世之宝,是皇宫里流出来的珍宝。但张科长心里清楚,他妈妈是贫民出身,家里穷得叮当响,大字不识几个,怎么一下子成了大户人家,大家闺秀,他骗得了别人,却骗不了她。

姑妈反悔地说:"我也不要看什么猫眼、狗眼的钻石了,你送我去车站,我回去了。"阿铁锅尴尬地问:"那么你先借我钱,我一个月之内一定归还。"姑妈气愤地斥责他:"你太过分了,竟然骗到我头上来了。我可以保你出来,同样可以送你进去。"

阿铁锅听罢顿时火起,在河边停下车,暴跳如雷地挥拳击打姑妈的头部,并趁机抢夺姑妈手上的那只尼龙袋。

姑妈被突然袭击后,猝不及防,一脚踩空落到水中,她站在冰凉的河里,气愤之极地警告侄子说:"你这副流氓腔,是要吃官司的。"阿铁锅已失去了理智,知道闯了大祸,干脆一不做,二不休,跳进河里,一把揪住姑妈的头按在河里,直至她断气闷死。然后,他从姑妈身上搜出2500元钱,并带走了尼龙袋。浑身湿淋淋的回到家,打开尼龙袋一看,里面有一张公交月票、一串钥匙和半个剩下的面包。

阿铁锅心慌意乱地回家将月票烧了,又将那串钥匙扔了,最后将2500元藏到了西屋楼梯下面的洞内。

阿铁锅痛哭流涕地交代毕,谷队长带着一行人赶到他的家里调赃,在楼梯下面的洞中找到了2500元钱。

翌日,市高院华院长听完破案的汇报后提出,仅有交代还不够,虽然从他家洞中找到了2500元赃款,但人民币是流动的,证据不是很过硬,有工作证和月票之类的个人物证就过硬了,但阿铁锅说,为了毁灭证据已将证件烧毁。

为了找到那串钥匙,谷队长对阿铁锅说:"你姑父出国需要穿西服,但大橱钥匙找不到,打不开橱门,姑妈身上的那串钥匙哪里去了?"

阿铁锅想了想说:"在家里后面的断头浜里。"

于是,又派人赶到他家后边的河里去找,侦查员跳进河里怎么也摸不到钥匙,最后决定将水抽干,侦查员终于在淤泥中找到了那串钥匙,上面有一只美女头像的汽水扳手,与张科长女儿的描述一致。

虽然案子完美地侦破了,但谷队长心中有一个疑问始终未解,他来到被害人家里,向张科长丈夫介绍完阿铁锅的犯罪经过后,冒然地问:"我有一个疑窦尚未解开,张科长出事的前一天晚上你们是否同过房?"

其丈夫坦然地说:"同过房,不是前一天晚上,而是当天的早晨,因为休息了一夜,心情比较好。"

打捞阿铁锅扔在河里的钥匙

谷队长点了一下头，张科长阴道内有精子的谜底也随之解开。

别人攻坚了两个月，审了26次没有拿下的案子，谷队长审了几次就啃下了这个坚硬的骨头。坐在隔壁房间观看谷在坤审讯视频的老端木和其他预审员，对谷在坤如此拿捏对方精准的心理活动和高超的审讯技巧佩服之至。

阿铁锅被送进牢房后，一位办了两个月的预审员问谷队长："你怎么知道他没去过录像厅？"

谷队长笑答："他故意说当晚去相反的方向，避实就虚，这叫此地无银三百两，不打自招，所以我抓住这个细节，问他看什么录像？他的破绽就出来了。我推理出他一定去过74路车站，就故意说有人见他不在录像厅，而是在车站，他被我点中了穴位，做贼心虚，乱了方寸，只得败下阵来。"

预审员又问："你怎么知道他到过车站接姑妈的呢？"

谷队长笑曰："公交终点站下车的肯定不止张科长一人，我推理这是其一；乡村的车站没有座椅，来一趟车间隔很长时间，农民都有蹲着的习惯，他站立久了，肯定要蹲下休息，我是那天见了车站有许多人蹲着候车，推理后使出计谋诈他的。"

预审员感叹地说："我们审了这么久，都是硬碰硬地要他老实交代，他就是不说，反复审讯，他顽固到底，我们便无计可施了。这么坚硬的对手被你施出巧计，几次审讯就拿下了，简直是太神奇了。"

平时不苟言笑表情庄重的老端木敲着手上的烟斗，也禁不住心情激动地说："没想到很快就审出来了，你这小子比我想象得还厉害。这下我离休就没有遗憾了。"

第六章　全国首起持枪抢劫银行案

这是全国发生的第一起持枪抢劫银行案,当年我是长宁分局政治处的宣传干部,因案件发生在虹口,故没有机会前往采写,不过,我也参加了全市大搜捕行动。全市上下开始了地毯式搜查,成千上万的民警撒向了全市的每个角落,可谓是布下了天罗地网。

当年,笔者深夜与两位同事一组,手持手电筒和电警棍,在西郊动物园里仔细搜索,来回晃动的电光惊动了熟睡的动物,结果引来了狮吼虎啸、狼嚎鸟鸣。

案件侦破后,电视直播了审判于双戈和其女友蒋美玲,以及帮助其窝藏的朋友徐贵宝的全程,律师郑传本的辩护轰动了上海滩。

当年,我与崔路副局长坐在一张桌子吃饭,说起蒋美玲,崔副局长颇为内疚地说:"其实,蒋美玲对我们生擒于双戈是立了大功的,我对检察院和法院的同志都反映了蒋美玲的功劳,建议从宽处理。"

20世纪90年代末,我有机会采访了郑传本,对其缜密思维和雄辩口才,以及正直为人,甚为敬佩。采访快结束时,郑传本接到一个电话,他说是蒋美玲打来的,她刚出狱,为了感谢郑老师为其精彩的辩护,她晚上请郑传本吃饭。话题转到了蒋美玲身上。

20多年后,老干探谷在坤又对我回忆起了这起当年轰动全国的持枪抢劫银行案。

一

深秋的中午,从黄浦江面上吹来一阵阵寒风,外滩防洪墙边的游客明显少了许多。这时,有个身穿黑色皮夹克的青年男子,特意将领子竖起来遮住半边脸,这个青年很酷,身材高挑,国字型脸,五官周正,他叫于双戈,曾经是海运公安局的乘警,身着警服更是英俊潇洒。不久前,他结交了女朋友蒋美玲,彼此爱得如痴如醉。

为了恋爱时花钱更潇洒,他贩卖了几条"万宝路"和"健牌"走私香烟,不料被便衣现场抓获,结果被调离公安岗位,去了公交公司当一名售票员。从此,身份一落千丈,于双戈心里很是失落,担心女朋友会嫌弃自己,没想到蒋美玲非但不埋怨他,反而更加体贴他。

按说在人生的道路上受到了挫折,应该有所反思和收敛,今后加以弥补,但于双戈却不懂得如何珍惜爱情,以为出手阔绰,婚礼办得体面才是真爱。那天,他在新光影院看了一部内部观摩片《美国往事》,被里面的几个混混大胆抢劫银行的举动和传奇经历深深震撼。于是,他萌生了一个大胆的计划,决定也去抢劫银行。保险起见,他思忖许久,决定单打独斗。他首先想到先要搞一支枪,有了枪才能顺利地实现自己的计划。

外滩平时慕名而来的游客很多,为了避开人群,于双戈特意选择中午动手。他乘上交通艇来到北京路口的江边码头,见那艘熟悉的"荣新"号轮泊在岸边。于双戈见船上的员工和乘警都去用餐了,便一个闪身窜到乘警室门前。他放下背着的帆布"马桶包",准备从里面取出羊角榔头、老虎钳和旋凿等工具,刚想下手撬门,蓦地"突突"传来脚步声,于双戈吓得赶紧躲到角落里,竖起耳朵专注地静听。一会儿脚步声由重而轻,于双戈伸出脑袋窥视,见是自己熟悉的乘警于队长。他心里顿时有点惊慌,也颇为内疚,因为于双戈曾是于队长的部下,平时比较散漫,于队长找他谈话说:"一笔写不出两个'于'字,几百年以前我们还是一家呢,希望你好自为之。"于队长对他网开一面,可惜于双戈还是我行我素。结果自己走私香烟闯了祸,被调离了乘警岗位,这时他才理解于队长对自己的好。他感到不能陷害于队长,很哥们地离开"荣新"号轮。

他到外滩转了一圈后,下午2点又悄然转了回来,见"茂新"号轮泊在码头上,便一个闪身来到了轮上,趁人不备溜到了乘警值班室,迅速从包里取出工具,三下五除二地撬开门锁,进门后,反锁上门,又熟门熟路地撬开存放武器库的箱子,没想到有三

谷在坤

支枪和一大包子弹,他喜出望外,贪心地悉数装入马桶包里。此时此刻,门外突然响起了脚步声,于双戈吓得躲在门后,取出手枪对着门边,准备干掉进门的乘警。老天帮忙,脚步声经过门口又消失了。但于双戈吓得不轻,心里狂跳不已,等了一个来小时,感到安全了,才溜之大吉。

于双戈背着三支手枪和一大包子弹,没敢回家,怕被家里人发现。他在街上游荡到晚上10点多,犹豫再三,感到朋友徐贵宝憨厚老实,东西放在他那里比较安全。于是,他敲开了徐贵宝的家门。徐贵宝开门见是好友于双戈,便高兴地让座,有点奇怪地问:"这么晚了,你来有什么要紧的事?"于双戈将肩上的马桶包往桌上一放,故作轻松地说:"也没什么要紧的事,只是想把这些东西暂时寄存你这里。"徐贵宝也没当回事,满口答应地说:"这个没问题,你放在台子上就可以了,我一定替你保存好。"

当于双戈从包里取出三支乌黑的手枪时,徐贵宝见之吓傻了,他瞪着惊讶的眼睛问:"这么多枪,你这是从哪里搞来的?"于双戈轻描淡写地说:"从老单位搞来的。"徐贵宝吞吞吐吐地问:"这是违法犯罪,你清楚吗?被公安局抓到可要坐牢的。"于双戈毫不在乎,且自信地说:"我当过警察,我干得神不知、鬼不觉的,他们到哪里去找我?"徐贵宝提醒他:"你怎么知道没有人看见?你的指纹会不会留在现场?你能保证老单位不会怀疑是你干的?"徐贵宝一迭连声地发问,击中了于双戈软肋,他收住了笑容,神情紧张地说:"我已经干了,后悔也来不及了。"徐贵宝想了想说:"办法还是有的,你要么自首,要么悄悄地物归原处,要么就是把枪和子弹扔到黄浦江里。"

于双戈眼睛转了一下说:"去自首也是会处理我的,物归原处有点风险,扔到黄浦江里最保险,但是我好不容易地偷出来,就这么扔了岂不可惜?"

徐贵宝见于双戈不愿处理这些敏感的东西,有点担心地说:"放在我这里万一被警察发现了,怎么办?"于双戈见他踌躇不定的样子,便哀求说:"要么这样吧,你先借我几百块钱,等我到南通做一笔生意回来就还你钱,到时再把枪扔掉?先暂时把两支枪和子弹放在你这里,你看行吗?"徐贵宝很天真地信以为真,点头同意了。于双戈临走,又拜托他:"麻烦你帮我把这个马桶包,还有里面的榔头、旋凿和水果刀一起扔了。"徐贵宝点点头,说:"好的,我帮你扔了,你放心好了。"

于双戈带上一把"五四"式手枪和一些子弹,放心地离开了朋友家。他心想贵宝真是够哥们,其实,于双戈不知道这是害了朋友。贵宝确实是个讲义气和守信用的男人,但他却不明白,他如此对待朋友,是害了无辜的其他人,也害了自己。

二

如血的夕阳映照在江面上，如诗如画。"茂新"轮上那位瘦瘦的乘务员被美丽的景色吸引，他靠在栏杆上自我陶醉了一番，转身，蓦地发现身后不远处的乘警室大门洞开，他探头进去发现里面空无一人，心里纳闷，平时这个大门都紧闭森严的，怎么今天却敞开着，谁值班这么粗心？他一进门，便被眼前的情景惊呆了，存放武器的保险箱敞开着，里面的枪支和子弹不翼而飞。

当天傍晚，也就是 1987 年 11 月 13 日 5 点 15 分，上海市公安局接到报告后，刑侦处和虹口分局的刑警，分头赶到停泊在 51252 号浮筒的"茂新"号客轮乘警室，经过清点，两支"五四"手枪、一支"六四"手枪和 268 发子弹，以及一副手铐被盗。

在当晚的案情分析会上，围绕着作案对象，大家都认为是家贼，因为客轮上每批乘客上下时间很短暂，且不熟悉乘警室里放置枪支的情况。侦查员通过对船长、大副、二副和水手，以及伙夫和锅炉工等有关人员的细致排查，都从时间上排除了作案嫌疑。

刑侦处处长端木宏峪勘查现场经验非常丰富，他感觉作案对象轻车熟路，即使不是内部人员作案，也是作案人与内部人员相勾结。他心里有个不祥的预感，吐着烟雾断言道："看来罪犯盗窃枪支和子弹的目的是行凶，这可能是下个更大罪恶的前奏。"

张声华（左）、谷在坤（右）分析案情

三

三天后，也就是 16 日，于双戈骑着自行车来到水电路上的工商银行，打算像电影里的黑老大那样到银行里去搞点钱。他来到前一天傍晚踩过点的地方，却发现门口围着许多人在看热闹。他担心搞完钱后难以脱身，便沿着马路骑车来到了体育会路，发现这里的储蓄所静悄悄的，便停下自行车锁好，右手插在口袋里，两眼警惕地观察了一下四周，见马路上行人稀少，遂推门而入。只见一男一女两位员工坐在柜台前，男的身材魁梧，给人感觉很有劲道，于双戈不敢轻易下手，便坐在椅子上，右手插在口袋里，握着里面的手枪，为自己壮胆，一双大眼睛像猫一样地四处扫描，观察着门外的动静。

于双戈坐了许久，也没去柜台办业务，男员工扫了他一眼，于双戈有点心虚，便到门外转了一圈，又走了进来。他拿起一张储蓄单装模作样地看了起来，一直等到中午时分，既不取钱，也不存钱。男员工见他心神不定的样子，便上前客气地说："到中午休息时间，我们要关门了，有事请下午再来办。"于双戈尴尬地苦笑了一下，无奈地站起来，走了出去。

于双戈此时已饥肠辘辘，但他没有心思吃饭，而是一门心思地想趁中午没人之际赶紧搞到钱。他绕着储蓄所转了一圈，惊喜地发现有条弄堂直通储蓄所的后门，隔壁是外语学院的书店，门外就是学院的操场，两家通道共用一扇边门。于双戈穿过弄堂，透过一户居民家向储蓄所里面张望了一下，发现里面只有一个女人在打电话，那个魁梧的男子不在了。正是千载难逢的好机会，于双戈迫不及待地右手插入口袋里，用左手敲门。里面传来了女人的声音："是谁？"于双戈故作镇静地说："是我，隔壁邻居。"

这位叫朱亚娣的女员工没有疑心，开门见一名陌生男子兀立眼前，她感觉不对，赶紧关门，却为时晚矣。于双戈用脚顶住门，又用肩膀猛地一撞，冲了进去。他迅速从口袋里掏出乌黑的手枪，对着朱亚娣的胸口，厉声威胁道："不准响，你敢出声就打死你！"朱亚娣惊呆了，于双戈用枪顶着她的脑袋，以命令的口吻道："把保险箱打开！"

没想到这个女人面对枪口没有遵命，而是突然高呼："来人啊！抓强盗啊！"于双戈猝不及防，吓得他措手不及，对准女子就是一枪。"砰"的一声，朱亚娣头部中枪，昂首倒在了水泥地上。这位临危不惧的女子年仅 32 岁，其丈夫四个月前不幸患尿毒症去世，留下两岁半的儿子成了孤儿。

听到一声脆响，两位外语学院的青年教师正巧出门，听到枪声，以为是放鞭炮呢，循声过去看热闹，于双戈用枪指着他俩厉声道："不管你们的事，快点回去！"他俩见到乌黑的手枪，吓得愣住了，赶紧翻墙溜之大吉。

此时，储蓄所的那位魁梧的男员工正在外语学院操场上打篮球，听到枪声感到不妙，赶紧飞奔出来，远远地见一个男子神色惊慌地向学院里面奔跑，同时，他又见两个身着蓝色上衣的男子翻墙逃跑。

四

市公安局接到报警后,刑警第一时间赶到现场,技术员在地上捡到了一枚"五四"式弹壳,和一发"五四"式子弹。

经过比对,枪杀朱亚娣的子弹就是"茂新"号轮被盗的子弹,储蓄所里采集到的指纹与"茂新"号轮上采集到的指纹吻合。果然如老端木预料的一样,盗枪者是为了作更大的案。至此,可以确定"11·13"与"11·16"两起案件为同一人所为。

储蓄所员工小方见到的那个穿黑色夹克逃跑的男子,正是上午在储蓄所里徘徊的男子。小方愣怔的当儿,又见两个男青年也翻过墙头逃往外语学院。侦查员听罢小方的反映,怀疑是三人作案。

下午 3 时许,虹口区河南北路的一家五金店发生了一起上门抢劫案。目击者报告称作案者为三人。难道是三人在储蓄所杀人后,又赶到五金店继续疯狂作案?

案情变得更加复杂。这究竟是同一伙人继续作案,还是互不相干的两起案件?

市公安局局长李晓航、副局长崔路和刑侦处处长端木宏峪,以及虹口分局局长等领导都坐镇在虹口分局指挥部。指挥部命令先搞清楚两起案件是否为同一伙人所为。刑侦处副处长张声华、虹口分局副局长宋孝慈接到指令后,带领侦查员赶到五金店,经过仔细勘查现场和访问目击者,张声华认定两起案件互不相干。其理由是尽管作案对象的衣着特征和人数与储蓄所一案逃跑对象有相似之处,但体貌特征却明显不同,作案工具和手段也各异。

虹口刑侦队队长谈鸿赓连夜带领侦查员深入外语学院,找到了两位翻墙逃跑的青年教师。根据他俩的描述,是一名穿黑色皮夹克的男子用枪威胁他们说"不管你们的事",然后窜进学院,从草坪上逃跑了。持枪者为20多岁男青年,五官端正,头发很长,身材高挑。至深夜12点,基本搞清了作案者的年龄、衣着和体貌特征,为确定侦破方向奠定了基础。

第二天下午,侦查员蔡海星、钱梁来

于双戈作案用的"五·四"式手枪

到外语学院走访调查时,保卫科的同仁反映说:"储蓄所附近停有一辆无主自行车。"他俩立刻赶到储蓄所,果然有辆黑色的自行车,坐垫上还沾着雨水,车上着锁。那时自行车是主要的交通工具,属于高档用品,一般车主不会长久随便停放。他俩凭着职业敏感,意识到这辆车可能与嫌疑人有关。

两人将自行车的钢印号码、型号和特征,及时向谈队长做了汇报。半个小时后,侦查员就查到了自行车的主人老单,立即按图索骥地来到老单的家。

<h1 style="text-align:center">五</h1>

于双戈持枪原本只是想吓唬一下女员工,其目的是为了抢钱,没想到这个女人面对枪口非但没有畏惧,还要大声呼喊。于双戈惊慌中开枪后撒腿逃逸,他连自行车也来不及骑,慌慌张张地穿过英语学院的大草坪,像无头苍蝇一样出门就跳上一辆驶来的公交车,也不知去哪里,先离开再说。他坐在车上,脑子里很乱,想去徐贵宝家,怕他责怪自己言而无信,最后想到了自己的女朋友蒋美玲。

于双戈心神不定地坐了几站路,突然跳下公交车后,又换了几辆车,于黄昏时分,来到了东海船厂。他躲在厂门口的电线杆后面窥视,等到蒋美玲出来后,悄悄地跟上去。蒋美玲冷不丁见心上人突然出现在眼前,满心欢喜,却见于双戈一脸沮丧,心事重重。她纳闷地问:"你怎么啦?一脸的沉重,又遇到什么不开心的事情了?"于双戈直截了当地告诉她:"我闯大祸了,今天中午本想去银行搞点钱,没想到那个女人拎不清,钱没有搞到,却开枪打了她。"蒋美玲瞪着惊骇的眼睛,关切地问:"那个女人死了没有?"于双戈后怕地说:"我也不清楚,可能死了,不死也伤得不轻。"蒋美玲担心地问:"你打算怎么办?"于双戈凝视着女朋友,哀求地问:"你愿意跟我一起去天涯海角吗?"蒋美玲望着心上人忧郁的眼神,一种怜悯之情油然而生,她动情地说:"我已是你的人了,从今后活着是你的人,死了也是你的鬼。我这辈子跟定你了。好的,我陪你一起跑,路上也有个照应。"于双戈被蒋美玲的真情深深感动,一把将女友揽进怀里。

于双戈见女朋友愿意随自己浪迹天涯,便拉着她先回去拿换洗的衣服和生活用品。回到家里,于双戈让蒋美玲到弄堂口去买包香烟,趁机观察一下外面的动静,万一警察追上门来,就从后门溜之大吉。如果没有动静,就拦一辆出租车等在弄堂口。蒋美玲出去后,已成惊弓之鸟的于双戈坐在家里心神不定,亲自出来观察一下外面的动静,见父亲在弄堂口与人说话,他怀疑父亲一定是让人去派出所报警,吓得顾不上等女朋友回来,拔腿就从后门溜掉了。

于双戈干过几年乘警,学过一点侦查技术,有一定的反侦查能力。他估计警察已经在火车站和长途汽车站等处守候,所以没有上门自投罗网,而是叫了一辆出租车先来到了老西门,担心后面有尾巴,又换了一辆出租车到曹家渡,下了车,他边走边警惕地四顾,见远处有一辆警车驶来,于双戈吓得赶紧拦下一辆出租车,坐到华亭宾馆。几个圈子转下来,已渐次亮起了万家灯火,没有发现异常,他不敢坐公交车,决定向西南方向徒步逃跑。在黑暗中,他沿着公路边的小道徒步了四个多小时,于清晨5点多,抵达郊区莘庄。

朦胧的曙色中,郊县的小镇冷冷清清。于双戈见路边的小吃店已经开张,这时他才感到饥肠辘辘,便躲进了一家小店,要了一大碗咸菜肉丝面,美美地饱餐了一顿,连汤也喝得精光。他坐在长条凳上,擦去汗,歇了一会儿,心里茫然无绪,也不知去哪里。见有长途汽车停在不远处,便跳上了车,随车一路颠簸,来到了偏远的闵行地区。

人生地不熟,于双戈在街上盲目地徘徊着,心里惦念蒋美玲,深深为女朋友的真情所感动,但他却不知这真是害苦了心上人。蒋美玲以为这是对心爱的男人真正的爱,然而她的爱没有原则和底线,害人也害己。

于双戈随便地跳上了长途汽车稀里糊涂地来到了南汇县小镇。那里靠近大海,无路可逃。于双戈清楚,自己在上海的亲戚家肯定已埋伏了警察,是断然不能去送死的,而去朋友家也太冒险,再说他们也不敢收留他这个被通缉的亡命之徒。

到哪里去呢? 于双戈突然想起了曾经与蒋美玲一起到过宁波,住在其姑妈家里,她对自己很热心,何不到她那里去暂时避一下风头? 看来坐火车去有风险,坐长途汽车也很冒险,但还可以随时跳车溜之大吉。于是,于双戈又坐上长途汽车来到金山枫泾长途汽车站。准备逃往宁波之前,他意识到离开市境道口处,肯定有警察在检查,自己的衣服特征会被写入通缉令。于是,他到地摊上买了一件蓝色制服和一条绿色军裤,在公用厕所里换下了黑色皮夹克和蓝色裤子。

换好装后,一个时尚青年顿时变成了土气民工。于双戈不敢怠慢,跳上了长途汽车,出市境时,汽车果然被几位神情严肃的警察拦下,上来一名警察,手里拿着一张白纸,对着车厢扫视起来,于双戈坦然地面对警察,但心脏却狂跳不已,冒出了一身冷汗。他右手放在口袋里随时准备反抗逃跑,警察比对一下后,竟然大手一挥放行了。于双戈长长地吁了一口气,然后低头闭目养神,一觉醒来,已到了嘉兴。

六

侦查员根据自行车登记的号码,以车找人,找到了老单家里。老单说自己没骑自行车去过储蓄所,可能是儿子借给别人了,但老单有三个儿子,不知是谁借出去的。那时也没有电话,更没有手机,根据老单提供的三个儿子的住处,侦查员最后从老单的幼子处得知,这辆自行车是借给朋友"上光"的,追问下去,又获知"上光"是公交车售票员,原先当过海运船上的乘警。

当过乘警,就熟悉船上值班室存放枪支的情况,这一线索令侦查员兴奋不已。

吃晚饭时,端木处长对大案队长谷在坤说:"你叫上张声华,我们一起到'茂新'轮去'排队'。"来到"茂新"轮上,海运公安局局长和乘警队队长已经到了。谷在坤问乘警队队长:"有'上光'这个人吗?"他说:"有啊,这是他的绰号,名字叫于双戈,已调到公交公司去了。"

老端木听罢,突然拉着谷队长的手举起来,激动地说:"我们胜利了!"别人还没反应过来,端木处长问道:"'上光'多大年纪,长得怎么样?"乘警队长介绍说:"20多岁,瘦高个子,大眼睛,国字脸,长得挺帅的。原在'长更'号当乘警,因走私香烟,8月份被调至公交公司,现为75路售票员。"老端木以肯定的语气说:"就是他了!"

老端木马上派人到海运公安局的档案里找到了于双戈的照片,经过目击者辨认,确认就是于双戈。

确定对象后,于双戈家所属的新港派出所路边,停满了吉普车、三轮摩托车和两轮摩托车,以及许多自行车。刑警们聚集在派出所,随时准备出击,但考虑到凶手有三把手枪和大量子弹,其住地人口密集,且地形复杂,捕捉稍有不慎,很可能会导致嫌疑人狗急跳墙,再次伤及无辜,指挥部里行动小组经过周密思考,制定了一套严密的抓捕计划。

翌日早晨,指挥部接到一名与于双戈有过共事的男子报告,嫌疑人骑自行车出现在虹口区乍浦路桥上。兵贵神速,指挥部立即下令,侦查员荷枪实弹地前往抓捕。接到命令的侦查员不顾危险,迅速赶去包围、封锁、搜查……忙

老端木分析案情

了三个多小时,结果是竹篮打水一场空。

接连几天,指挥部发动全市民警,开始了地毯式搜查。全市上下公安机关组成上千个小组,上万民警撒向了全市的每个角落,可谓是布下了天罗地网。笔者斯时正在长宁分局政治处谋差,晚上与两位同事一组,手持手电筒和电警棍,在西郊动物园里搜索,来回晃动的电光惊动了熟睡的动物,结果引来了狮吼虎啸、狼嗥鸟鸣。

面上的人海战术紧锣密鼓的同时,点上的追查线索也在深入进行。晚上,新港派出所门口出现了一个圆脸大眼的青年女子,刑侦处的阿山(陈竹山)见到这名可疑的女子,上前盘问:"你来干啥?"女子说:"我来看看那个银行里的女人被打死了没有?"阿山心想,你问这个干啥?凭着他的职业敏感,马上将女子请进了派出所,原来这女子就是蒋美玲。经过反复晓以厉害,她终于道出了于双戈是其男朋友,曾经与她一起到宁波游玩,住在亲戚家的关键线索。

案发第三天,也就是 19 日,指挥部从查到的 170 余名于双戈的社会关系和接触对象中,确定了广东广州、浙江奉化、宁波和山东以及安徽等出击线路,专门派员前往布控。

大队队长谷在坤派侦查员高荣金、保志明前往宁波布控。保志明犹豫地说:"我老婆正准备生小孩,我……"谷队长说:"大家都三天三夜没休息了,你克服一下。"老高和小保顾不上与家人打招呼,当晚登上了前往宁波的列车。翌日上午,两人赶到蒋美玲伯伯家,向他讲明了案件的严重性,希望他积极配合,老头点头称是,并说出了蒋美玲姑妈的名字和地址。侦查员又马不停蹄地来到其姑妈家进行了布置。同时,对于双戈在宁波的另两名关系人小戴和小黄也进行了布控。

20 日深夜,老高和小保完成布控任务返回旅店,他俩已经五天五夜没有合眼了,已到了生理极限,躺倒在床上便呼呼入睡。

七

于双戈一脸疲惫地来到路边小店,随便充了下饥,神经放松后,开始感到了浑身疲惫酸疼,想找个旅馆彻底地睡一觉。他非常清楚,各个旅馆里一定接到了抓捕他的通缉令,于是,他取出工作证,琢磨良久,计上心来,掏出黑色墨水钢笔,将工作证上的名字"于"下加了一横,改为"王",又将"戈"字,添上了一竖和一钩,成了"划"字,于是乎,成了"王双划",他抱着侥幸心理来到一家小旅馆,年轻的女服务员登记时,于双戈担心她看出破绽,幸好拙劣小伎俩顺利地骗过了服务员。进门反锁后,他把枪压在枕头下,倒头呼呼大睡了起来。

醒来已是 19 日,他想起了海宁有个叫阿龙的朋友,于是,又坐上长途汽车来到海宁,找到了阿龙。阿龙很热情,不但请远道而来的朋友住在自己家里,还提出陪他去玩。于双戈没有心思去当地转悠,因那时旅馆需要凭工作证、介绍信等登记住宿,于双戈担心涂改的工作证被细心的登记人员识破,于是对阿龙谎称道:"我去宁波出差,临走时匆忙,介绍信忘在家里了,住旅馆和办事不方便,你能否帮我搞个单位里的空白介绍信。"阿龙爽快地说:"这个没问题。下午就帮你去搞。"阿龙出去了一个多小时,果然搞来了一张空白介绍信,于双戈填上了"杜卫国"的名字,匆匆告别阿龙,赶往杭州。

来到人间天堂,于双戈也没有心情去西湖游玩,赶紧转车前往宁波。当天晚上,他就利用子虚乌有的介绍信顺利地住进了宁波的一家小旅馆。于双戈躺在旅馆的床上,一种久违的轻松感油然而生,他心想自己的名字改了,衣服也换了,从此成为一个新人"杜卫国"了,警察到哪里去找自己,让他们去找鬼吧。

于双戈心里在盘算,到底去谁家?反复掂量下来,感到蒋美玲的姑妈对他最亲近,他对女人也最依赖。在宁波的旅馆里休息了几天后,23 日中午,于双戈果真来到了蒋姑妈家。蒋姑妈为了稳住他,故意问他:"你怎么来了,美玲怎么没有一起来?"于双戈笑着解释说:"正巧来宁波出差,特意来看望姑妈。"蒋姑妈赶紧忙着做饭,热情地留他吃饭。于双戈也不客气,几天来东躲西藏,也没好好吃口热汤热饭,他像饿狼一般地吃了两大碗米饭,姑妈热情地为其夹菜,心里想你这顿吃好,下顿不知到哪里吃饭呢。

于双戈汤足饭饱后准备离开,蒋姑妈内疚地说:"也来不及准备,没有好好招待你,你晚上再来吃饭吧。"于双戈感激地说:"饭菜很好吃,谢谢你的招待,我不好意思再来了。"蒋姑妈热情相约,于双戈也没处吃饭,便顺水推舟地说:"好的,我下午 4 点后再来,谢谢姑妈。"于双戈前脚刚走,蒋姑妈就让儿子到派出所去报告。

八

23 日下午 1 点 50 分,蒋姑妈的儿子董大平匆匆来到苍水派出所报告:"于双戈刚才来我家了,出门后经中山路方向走了,他说下午 4 点再来。"民警追问:"他穿什么衣服？"小董说："上身穿一件蓝色制服，下身穿一条黄色军裤。"

接报后，派出所民警带上武器倾巢出动，2点半，已在蒋家附近埋伏了重兵，守候伏击。

下午3点50分，苍水派出所所长严金铨看见一个青年男子站在69号门口，按照通缉令上的体貌特征似乎不像于双戈，此人也不穿蓝色制服，而是身着黑色皮夹克。这个意外的变化，令严所长无所适从，也给伏击带来了很大的困惑。于是，严所长果断地给伏击的民警布置了任务，主动出击，到附近街道和商店，以及小巷仔细搜索。

4点20分，担任搜索任务的民警陈永康在解放北路上与一名迎面而来的男子擦肩而过。老陈见到此人，眼睛一亮，感觉似曾相识，他不就是通缉令上的于双戈吗？虽然此人没穿蓝色制服，而是身穿黑色皮夹克，但经验丰富的老陈没有轻易放弃，而是不动声色地紧随其后细致观察，见他的衣服里面的右腰部微微隆起，且面貌特征和通缉令上完全一致，老陈心里一阵激动。他刚想回去报告，正巧遇到前来搜索的严所长，于是，他俩分散跟踪目标，选择最佳捕捉时机。

此时，于双戈双手插在口袋里，悠闲地在大街上行走，一会儿在书店门口停下脚步看看广告，一会儿走进妇女用品商店转悠，最后拐入了中山西路，迈进了鼓楼邮电支局。

于双戈在审讯法庭上

于双戈被押往法庭

谷在坤审讯于双戈一

谷在坤审讯于双戈二

严所长和老陈分头悄然跟上，来到邮局门口，观察了一下周围的地形，准备随时出击。严所长见于双戈正在打电话,他悄声说:"老陈,机会来了!"说罢,他扔下手里的拎包,一个跨步扑到于双戈的身后,双臂从于双戈的腋下一插,紧紧地抱住对象,几乎同时,老陈上前一把将于双戈的右臂锁住。

此刻是1987年11月23日下午4点45分,这是一个令上海全体公安民警刻骨铭心的日子,鏖战了八天七夜的民警们,终于得到了圆满的回报。接到于双戈被生擒,且没有伤亡的消息后,按说参战的人员应欢腾雀跃,但指挥部里的人都没有呼喊,大家虽有许多话要说,但都一时无所适从。因你强烈期盼的东西突然降临时,往往会发愣不知所措。

当天晚上,大案队队长谷在坤带队,开了两辆警车连夜赶往宁波,抵达宁波已是凌晨4点。谷在坤就地审讯,于双戈见到谷在坤,第一句话便问:"蒋美玲怎么样?"谷在坤笑着说:"比你好得多。"于双戈听罢,像吃了定心丸似的放心了,消除了抵抗心理,很配合地交代了自己作案和逃跑的经过。

凌晨5点,警车押着于双戈返回上海途中,侦查员下车买了一大包油饼,也塞给于双戈两个,他狼吞虎咽般地边啃边点头致谢。

中午时分,警车抵达上海金山县枫泾道口,交通处的四辆两轮摩托车早等候在此。警车开道,一路呼啸,向上海城里飞驰,路上的行人驻足观望,口口相传于双戈落网。警车围绕市公安局大院转了一圈,大门外人山人海,老百姓围观祝贺。

于双戈当然吃了子弹,蒋美玲和徐贵宝也因包庇罪和窝藏罪判了刑。于是,社会上流传了一句顺口溜"谈恋爱要找蒋美玲,交朋友应交徐贵宝",虽然这句顺口溜以调侃的形式在坊间流传,但蒋美玲和徐贵宝因无知而触犯了刑律,可谓是给上海市民上了一堂生动的普法教育课。

警车驶出宁波市公安局

第七章　惊天盗案

几年前采访痕迹专家丁敏菊时，她说起的美领馆盗窃案的一个细节令我印象深刻。那年美国领事馆发生盗窃案时，为了在现场发现更多有价值的痕迹，刑侦处长端木宏峪要求技术科再去现场勘查，挖地三尺又仔细勘查后，在现场提取到了几根棕色的细毛。

为了弄清是什么动物的毛，丁敏菊等技术员卷上铺盖住到了西郊动物园。他们清晨等动物们掉下毛后，赶紧小心翼翼地捡拾起来。他们先后采集了羊毛、牛毛、鹿毛、鹅毛、狗毛和老鼠毛等几十种动物毛。回到实验室后，将这些动物的毛分别制成了扫描电镜样本，拍摄不同观察面的微观形态特征照片达数千张，那时还使用120黑白胶片，光胶卷就装了好几个塑料马夹袋。

然后，技术员通过电镜对每一种动物毛的表面微观形态、断面微观形态、截面微观形态分别进行仔细研究，统计其各自不同的数据，寻找不同动物毛纤维之间的特征规律，其工作量之大，可谓是大海捞针。最后，生擒大盗张平后，这些兔毛与他的手套里的兔毛比对吻合，成了定案的铁证。从这个侧面的破案细节，可见侦查员对破案付出的心血。

总领事报案

时值隆冬，树木萧条。早晨的阳光将秃枝枯叶印在了拥挤的马路上。车流中一辆挂着领事馆牌照的黑色轿车悄然驶入了市公安局大院，小车停稳后，从车里走下了一位金发碧眼、身着黑色呢子大衣的中年男士，他就是美国驻上海总领事鲁植先生。总领事是来报案的，他操着熟练的汉语向接待人员讲述了发生在上海美领馆里的一件奇事。这天是 1988 年 2 月 3 日。

事情是这样的,有个 30 来岁的青年男子多次翻墙到美领馆盗窃。第一次是 1986 年 12 月 22 日,那天晚上子夜时分,这个神秘的男子打着手电来到二楼总领事先生夫妇睡觉的房间,总领事先生的夫人感到有人在摸她的脚,开始以为是家犬在与自己亲热,她迷迷糊糊睁开惺忪的双眼,却惊讶地发现有个男子兀立眼前,吓得她赶紧推醒丈夫。

总领事边穿衣服,边用娴熟的汉语温和地问不速之客:"你从哪里来?"

来者自我介绍:"我是从南京来的大学生。"

总领事穿好西服、系上领带,带着大学生来到接待室,并冲好一杯热咖啡,于是两人开始围绕着中国的政治、经济、文化等热点话题交谈起来。随着话题的深入,总领事感到对方的知识和素养不像大学生。一个来小时后,总领事便感觉来者不是上门来交流的,可能是个缺钱花的贫苦青年,便客气地站起来与他握手道别。

临别,总领事善解人意地说:"你喜欢什么东西,尽可挑选。"

来者从未见过如此大气的主人,赶紧摆手说:"不不,先生误会了,我不是那个意思。"

总领事又客气地说:"你别急着走,我叫辆车送你回去。"

青年男子连连摇头:"NO!NO!"说罢,他心嘀咕:我怎么能坐车呢?万一进了车里,司机锁上门后报警,门口站岗的武警上来,我不就成了瓮中之鳖了吗?

总领事见他不愿坐车,最后彬彬有礼地说:"那我送你出门吧。"

青年男子感激地说:"不用了,我从哪里进来,还是从哪里出去。"说罢,他双手抱拳在小楼的大门外与总领事"拜拜!"。

总领事见他穿过草坪消失在黑暗里,估计他是避开门口站岗的哨兵,翻墙离去。总领事双手一摊,幽默地一笑,上楼回到卧室,继续睡觉。

夫人见丈夫回来后,惊讶地问:"是什么人?"

总领事轻松地笑着说:"估计是个贫苦的青年。"

夫人好奇地追问:"那他来干啥?"

总领事幽默地说:"想来借点东西,但又不好意思。"

总领事送走了翻墙而入者,像送走老朋友一般友好、轻松,面对不速之客采用的是美国式的幽默,也没有大惊小怪,更没有报警。

倘若在睡梦中惊醒,见到突然闯入卧室的黑影,你惊讶地大声呼叫,或者采用暴力打击对方,可能会招致对方的反击,甚至会送命。总领事的坦然处之和处惊不乱,那种随机应变的处事素质,令人折服,同时也保护了自己和夫人。但他事后没有报警,却为以后的案件发生埋下了祸根。

这位总领事没有想到,他的大度和坦然导致了对方更加胆大妄为。时隔不到一个月,青年男子第二次光临美领馆,接着又是第三次、第四次。一年多时间里,这个神秘的黑影先后四次肆无忌惮地卷走了美领馆内的美金、港币、人民币、兑换券、金银首饰和30多余盒录像带,以及眼镜、香烟等价值人民币八万元的财物。

再宽宏大量与人为善的老美,也无法忍受如此不讲信义的宵小。

四面出击

接到报案后,上海市公安局局长李晓航深感震惊,立刻召集市局刑侦处和全市主管刑侦工作的分局副局长召开紧急会议。

李局长脸色凝重,声音低沉地说:"这是一件具有国际影响的大案,直接关系到上海是否是一个安全、良好的投资环境,也直接关系着中国警察的声誉,此案非破不可!"

说罢,李局长指名道姓地问刑侦处处长端木宏峪:"老端木,你有信心破案吗?"

端木处长当即表态:"尽管破案难度很大,但我们一定争取快速侦破!"

紧急会议结束后,端木处长马上叫来了副处长张声华,又给大案队队长谷在坤发了拷机。那时上海正在流行甲肝,谷队长的妻子不幸染上了甲肝,他正在医院抽血检查是否被感染。谷队长突然接到端木处长的拷机,知道没有急事,老端木是不会轻易找他的,于是赶紧回电,得知美领馆发生盗窃大案,心里一沉。端木处长命令他穿上制服立刻赶到美领馆勘查现场。

端木处长特别欣赏谷队长的机敏反应和审讯智慧,法院女科长被害案,预审处审讯了26次没有拿下来,谷队长衔命后,审了几次就攻破了;24万元黄金盗案,别人办不下去,也是谷队长接受拿下的。谷在坤一头黑发梳理得整整齐齐,头势清爽,格子西装,系着领带,皮鞋锃亮,写字看稿时戴上金边眼镜,一副儒雅学者的形象。

能识千里马的,自己当然是伯乐。端木处长身高马大。虽是单眼皮,但眼大有神,透出一股冷峻犀利的目光,平时一脸严肃,不苟言笑,有种不怒而威的凛然。解放前夕,他随华东野战军攻占济南府,留在济南特别市公安局侦察科,成为新中国第一代侦查员,在济南参与侦破了飞檐走壁大盗"燕子李三"等诸多大案,练就了刑侦基本功。他随上海首任公安局长李士英从济南来到上海接管上海市警察局后,更是如鱼得水,侦破了康平路1号凶案、扑克牌谜案等许多凶案大案,成为上海滩上闻名的大侦探。

准确的勘查现场是破案的前提。老端木亲自挂帅,带领侦查员和技术员一起来到美领馆勘查现场。

经过反复仔细的勘查现场,技术员认定嫌疑人四次进入美领馆都是从位于乌鲁木齐路上的围墙翻越而入的。现场采集到的鞋印为39码,根据鞋印推算,嫌疑人约1.70米,可以断定四次翻墙入院系同一人所为。

美领馆里的花匠向侦查员回忆了一个重要的线索。1月4日深夜,他在花房里发现一个陌生的男青年,人较瘦,留长发和小胡子,身穿黑色皮夹克,年龄30岁左右,身高约1.70米,其身高与痕迹专家推算的完全吻合。

端木处长等人向总领事夫妇询问被盗物品时,其夫人眼里闪着泪光,难过地诉说开了。

被盗近万美元的金手链、金戒指、手表、照相机和30多盘录像带,以及特种人民币支票,还有外交人员证等物品,虽然价值巨大,但其精神价值更为珍贵。有一根金手链是总领事父亲送给他们的结婚礼物;有两把钥匙是鲁夫人母亲留给女儿的遗物,也是母亲遗产的唯一凭证;还有一些鲁夫人送给丈夫的生日礼物等等。端木处长和侦查员听罢鲁夫人的诉说,心里隐隐地感到铅一般地沉重。

已是下午1点多了,大家都已饥肠辘辘,但端木处长反复察看现场竟然忘了吃饭,大家不敢提醒他该吃饭了。谷队长故意问端木处长:"我忘了带表了,现在几点了?"端木处长一看手表,才恍然大悟,已是1点多了,苦笑着说:"一心想着案子,忘了吃饭了。"部下到就近的食品店买了一大袋面包,临时借了武警通讯连在武康大楼的驻地,吃起了午饭。

吃罢午饭,大家围在一起研究案情。那时领事馆和马路上都没有监控探头,完全凭着勘查现场获得的碎片信息和目击者提供的线索,根据破案经验分析推理,判断对象特点。端木处长判断说:"嫌疑人作案手法老练,心理素质好,应该是个惯犯,肯定有盗窃前科,先查一下前科口卡材料,有没有类似对象。根据第四次潜入领馆情况分析,可见其对附近地形熟悉,对象可能居住在附近地区,但也不能排除外来人员作案。"

在没有线索的困境下,专案组只能采取大海捞针的手法。根据花匠提供的嫌疑人的面貌特征,请画家画出嫌疑人的模拟像,然后拍成照片,以最快的速度印发了十多万份通缉令和协查书,张贴和散发到全市各区、县,乃至全国各地,发动群众提供线索。

张平的模拟画像

市局和分局的侦查员,根据嫌疑人鞋印的特征,来到里弄、工厂和建筑工地,甚至到部队,比对可疑人员的鞋印。

市局和分局分头派出大量便衣,来到火车站、长途汽车站、码头、机场等海陆空交通要道,以及地摊市场等处,凡是人员集中和赃物可能出现的场所,严密监控。

各区、县分局发动所辖派出所户籍警,根据通缉令和协查书,深入到地区排查嫌疑对象。

根据鞋印特征,端木处长亲自带领侦查员赶往浙江,请求协助侦查。

侦查员分头赶往广东广州、福建石狮等地布置控制录像带等赃物……

为了在现场发现更多有价值的痕迹,端木处长要求第二次去现场,又仔细勘查了一遍,最后在现场提取到了几根棕色的细毛。

为了弄清是什么动物的毛,刑侦处技术科的几位技术员卷上铺盖住到了西郊动物园。他们清晨等动物们掉下毛后,赶紧小心翼翼地捡拾起来。他们先后采集了羊毛、牛毛、鹿毛、鹅毛、狗毛和老鼠毛等几十种动物毛。回到实验室后,将这些动物的毛分别制成了扫描电镜样本,拍摄不同观察面的微观形态特征照片达数千张,那时还使用 120 黑白胶片,光胶卷就装了好几个塑料马夹袋。

上海市公安局鉴定书

然后,技术员通过电镜对每一种动物毛的表面微观形态、断面微观形态、截面微观形态分别进行仔细研究,统计其各自不同的数据,寻找不同动物毛纤维之间的特征规律,其工作量之大,可谓是大海捞针。

技术员又来到畜牧业公司,请教专门研究动物皮毛的老工程师,经过反复比较鉴别,最后认定美领馆提取到的动物毛属于兔毛。经过推理分析,兔毛可能是窃贼的衣服领子、皮鞋、手套或者帽子上面掉下来的。

正值春节来临,全市侦查员和户籍警都放弃了休息,深入到各个角落追踪大盗。

浮出水面

案发后的第三天,也就是 2 月 6 日,黄浦分局刑队侦查员报告,在南京路的华侨饭店门口发现两名男青年非法出售 20 元的美钞,形迹可疑。

端木处长闻后窃喜,因为美领馆失窃物品中恰好有一张 20 元票面的美元,那时有美元是很稀罕的事,一般的市场上难以搞到美元。端木处长立刻指示侦查员赶往黄浦分局刑队审查嫌疑对象。嫌疑人面对侦查员强烈的攻势,却一口咬定美钞是在大木桥路附近捡到的,且有人可以证明。

侦查员当然不会轻信,经过深入侦查,有几个人证明发案期间嫌疑对象没有时间作案,也没有证据确认美领馆是他干的,但通过追踪细查也没有冤枉这个强硬的对象,意外地侦破了他作下的另一起盗窃案。

一波方平,一波又起。

2 月 23 日,普陀分局徐副局长突然来到刑侦处专案组汇报,真如地区有个赵姓男青年对朋友吹嘘,美领馆案子是他干的,那个考克箱有密码,很难打开,但还是被他破译打开了,这只箱子藏在女朋友家里。

端木处长和专案组侦查员听到这个线索后,20 多天来疲惫的神经一下子又被激活了起来,立刻将对象带到刑侦处审讯。不料,又是一个空炮。原来这小子正在为借钱发愁,为了取得朋友的信任,证明他有偿还能力,便将马路上道听途说来的美领馆被盗一只考克箱和金银首饰等传闻,绘声绘色地吹嘘为自己干的,结果自找苦吃,被请进了 803。

无巧不成书。接下来的几天里,静安、长宁等分局也先后发现了此类疑似对象,经过甄别后,被逐一排除。

几次神经被刺激后,又复归失望,但侦查员没有绝望,他们坚信总会找到突破口。

苦苦奔波了三个月没有重大突破,市里和局里的领导不断地督促,端木处长与部下可谓压力山大。

破案终于出现了转机。5月17日下午,谷队长正在高院出庭,蓦地接到张声华副处长打来的拷机,他赶紧回电。张声华副处长声音很轻:"我正在人大开会,走不开,你马上赶到徐汇分局去,他们在华亭路服装市场发现了美领馆的线索。"

谷队长放下电话,悄悄与法官打了个招呼,迅疾赶到徐汇分局刑队。原来前一天徐汇分局治安科民警吴曙光得到一个信息,有个青年男子找他反映情况说:"有个过去一起开出租车的朋友拿着一本特种人民币支票,让我在华亭路服装市场做生意的老婆帮一下忙,问问如何去取钱。"吴曙光比较敏感,他想到了美领馆案件丢失过一本特种支票,便细问举报人:"你是否问过特种支票是从哪里来的吗?"举报人说:"问过,有次我们一起在锦江饭店门口停车候客,他吹嘘说上海滩第一号大案是他做的。"

吴曙光听罢心里一惊,怕是对方故意豁大,但他宁可信其有,也不能放过这一重大线索,即使查下来不是也无妨,万一是真的可就搞大了。吴曙光请举报人将特种支票拿到华侨饭店来辨认,经过查证,这本支票正是美领馆报失的支票,对象终于浮出了水面。

经过缜密侦查,持有支票的人名字叫张平,男,31岁,自幼就有偷窃劣迹。1981年10月,他在羽绒服装厂工作时,因盗窃厂里的产品和自行车,被长宁区人民法院判处有期徒刑三年。刑满释放后,他从事个体客运,因经营不善,收效甚微,又以10%的月息向他人借钱做生意,结果又是亏本。债台高筑后,他很可能铤而走险。

罪犯张平

刑侦处查阅了前科口卡档案,里面有张平的前科记录,也有其照片,其照片与模拟罪犯的画像颇为相似,符合目击者花匠描述的特征。

谷队长听完吴曙光的汇报后提出:"我必须与这个举报人见面细谈,以便及时掌握嫌疑人的具体情况。"

谷队长一身西服,皮鞋擦得锃亮,头发梳理得整齐油亮,来到徐汇分局门口接待办公的楼上,吴曙光站起来介绍完两人的身份后,悄然离去。

谷队长首先鼓励了举报人的善举:"你反映的情况很重要,我代表市公安局向你表示感谢。你有什么要求和想法尽管提出来。"

举报人早有准备,他提出了三点要求:"第一条,一定要替我保密。"谷队长以肯定的口吻保证道:"这个你不必多虑,肯定为你保密。"举报人又提出第二条要求:"我的动迁房拆迁后,可否造好新房子后让我搬回原处。"谷队长想了想说:"我帮你试试看,这个不是我们管辖的范围,但我相信你为破案作出了贡献,政府会考虑的。"举报人又提出了最后一条要求："这个对象借了我7000元钱,可否帮我追回来?"谷队长颇有把握地说："这个没有问题,可以追回来。"

谷队长满足了举报人提出的几点要求后,对方感觉谷队长相貌堂堂,气质儒雅,目光和善,是个值得信赖的人,便说出了对象的名字叫张平,他租借的房子在虹桥路附近。

谷队长又追问了一些细节："看见过张平有太阳眼镜吗?"举报人肯定地说:"有的,他自己戴着。"谷队长又问:"那个考克箱你见过吗?"举报人说:"有的,就放在张平卧室的桌子上。"谷队长又追问:"你见过他家有录像带吗?"举报人点头说:"有的,他藏在租借的房子的壁橱里。"

谷队长听罢欣喜若狂,根据这三样赃物就能确认张平就是美领馆大盗。但他没有表露出来,而是冷静地让对方再好好回忆一下,关于张平还能想起什么。

举报人沉思片刻,告诉谷队长:"这个人会点武功,抓他时要小心些。"

生擒大盗

西郊地区路边的行道树已是嫩绿舒黄,春意盎然。5月17日那天子夜时分,夜色晴朗,万籁俱寂。抓捕大盗的行动即将开始,但参战人员都不认识张平其人,他有四个兄弟,且相貌相似,仅凭照片很可能会抓错人,打草惊蛇,而真正的嫌疑人会惊动后趁机溜之大吉。

时针指向深夜11时45分,一辆出租车悄然驶到虹许路张家宅张平家门口戛然而止。须臾,一个黑影从一束亮光里出来,疾步来到出租车旁,迅速钻入车内。侦查员见对象上车后,迅速上去将黑影扭住:"我们是警察,叫什么名字?"对象吓得不知所措:"张海"。姓名不对,侦查员追问:"你是张平什么人?""我是他的弟弟。"

好在没有惊动张平,侦查员追问:"张平在哪里?"张海回答:"在家吃饭。"

开出租车的司机又进去将张平叫上了出租车,他们在车里的谈话被全部录音后,几个便衣突然站在马路中央挥手拦住出租车,拦车者不由分说地对司机说:"搭个车!"车尚未停

押解张平

稳,几个黑影迅速跳上车,将追踪了三个多月的美领馆大盗牢牢扭住。

多行不义必自毙,张平终于落入恢恢法网。

张平被押到刑侦处后,谷队长连夜亲自审讯,张平却沉默不语,拒绝回答。

谷队长没有采取吹胡瞪眼的审讯方法,而是以温和的口吻说:"你做的案件,自己心里最清楚。你去了那里不止一次,也不是两次,而是多次。你在现场留下了痕迹没有?我们一般的案子不会如此兴师动众,找你肯定是惊天大案。"

张平也是聪明人,他知道放在家里的赃物一定被警察搜查到了,还有作案穿的鞋子,也留下了印迹。

在大量的证据面前,经过谷队长反复开导,一个小时后,张平终于开口。

因债台高筑,张平急于弄到大笔钱款。一天,他路过美领馆时,突发奇想,美国人很富裕,何不动一下老美的钱财? 于是,1986 年 12 月 23 日深夜,他来到淮海西路、华山路口,开始为行动踩点。张平沿着美领馆周围转圈,见高墙铁门,门口有武警战士持枪站岗。他心里盘算着,硬进门肯定不行,翻围墙又如此高,也跳不上去。正在踌躇之际,突然发现围墙上有两根直径七八米的铁管,便猛地一跳,借助铁管,翻入了高墙大院。

里面有幢高大的洋房,四周一片漆黑,张平先野猫一样来到洋房下,竖起耳朵静听,房间里静悄悄的。他推了一下门,没有上锁,便闯进大门,沿着走廊挨着推门。房间的门大多没有上锁,张平东撬西摸,却收获不大。他又来到二楼,虽然见里面有人睡觉,他仍大胆地摸黑找钱包,突然摸到了一只脚。这是总领事夫人的脚,她突然坐起来,吓了一大跳。张平见吵醒主人后,急中生智地自称自己是大学生,与之对话起来。于是,便出现了开头的那一幕。

张平惊动主人后,没想到老美如此仁义,还要派车送他回去,也没有报警。

张平心里被主人的义举所感动,一段时间里,他放弃了行动。但对钱的欲望却难以抑制,两个月后,即 1987 年 2 月 20 日深夜,他又潜入美领馆,就地取材,撬开了多张办公桌,窃取了 30 多盒录像带、两只密码箱,箱内有兑换券和数千元人民币。

作案后,张平有点后怕,但见公安局一直没有动静,他便将总领事的善良当作是傻瓜。1988 年 1 月 14 日夜,张平又翻墙潜入美领馆一间玩具房,高兴地翻开抽屉,见里面全是铅笔和书籍。这时,他发现房外突然有手电光闪现,吓得像野猫一般候地躲到桌子底下,来人对着桌子问他:"干什么?"他猛地一跃,蹿出门外,消失在走廊尽头。

几天后,张平见公安局还是没有反应,以为这里是阿里巴巴了,芝麻开门后,可以随便拿走取之不尽的宝藏。

2月3日深夜,张平第四次翻墙入院进入美领馆,又窃得金银首饰和贵重物品,他见所盗物品装入布袋后,乐滋滋地满载而归。翻墙出来后,他背着满满一袋东西,步行到衡山饭店附近的出租车站,叫了一辆出租车,装扮成出门的旅客故意来到老北站,又换了一辆出租车才回到家里。

审讯张平的同时,侦查员从张平的家里搜查出了一双棉鞋、一件皮夹克和一只手电筒,以及一副兔毛手套,还有美领馆失窃的黄金首饰、手表、眼镜、银行支票、外交人员证等108件。

在电镜下一比对,手套上的兔毛与美领馆现场采集到的兔毛完全吻合,那双棉鞋与高墙下采集到的脚印也完全吻合,为锁定张平就是江洋大盗提供了铁证。

5月19日,侦查员又从崇明县追回了张平用于抵债的30多盒录像带。

不算尾声

侦查员夜以继日地追回大部分赃物后,端木处长换上崭新的制服,亲自带队驱车前往美领馆,将追回的赃物交给总领事夫妇。总领事夫妇听到喜讯后,换上了节日的礼服,早早地站在大铁门边恭候上海警察的到来。

总领事夫妇见小车闪着转弯灯驶入领事馆后,总领事疾步上前,紧紧地握着端木处长的手,翘起左手大拇指,动情地夸奖道:"你是东方福尔摩斯!"

总领事夫人则站在一旁,眼含泪水激动地说"My God! Thank you! Thank you!"

无头无绪的美领馆盗窃大案,经过三个月的艰苦侦查完美破获,赃物也物归原主。但回过头来总结一下侦破过程,也有失误的地方。刑侦处档案里存放着张平的夜盗前科材料,可惜口卡里记载张平的身高为1.77米,而张平的实际身高是1.71米,因为这小小的失误,导致侦查员排摸前科对象时,错过了有夜窃前科的张平,倘若记载准确,完全有可能在三天内破案。

美领馆被盗物品

1988年秋天,人们关注的美领馆盗窃案开庭审判,庭审调查整整持续了一天。休庭以后,却迟迟没有开庭宣判,直到1989年夏秋之交,上海市中级人民法院宣判张平死刑。

第八章　梦断钻石

20世纪80年代末，上海虹桥机场一家运输公司发生了一起建国以来最大的盗窃案，机场仓库里的一盒比利时空运来的贵重物品突然不翼而飞，这盒贵重物品里面装有几万粒价值连城的钻石，价值67万美金，案件引起了公安部的高度重视，并电令上海限期破案。

大案队长谷在坤接手这起案件后，嫌疑人已被审讯多次，他明白这是一起全国最大的盗窃案，交代后必死无疑，所以嫌疑人扛着坚决不说。端木宏峪点将谷在坤亲自审讯，因为他清楚谷在坤的最大特长是审讯，当年许多负隅顽抗的嫌疑人都是谷在坤巧审开口的。

这起案件中，谷在坤以情动人、以柔克刚，促使嫌疑人情绪失控，乃至精神崩溃，最终如实认罪。

价值67万美金钻石不翼而飞

那是深秋的一天下午4时许，一辆紫红色雪铁龙驶进坐落在愚园路上的长宁公安分局大院。雪铁龙尚未停稳，车上的那位中年男子便心急火燎地下车，他下意识地用手扶了下金边眼镜，神色惊恐地直奔分局长姚玉良办公室，他气喘吁吁地递给姚局长一张名片，自我介绍道："我是虹桥机场大通空运有限公司上海分公司的钱经理，我们那里发生盗窃大案了。"

姚局长见他魂不守舍的样儿，安慰他说："坐下来，不要急，请慢慢说。"钱经理坐下后，神色紧张地讲起了单位里发生的可怕一幕。

"我们公司戴家库保税仓库发现一包重1.77公斤的钻石不翼而飞。这包钻石是从比利时购进的,外包装是只20多厘米的小盒子,内装有米粒大小的钻石坯5174.64克拉,其中工业钻1710.54克拉,首饰钻3464.1克拉,都是未经加工的钻石坯,进价共计67万美元,折合人民币470多万。"钱经理一口气报完数字,用期待的目光望着姚局长。

当年这个数字可谓是笔巨款,见多识广的姚局长对这样大的盗窃案也闻所未闻,他立刻给刑警队队长陈焕康挂了电话。须臾,大院里响起了尖厉的警报声,三辆警车随着红色雪铁龙一路呼啸着向虹桥机场飞驰而去。

这一天是1988年11月17日。

警车来到西郊动物园旁的荒野里戛然而止,钱经理带着姚局长和陈队长一行来到一栋长长的尖顶房前,他指着房子介绍说:"这就是我们公司戴家库仓库。"姚局长与陈队长以及几位侦技人员随钱经理走进仓库的一号库位。

根据钱经理的指点,技术员小束反复勘查复验现场,没有发现撬锁、翻窗和爬墙等痕迹,他向姚局长汇报说:"基本可以排除撬窃作案的可能。"

经保管员再次认真清点库内货物,除缺少两天前,也就是14日入库的这一票钻石外,其他贵重物品,诸如彩电、录相机等物均完好无缺。

这票失踪的贵重物品是由日航791航班波音客机运到虹桥机场的,经过验票后即被送入民航货运处保险仓库。14日上午10点多,货运公司接员陈志杰前去接货,货运处保险仓库保管员田玉华将一只淡蓝色的小盒子交给陈志杰时,特别嘱咐他:"这是一票贵重物品,不能与其他普通物品混放,千万要单独入箱保管。"

但陈志杰驾车回到戴家库仓库交货时,却未向保管员姚均说明这是贵重物品,姚均便将此货放在普通货一号库位。

翌日,陈志杰又送来两票从瑞士进口的钻石,他告知姚均:"这是贵重物品,应放入仓库办公室的保险箱内。"

11月16日,又有一票从荷兰进口的钻石入库,姚均向公司经理作了汇报。

第二天上午,钱经理得知14日入库的一票货也是钻石,即刻通知姚均另外存放,姚均慌忙赶到一号库位,那只蓝色的盒子却不翼而飞,他吓得如雷轰顶,像木桩似的钉在地上,傻眼了。

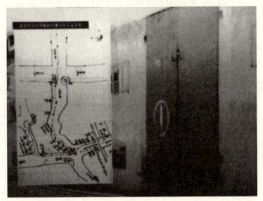

机场仓库

侦查员对仓库工作人员逐一谈话，并根据他们的陈述制作了陈述笔录。那时还没有监控探头，只能根据每个人的描述绘制了一份现场图。

钱经理见天色已晚，大家还在紧张地工作，便到虹桥机场餐厅订了一桌丰盛的酒席，有甲鱼、大闸蟹、鳗鱼等佳肴。

钱经理赶回仓库，拉着姚局长说："你们辛苦了，到餐厅随便吃点'便饭'。"姚局长婉言谢绝："我们赶回去马上布置任务，不吃了。"

钱经理又去拉陈队长和其他侦查员，大家见局长谢绝了，便纷纷摇头。

钱经理不免感慨地叹道："在吃喝盛行的今天，这样的干活实属罕见。"

当晚，公安部电令："全力破案。"

上海市公安局局长李晓航看罢电报后，当晚亲赴长宁分局督战。

发案的那晚他到底住在哪里

已是凌晨12点多，刑侦队办公室还是灯火通明。侦查员经过对仓库20多名工作人员谈话，互相印证，疑点迅速集中在接货员陈志杰身上。他交货时为什么不关照保管员姚均这是一票贵重物品？即使忘了，15日、16日又送进同样的货物他为什么没联想起来？他是少数几位知道此货是贵重物品的人之一。

最后，别人都走了，侦查员请陈志杰留下，盘问他："为什么进货时，不关照一下这是贵重物品？"

陈志杰捶胸顿足地保证："我确实忘了。"

谈话至凌晨2点，他还是反复一句话："忘了。"

没有足够的证据，只得让他先回家好好想想，明天上午来分局报到。

陈志杰走后，大家分析案情认为：14日至17日，本市有36家单位和苏州、常熟、蚌埠三个外地单位来提过货，是否有错发的可能？陈队长当即拟定侦破方案，决定分兵三路，连夜出发。

第一路侦查人员按照案发前三天的发货情况，奔赴蚌埠、常熟、苏州及本市36家单位，找收货人核实货物是否错发。

第二路侦查人员召开货运公司全体职工及夜间

犯罪嫌疑人陈志杰

值班的临时工座谈会,并与知情者个别谈话,查找线索。

第三路侦查人员找案发三天内直接进入仓库的重点人物仔细谈话,制定每个人的定向定位图,从中发现嫌疑人。

凌晨3点,赴外地的六位侦查员星夜赶路,直奔苏州、常熟,于天亮前分别赶到,经详细了解,没有发现错发的情况。

18日晚,侦查员蔡永祥、陆奇峰与货运公司王永平奉命赶赴蚌埠,于翌日凌晨3点抵达。三人走出蚌埠车站,一阵刺骨的寒风直往肉里钻,不觉一阵打颤。

公司职工小王找到路边的出租车问司机:"附近有没有宾馆?"司机点点头,当小王坐进车里招呼两位侦查员上车,蔡警官尴尬地说:"我们出差有规定,只能住十元左右的旅馆,坐小车无法报销,没办法,只能委屈你与我们一起住蹩脚的旅馆。"小王苦笑,只得下车。

火车站附近的宾馆门面都颇为豪华,闪烁的霓虹灯牌子格外引人注目,但他们却望而却步。三人顶着凛冽的朔风,以步当车,寻觅了一个来小时,才找到一家不被人注意的普通小客栈住下。

曙光微露,三人匆匆起床,出发前往214研究所。换了三辆车,边走边问,走了一段冤枉路后,直到11点,才摸到214所。正是吃午饭的时候,他们怕麻烦人家,便来到不远处的饭馆先填饱饥肠辘辘的肚子。

小王建议说:"你们辛苦了,喝点酒解解乏。"

蔡警官笑着说:"算了,等破案了喝庆功酒吧。"

他们随便点了两菜一汤,催着服务员赶紧上菜。

小王边夹菜,边感叹:"我们出差都是坐飞机,或软卧,住宾馆、乘出租车。我出差从不带毛巾牙刷,这下跟你们出差算倒霉透了,早晨牙都没法刷。你们侦查员真辛苦,这么没命地干,还要自己贴钱。"

蔡警官举起茶杯抿了一口茶,调侃地说:"谁不想坐小车、住宾馆,可有规定,没有办法。"

小王说:"这样吧,我们去住宾馆,发票开一起,我来报销。"

蔡警官摇摇头:"我们回去没发票,领导会怀疑我们到底去了没有。"

小王听罢,不无同情地摇摇头,动情地说:"过去以为警察很潇洒,这次随你们一起体验一把,原来警察是如此辛苦,如此寒酸。"

来到214所,经仔细核实,也没拿错货物。当天下午,三人匆匆返回。至此,排除了外地错发和提货者顺手牵羊的可能。

刑队会议室里烟雾缭绕,正在开诸葛亮会。

徐副队长说:"据机场守卫的一位武警战士反映:16日上午,陈志杰托他打听通过国际航班走私贵重物品的渠道和方法。"

郁副队长说："经过对出入过仓库的所有人员定点定位,发现作案者必须具备三个条件:一是懂得货物外包装上的特殊外文术语,知道是贵重物品;二是见过货物实样;三是有机会入库接触货物。具备以上三个条件的非陈志杰莫属,只有他才最有可能作案。"

侦查员小孙汇报了一条重要的线索:"我们对陈志杰的妻子进行了询问,她说,陈志杰最近一直都没过回家,11月14日这天晚上也没住在家里,但他却对妻子说,如果有公安局的人问我这几天住在哪里,你就说我住在家里。我们追问陈志杰住在哪里?他妻子告诉我们,肯定住在那个妖精那里。经过侦查,那个妖精就是他的情人,是一家食品厂的会计,叫张晔华。"

据钱经理反映,陈志杰没有前科,公司领导对他印象尚可,感觉他一点不贪。去年仓库里有一卷挂历散落在地,他见后守在一旁,等保管员赶来反映后才离开。

案子一下子变得扑朔迷离起来,笼罩上一层飘忽不定的迷雾。

11月21日,根据陈志杰的疑点,长宁公安分局对其执行拘留审查,侦查员与他进行了正面交锋。

侦查员小孙从他的落脚点入手,开门见山地问:"陈志杰,你从14日到16日,这三天晚上到哪里去了?"

陈志杰坦然地答:"去了新客站,躺在椅子上过的夜。"

小孙经常出差,对于火车站的候车室非常熟悉,他提醒陈志杰:"你大概不知道新客站候车室的椅子都是像电影院一样,每个座位都是隔开的吧?"

陈志杰见露了破绽,忽又改口道:"先在新客站坐一会打瞌睡,后来是在淮海路一家舞厅跳了一夜的迪斯科。"

小孙又点穿了他的谎言:"你也许还不知道公安局有规定,舞厅营业不得超过晚上11点吧?"

陈志杰几次被点穿后,无计可施,便摆出一副死猪不怕开水烫的架势,不是装聋作哑,缄口不语,就是云山雾罩,胡扯乱侃。经过48小时的谈话,虽然对自己晚上在哪儿过夜无法自圆其说,却一个劲地捶胸顿足,大呼冤枉。

审讯陈志杰

他与情人准备一起赴英国生活

侦查员传唤了陈志杰的同居者张晔华,没想到这位两眼似枯井的弱女子态度却与陈志杰一样异常坚硬,概不认账,一口咬定与陈志杰过去是业务关系,矢口否认自己与陈志杰的特殊关系。

侦查员反复晓以利害,告诫提醒她案子特别重大,可惜她仍执迷不悟。有时,女子为了爱情,往往会以身相许,并为之不顾一切地付出代价。

直到坐在铁窗里,张晔华才感到问题的严重性,惶惶然抽泣不已。慑于法律的威力,她痛哭流涕地承认了自己与陈志杰同居的经过,并交出了那天早晨陈志杰留给她的一张纸条。纸条上面写道:

我英国不去了,望向邓尔惠要回现金。关于那件事情肯定不是我做的,公安局找我,我会出来的,请放心。

交出纸条后,张晔华抽泣地道出了她与陈志杰的交往过程。

几年前,陈志杰与张晔华都在食品公司谋差,陈志杰是公司的驾驶员,张晔华是食品厂的会计。因业务关系,彼此接触较多。陈志杰见张晔华长得眉清目秀,有几分姿色,遂对其颇为倾心,但张晔华已有了男朋友,陈志杰得知后,深感遗憾,大有相见恨晚之感。

去年初的一天下午,一辆黑色丰田的小车悄然停在了路边,陈志杰走出来殷勤地邀正在走路的张晔华上车。张晔华见是昔日的关系户,甚为惊讶。

她好奇地问:"听说你调到机场里去了,发大财了吧?"

陈志杰春风得意地说:"没有发大财,只是每月1000多元工资,不过加上补贴和加班费,一个月可以拿到2000来元。"

张晔华不无惊讶叹道:"2000元还不是发大财啊?我每月才40来元。你真是宏运亨通,福星高照。"

陈志杰问张晔华:"到什么地方去?"

张晔华告诉他:"搞到一张票子,准备去买个彩电。"

陈志杰热情地说:"走,上车,我帮你送回去。"

张晔华正愁如何运电视机回家,陈志杰主动帮忙,正中下怀,便上了小车。陈志杰开车时发现,张晔华不像过去随便说笑,有点闷闷不乐,她原本那张春光明媚的脸上神色忧郁。

陈志杰好奇地问:"你脸色看上去不好,最近遇到什么烦心事?"

张晔华见有人关心自己,便将心里压抑了许久的委屈向他倾诉道:"这事我闷在心里也不便对外人说，今天你这么关心我，我就不隐瞒了。"

说罢，她哀怨地讲述了自己的不幸遭遇。原来别人给张晔华介绍了一个男朋友，开始介绍人把对方说得花好稻好，是个名牌大学的研究生，在研究所工作，家里有房子，张晔华以为走了桃花运，结婚后才发现他原来是个精神病患者，但木已成舟，生米已煮成熟米饭。他患有间隙性精神病，时常发一下，张晔华坚决不同意生孩子，并果断地提出了离婚。性格开朗的张晔华从此变得萎靡不振，郁郁寡欢起来。

听完张晔华的遭遇后，陈志杰安慰她说："你这事确实有点倒霉，那个介绍人打了闷包，你被他们骗进去了，你还是太单纯。不过事情已经出了，也只能面对现实，设法早日解决。"

陈志杰的几句话，说得张晔华频频点头。

来到电器商店买了台日本日立的彩电，陈志杰趁机大献殷勤，麻利地送到她家里。

陈志杰边帮她调台，边慰藉她说："你这么年轻，不能就此毁了自己，趁早离婚，你长得这么漂亮，再找个男人不难的。"

陈志杰的几句甜言蜜语，说得张晔华伏在他的肩上抽泣不止。

张晔华的父母正为女儿的婚事犯愁，到处托人说媒，尽管张晔华长得楚楚动人，但已是明日黄花，无人问津。陈志杰为博得张晔华父母的信任，表示要与老婆离婚，一定娶张晔华。

陈志杰问张晔华："如果我离婚，女儿判给我，你还愿意嫁给我吗？"

张晔华感激涕零地说："你真的为我离婚，我一定好好报答你的恩情。"

虽然陈志杰是为了同衾共枕，逢场作戏地兴之所至，但张晔华却信以为真，对他一往情深，唯命是从。

陈志杰与张晔华坠入情网，陈志杰虽然没有离婚，但两人已同居在一起，爱得如痴如醉，如胶似漆。

陈志杰得知张晔华有位同学与英国华侨邓尔惠熟悉，便对她说："我先去英国打前站，等赚了足够的钱再接你去英国完婚，我们一起在英国共度美好时光。"

张晔华因婚事被搅得一蹶不振，也想改变一下环境，听到此话，心里不觉为之一振，便极力向同学求情。通过大量送礼，邓老太同意为陈志杰担保去英国。经过一段时间的准备，陈志杰花了 2000 英镑，通过英国老太的介绍，英方一所学校已寄来了入学通知。陈志杰正愁资金难筹，张晔华毫不犹豫地取出了自己所有的积蓄 1800 元，悉数交给了他。

正当张晔华沉醉在出国的美梦之中，岂料陈志杰没进天堂，却先进了牢狱。

又一阵霹雳,击得这位苦命女子精神彻底崩溃了。

嫌疑人突然提出要见女儿

12月7日晚,嫌疑人陈志杰第十二次被押进审讯室,他照老规矩来到审讯桌前的一张木椅上恭恭敬敬地坐下。

不一会儿,两位审讯人员走进审讯室,走在前面的那位主审员50多岁,整齐的头发中间掺杂着缕缕银丝,身着黑色皮夹克,一双皮鞋锃亮无尘。他是市局刑侦处一队队长谷在坤,素有"审讯奇才"之称。谷在坤习惯晚上熬夜审讯,那个随身携带的玻璃杯子泡了一杯浓浓的茶水,不紧不慢地开盘了。

谷队长打亮了一下身着灰色中装的瘦高个子,语气平缓地问:"你是哪一天进来的?"

陈志杰望了一下新面孔,感到对方虽态度平和,但气势逼人,他心里暗自叫苦,遇到强手了,便故作镇静地答:"21日。"

谷队长单刀直入:"你做了些什么事?"

"搓麻将,调外币,还有跟一个女人非法同居。"

谷队长不屑地微笑了一下:"我们关你进来,是为了这些小事?"

陈志杰喃喃地说:"是为了我们公司少掉一样东西。"

谷队长追问:"这东西是什么样子的?"

陈志杰面无表情地答:"是外面包着塑料袋,袋里是一只淡蓝色的匣子。"

"这票货物是你14日那天去接的吗?"

"是的。"

"你从哪里领出来的?"

"我先到普通仓库,没领到,后来再到保密仓库领出来的。"

谷队长加重语气问他:"你工作至今,到保密仓库去了几次?"

陈志杰嗫嚅地答:"第一次去。"

"啪!"谷队长重重地拍了一下案桌,正颜厉色地抬高嗓门道:"第一次意味着什么,你懂吗?"

陈志杰尚未转过神来,谷队长连珠炮似地问陈志杰何时结婚,女儿何时出生等一些问题,陈志杰不假思索地对答如流。

谷队长突然停止发问,提醒他道:"这就是凡人生中第一次经历的事情都会刻骨铭心。"

谷队长反问他："难道你第一次进机场保密仓库去领贵重物品，保密仓库工作人员再三关照要单独保管，而你竟会忘记了？从机场到你们仓库需多长时间？"

陈志杰脸色陡变，鼻尖上沁出汗珠，支支吾吾地说："大约四分钟。"

谷队长一板一眼地问："仅仅四分钟，你就忘得这么干净，有道理吗？"

陈志杰无法自圆其说，反复低吟："是没有道理，忘记是没有道理的。"

翌日晚上，谷队长又泡了杯浓茶。改变了昨晚"梳辫子"的手法，改用攻心为上的战术。只字不提钻石，却大谈父母的养育之恩、妻子的恩爱之心和女儿的绕膝之情。字字句句如刀剜心一样，使陈志杰乱了方寸。他双手抱头，内心痛苦不堪。

沉默良久，陈志杰哀求道："今天我头痛，明天我讲，我做的事保证讲给你听。明天能让我先看看老婆和女儿吗？"说到这里，他痛哭流涕。

谷队长安慰他说："只要你好好交代，合理要求可以考虑。"

陈志杰泪水涟涟地说："那我保证明天交代。"

谷队长见火候已到，再努力一下就可以突破了，但陈志杰同意明天交代，不能硬逼，凌晨12点半审讯结束。

谷队长心里明白，嫌疑人突然提出要见女儿，是心理动摇的反应，决定第二天安排他见女儿。

昂贵的钻石竟然被无知地抛撒而尽

十几天下来，陈志杰饱尝了铁窗的滋味，此刻坐在高墙铁网之下，望着明净苍穹上悬挂的明月，耳旁没了情人呢喃的聒噪，也没了女儿那亲昵的嗲声。此刻他才真正体会到失去自由的痛苦，想起在家幸福自由的日子，他后悔不已，可惜晚矣。

命运的跌宕起伏实在使他始料不及，幸运之舟顺流而下之时倏地驶入漩涡之中，仅仅是因为一时贪念，导致今天的后果。他茶饭无心，整夜难眠，泪水与悔恨共饮。他望望凄清的四周，只有高高的小铁窗，上面竖满铁条，插翅难逃。于是，他绝望地爬起来，见监房里有个放水的铝锅，便用力将手柄拔下来，对着自己的手腕就一阵猛割，鲜血顿时流了出来。值班民警通过监控录像及时发现，赶紧叫来救护车送他到医院包扎救治。

翌日晚上 7 点多，谷队长早早来到审讯室，想听他彻底交代，未料他却割腕自尽，所幸未酿成大祸。

谷队长坐在审讯台前，见陈志杰手腕上抱着纱布，他赶紧走上去，坐到陈志杰边上，捏着他的手，同情地说："昨天不是讲好的吗？为啥想不通？"

陈志杰一脸痛苦地抓着谷队长的手，急切地说："快！快！钻石，要快！否则，追不回来了！"

谷队长安抚他说："别急，先慢慢把事情说清楚。"

陈志杰如竹筒倒豆子般如实道来："钻石是我偷的。那天我接过货物时，听说是贵重物品，想到不久将去英国，何不临走前捞一票，所以我故意交货时没告知保管员小姚这是件贵重物品，趁他放到一号位上不注意时，我随手扔进车里。当晚，我将这包东西带出单位，开始以为是金银首饰，可骑车到东安路和中山南二路时，我停车好奇地撕开一看，全是玻璃珠样的东西，也不知是什么，心想这些东西留着也没有用，如果送回去一定会被查出来，会被'炒鱿鱼'的，还不如扔掉算了。于是我将盒子里的 13 包钻石一路上胡乱撒掉了。"

谷队长惊讶地感叹："真够慷慨的，你知道吗？一粒钻石就是 100 多美金，是黄金的十几倍价钱。"

陈志杰听罢，惊呆了。

陈志杰痛哭流涕地交代完后，谷队长兑现承诺，下午安排他见到了妻子和女儿。他一见到女儿便情绪激动，紧紧地抱着女儿深情地吻她，泪水决了堤似地往下淌。女儿见此情景吓得哇哇大哭。妻子见丈夫已形销骨立，瘦了一圈。一把抱住丈夫号啕大哭，那撕心裂肺地恸哭，在旁的警察无不被这种悲情之声所感染，深深为他的妻女感叹惋惜。

待陈志杰情绪平稳下来后，他坐在第一辆警车里带路，警车一阵呼啸地直驱抛赃现场，分局开始了一场神秘而艰苦的寻找钻石行动。

沿东安路和宛平南路长达四公里的路段，以及 20 多处抛赃点。抛赃简直如"天女散花"，河水里有之，废铁堆里有之，泥沙里有之，路边草丛里亦有之。

一粒米状大小的钻石就 100 多美金。陈志杰竟一把一把毫不吝啬地抛撒，真可谓是挥金如土。

抽调来的警察根据陈志杰的指点，立刻用绳子拦出警戒区。分局迅即组织了一百多位民警在抛赃之处仔细寻觅，钻石大的如黄豆，小的似芝麻，由于体积小，抛撒已久，在草丛中、废铁堆里难以寻找，民警们跪在地上，脸贴近垃圾细细分辨，弄得泥人一般。年近花甲的孙文波，因眼睛不济，干脆趴在草丛中披沙拣金。阳光下,用手轻轻在泥土上一捋,那闪闪发光的便是钻石。一粒,两粒,三粒……

民警们苦中有乐,风趣地说:"捡十多粒就成为万元户了。"

大家不停地在一大堆废铁里搬动,在垃圾里翻找,路人见如此多的警察在寻找东西,好奇地围在绳外询问:"找什么东西?"警察神秘地告知:"是放射性元素,对人体有害,我们因工作没法子,你们快闪远点。"路人信以为真,唯恐躲之不及。

民警寻觅钻石

在凛冽的寒风中,不停地搬动废铁,有的民警手被锈铁划破,殷红的鲜血滴在钻石上。

经过五天五夜的艰难搜寻,先后调动 500 多人次,共捡回 1785 克拉钻石,价值 20 多万美元,为企业挽回了三分之一的损失。

中国工艺品进出口公司上海分公司珠宝科钻石组组长老庄,他在钻石上倾注了 40 年的心血。这次,他受中国工艺品进出口公司委派赴欧采购钻石。在警卫森严的凯地公司,老专家戴上高倍放大镜,几天几夜茶饭无心地逐粒辨认挑选钻石。他把精心选中的钻石按不同规格分装在小塑料袋里,然后签名封口,再将 13 只小袋灌进大袋。封口盖章托运回国。这位钻石行家得悉远涉重洋逐粒挑选来的宝物竟被无知的盗贼随地一把一把抛撒,惊愕得半晌说不出话来。

老庄摇头喟然长叹道:"愚昧,真是愚昧之极!这一回我们在国际钻石商界的信誉损失,远远超过了 67 万美元!"

俗话说:饥寒起盗贼。可陈志杰每月收入达 2000 元之多,在当时可谓是高薪小康了,可他为什么还贪得无厌呢?这是社会一味向钱看,却忽视了理想信仰的后果,亦是"口袋"与"脑袋"失衡后酿成的悲剧,更是物质富裕与精神贫困畸变而至的悲怆。

第九章　神秘的蒙面大盗

　　20世纪80年代中期,我在政治部宣教处谋差时,邂逅徐汇公安分局刑队侦查员老庄,他见我报纸上时常发表文章,一见如故,便热情地向我描述其刚侦破的一起盗窃案。开始我也没感兴趣,只是应付一下听听而已。没想到这起小小的盗窃案,其侦破过程却跌宕起伏,一波三折,结果出人意料,又在情理之中。于是,我认真地记录下来,并涂鸦此文在《上海法制报》发表,且获得了"蜂花牌"法制作品征文大奖赛二等奖。

　　文章发表后,没想到引出了一段风波。老庄破案,不但没有立功奖励,反而被分局某位领导一顿狠批,训斥他没有得到政治处的同意,擅自"泄露"案情。我获悉后颇感纳闷,不明白一起已侦破的盗窃案,有什么可以保密的,而且我已将被害人的住址和名字均已隐去,也没有暴露侦破手段,可见有些人的观念是多么保守。

一

　　"嘟嘟嘟",一辆白色的救护车驶进国际和平医院,在那幢白色的大楼前戛然而止,白衣天使迅即抬出昏迷的老太,疾步奔向急救室。

　　急救室门前,一位身穿白色T恤的中年男子,焦急地来回踱步,他就是徐汇公安分局刑侦队庄侦探。这位老干探虽刚步入半百,两鬓黑白参半,疲惫的皱纹过早地切碎了那张四方脸,几天未刮的胡子使他显得颇为苍老,唯有那双惺忪的眼睛,透出一股锐利的目光。

　　庄侦探心不在焉地念起橱窗内的"孕妇须知"。一个多小时后,医生总算走出了急救室,向庄侦探通报情况:"老太没什么病,身上、头上没留下明显的伤痕,只是受了点惊吓而昏厥。"听了医生的话,老庄才长长吁了口气,悬着的沉石坠了地。

天平路某弄27号一幢楼房前,爱轧闹猛的上海人,不顾顶头的烈日,把警车、摩托车围得水泄不通。这一天是1989年6月19日。

27号二楼现场是一间方型的房间,靠门的墙边放着那张雕花红木床,床的左角斜放着一张古色古香的红木梳妆台,上面放着大大小小高高低低的化妆品瓶子,床的右边摆着红木大橱,对面是一张烟灰色的双人沙发,边上的茶几上面有一只玛瑙色的小玻璃花瓶,里面插了一束红色的康乃馨,发出一股淡淡的沁人心脾的香味。

房间里没有明显翻动的痕迹,井然有序。技术员似探雷一般仔细寻觅地毯、家具、墙边,未发现留下痕迹,只在大橱的门上采撷到老保姆何杏花的三枚指纹。

经医生同意,被害人随庄侦探来到天平路派出所。

庄侦探和气地问:"姓名?"

"何杏花。"

"职业?"

"农民。现在天平路某弄27号朱家帮佣。"老太边说边用手不停地揉着胸口。

庄侦探安慰道:"别怕,我们会找到凶手的,请你积极配合我们。"

老太像小鸡啄米似地点头:"是!"

庄侦探让身边的助手陈小杰给老太倒了杯水,让她平静一下情绪。老太双手捂着杯子,愁容满面地开始回忆上午发生的可怕一幕:

上午10点左右,我去卫生站打针,见没人又折了回来。没有上楼,就直接到厨房做饭去了,隐隐约约听到楼上有响声,开始我还以为是风吹窗帘发出的声音,没有理会,紧接着发出一阵东西倒地声。奇怪,房东朱伯伯理发去了,楼上应该没人,怎么会有声音?我蹑手蹑脚地上楼察看。来到二楼时,发现房东儿子的房门露出一条缝,门口有两双皮鞋。我纳闷起来,房修队上午刚来检查验收过房间和阳台,现在怎么又来了?我刚推门进去,不料门后有人猛地揪住我的头发,紧接着小腿上挨了重重一脚。我腿一软,跪倒在地,感到一把尖刀顶着我的脖子,身后传来了一个男人的声音:"你儿子的钱放在哪里?"

我吓得心快跳出嗓子眼,慌忙解释:"那不是我儿子,我是他家的保姆,我不知道。"

对方打了我一记耳光,将我拖到床边,用东西塞住我的嘴,又用衣服包住我的头,最后把我反捆了起来。他们翻箱倒柜,拿完东西后,我隐约听到小个子对另一大个子说:"都找到了。"随后又问:"这双鞋,你穿还是我穿?"以后就什么也不知道了。

庄侦探听完老太的陈述追问:"两个男人长得什么模样?"

老太眯缝着眼睛回忆道:"好像一高一矮,高的穿蓝色短袖衬衫。"

"那两双皮鞋是什么式样?"

"一双棕色的交叉凉皮鞋,另一双是黑色的三节头凉皮鞋。"老太说罢,随手指指陈小杰脚上穿的那双警察皮鞋。

"那个矮的穿……"

正当承办员在问具体细节的关键时候,老太的女儿从门外风风火火地闯进来,快人快语道:"我妈妈患有心脏病、中风后遗症,那次中风差一点死了,你们这样逼她,出了人命谁负责?"

庄侦探一听方感不妙,再抬头审视一下老太,见她大汗淋漓,衣服也湿透了,头摇摇晃晃地直往下沉,他生怕老太发生意外,节外生枝,当即同意让老太先回家卧床休息。

女儿搀着老太蹒蹒跚跚地离去后,庄侦探突然意识到了什么,让陈小杰追上去转告女子,请她送母亲回家后,马上来派出所。

一个小时后,女子才慢条斯理地赶回来,这位绍兴妹子也是来上海做保姆的,不用多问,姑娘便连珠炮似的描述了刚才看到的一切:

"我平时上午帮人家做完活,都到我妈那儿吃午饭,身上带有朱家的钥匙,今天正巧没带,敲门,里面却毫无反应,奇怪,按说中午11点,正是做饭的时间,妈妈平时都在,今天怎么会不在?我大声喊了几下,里面仍无声音。我用耳朵贴在铁门上仔细一听,隐隐约约听到楼上有"吱啊吱啊"声,一股不祥之兆掠过心头,我立刻意识到妈妈又中风瘫倒了,赶紧疾步跑到隔壁敲门,说明了情况后,从二楼阳台攀脚手架爬到东家阳台里,一进门,只见妈妈被蒙头反绑在床边。我吓得大呼"救命!"

我的叫声惊动了26号的离休女局长老严,她闻声赶来,与我一起进门,剪开麻绳,拉去蒙在妈妈头上的连衫裙和塞进嘴里的短裤。我妈妈睁开眼睛,我与严局长将妈妈抬上床,马上倒水给妈妈喝,摇醒她后,见她吃力地张开嘴,舔了几下干裂的嘴唇,喃喃地说:"是蒙面的……"又昏迷了过去。我吓得不知所措,是严局长打电话叫来了救护车,又拉我直奔派出所报案。

二

夜深人静,破案分析会却颇为热闹。

技术员展示放大的现场照片,分析说:"失主的金首饰、存折和美钞都藏在大橱内第三件皮猎装的内袋里,也被案犯找到了,然而却没有发现案犯留下的痕迹,说明一定是熟悉主人者所为,而且是个惯犯,有作案经验。"

庄侦探仔细推敲着老太和其女儿的陈述笔录,字斟句酌,眉心扭成一团疙瘩,提出异议:"我看不像熟人,因为作案者用刀顶着保姆问,你儿子东西放在哪里? 说明他们不熟悉情况。也有可能是房修队民工作的案,既熟悉又不熟悉。"

陈所长发表看法,说:"我看不像民工作案。"他边戴上眼镜,边翻红皮笔记本,慢条斯理地说:"派出所34名民警今天下午全体出动,挨门挨户逐一走访了附近三幢大楼内的358户居民和南面围墙内病房大楼里的病人,询问有没有人在发案时间看见有人爬脚手架。

发案时间内,27号楼对面的张老太正坐在门口拣菜,她10点半看到老保姆手拿打针的盒子,匆匆回家,还与她打了照面,却没有见到一高一矮两人的踪影。他们来无影、去无踪,难道是从地洞里钻进去的?

众说纷纭,莫衷一是。局长助理开始怀疑此案是否成立? 建议不要仓促上阵,先做个模拟实验再说。讨论如锯子锯木头一般,拉过来,推过去,结果谁也说服不了谁,越辩越奇,案情犹如房内浓浓的烟雾,令人迷惑不解。

为突破迷雾,分局长决定成立专案组,当第一缕晨曦泻进窗口时,专案组成员才拟定了详细的侦破方案。

"嘀铃铃",房东朱老头挂着拐杖步履蹒跚地前来开门,见门口站着两名陌生男人,吓得他赶紧锁门,"一朝被蛇咬,十年怕井绳",他误以为来者又是抢劫犯呢。庄侦探与陈小杰亮了身份后,老头才放下心来。

庄侦探向朱老头说明了做模拟实验的来意后,老头点头同意。陈小杰来到了二楼失主的房间,用手帕捂其住嘴,鹦鹉学舌地"吱啊吱啊",庄侦探来到门外,用耳朵贴在铁门上仔细聆听,结果确实能听到楼上的呼叫声,这一实验印证了小保姆提供的情况属实。

庄侦探想请朱老头去叫老保姆来再询问一下情况,朱老头满脸愁容地哀求道:"你们不要再找老太麻烦了,她身体实在吃不消,昨晚她疑神疑鬼做噩梦整整折腾了一夜。老太几年前中风过,当时医生就说没法救了。家属将她拉回绍兴老家,没想到在途中老太突然喘过气来,奇迹般地活了过来。"

朱老头双手拄着拐杖站立起来，担心地问："我怕她再次中风，万一有个三长两短，谁担当得起？我很敬佩你们的工作责任心，求求你们不要再吓唬她了。东西偷了就偷了，我自认倒霉，感谢你们这么大热天的热心帮助。"朱老头双手撑着拐杖没有坐下的意思，庄侦探见他作出了送客的姿态，无奈，只得与小陈扫兴而归。

庄侦探问明了老太太的女儿帮佣处，与小陈一起驱车找到了董晓娟。庄侦探开门见山地问："听说你男朋友也在上海干活？"

小保姆羞涩地点点头，与昨天泼辣的姑娘简直判若两人。庄侦探追问她现在在哪里干活？小保姆边洗菜边答道："在宝山月浦帮助当地农民插秧。"

他俩又马不停蹄地驾车来到郊县月浦大队。当地有十人证明，昨天中午董晓娟的男朋友王福根与他们一起猜拳喝酒，而且他饮酒过量，烂醉如泥。从时间上排除了他作案的可能。

天气异常的燠热，侦查员为早日破案，顶着炎炎烈日四处奔波，不分昼夜逐一找人谈话，了解情况，寻找线索。两个月下来，精疲力竭，大家只想痛痛快快地睡上几天几夜，但案情仍无进展，许多难解的"谜"给案件涂上了一层茫茫迷雾，云遮雾障，神秘莫测。

三

正当案情陷入低谷的时候，突然从地区里跳出一名盗窃嫌疑对象，庄侦探细看掌握的材料，从对象身高、年龄、作案手段、衣着特征等特征来看，都颇似蒙面大盗。"像他！"庄侦探兴奋地拉着小陈，摩托车恰似离弦之箭，射向长桥派出所。

户籍警取来一厚叠材料，他们急不可耐地翻阅起来：许跃进，男，21 岁，身高1.75 米，某轧钢厂合同工。曾因盗窃送劳动教养两年，作案特点是合伙偷窃。疲惫不堪的庄侦探与陈小杰看完材料，都感到似嫌犯。户籍警又反映该对象有一双三节头皮鞋，他俩为之精神大振。

两人即刻直奔轧钢厂，调查许跃进 19 日中午是否在厂里上班。保卫科吴科长说："该职工平时吊儿郎当，有工不做。即使来上班，干至一半，也会翻墙溜之大吉，所以要查他的考勤表是不可靠的，很难讲清楚他这天是否在厂里。"

吴科长又说："这小子一定有问题。平时在车间里炫耀自吹常带女朋友乘出租兜风，出入'拿破伦''小天使'之类的高档酒吧。一身打扮阔绰派头，足登阿迪达斯球鞋,身着梦特娇T恤,牛逼哄哄,感觉良好。你们想想,一个收入极其有限的青工,哪来这么多的钱挥霍?"

他俩一听感到更有"味道"了,连夜赶到居委会,布置了治安小组长,每天坐在门口,留心观察许跃进的行踪和服装,尤其是那双三节头皮鞋。

一天下来,不见许跃进出现,第二天还是不见其踪影,小组长灵机一动,以检查卫生为由,上门对许母说:"厨房里太乱了,让儿子打扫一下吧。"

许母无奈地说:"过几天再说吧,他这几天到深圳去了,是厂里的团支部组织去的,还是先进才能去呢。"

然而,经核实,团支部压根没组织这类活动,许跃进是不辞而别,无故旷工。

于是,侦查员都暂时停下手中待查找的对象,集中力量寻找这位"一号种子选手"。正当大家到处寻觅许跃进的时候,轧钢厂保卫科吴科长及时来电:"许今天上午刚来上班,车间主任批评他无故旷工,扣他奖金,结果被许跃进猛击一拳,正中左眼,主任痛得顿时倒在地上,许的行径引起了车间工人的公愤,被大家押送到长桥派出所去了。"

老庄紧握电话高喊道:"立即通知派出所扣住他,绝对不能让他跑了!"他撂下电话,来不及找到小陈,骑上摩托车直奔长桥派出所。

老庄一进门,就见一位手指上"灿烂辉煌"地闪耀着四只戒指的海派青年,正豹眼圆睁,像小公狗似的嗷嗷乱叫:"打人又怎么样?"

老庄将公文包重重地往桌上一扔,犀利的目光直盯着许跃进,厉声警告:"怎么样?关起来!"

许跃进不知来者是谁,一双眼睛瞪着老庄直发愣。老庄不给对方喘气的机会,一阵"狂轰滥炸"。许跃进见来者自信的眼神和强硬的口气,一时丈二和尚摸不着头脑。他被这突如其来的一吓,弄得愣在那儿直发懵。他暗自思忖,莫不是已有同伙出卖了自己,但又不知是哪一位,反正肯定被"探子"捏住把柄,否则不可能如此有把握。想到这里,他就像公鸡拉屎一般,前半截硬,后半截软。试探着对方的口气,挤牙膏似的一点一点交代问题。

许跃进交代说:"去年夏天,我在交大与'大头'合伙偷包13次。"他抬头瞅瞅老庄,对方不屑一顾地扬扬手:"这些早已知道,我不感兴趣,换个频道。"一言九鼎,砸得许跃进直冒冷汗,心想难道铁哥们"小黄毛"也进去了。他抬眼又偷觑了一眼对方,只见这位中年男子目光咄咄逼人,有种不怒而威的凛然。

"今年5月,在华东化工学院与'小黄毛'偷包两次。"

"就这些了?"庄侦探犀利的目光直逼着许跃进,他心里一阵发怵,心想难道这几天去深圳搞淫乱活动,他这么快也知道啦?昨天"巴子"才与自己一起回沪。

可能"巴子"进去后先抢了"跑道"。无奈,他发紫的嘴唇频频翕动着,一口气吐出了14起白日闯撬窃案,其中大案七起,价值三万余元,又带两名女青年到深圳去卖淫。说来也怪了,许跃进偏偏不交代这起蒙面大盗案。经过一夜的反复审讯,结果眼前这位"一号种子选手"被淘汰了。

至此,线索又断了。一切还得从头开始。

四

老庄从睡梦中惊醒,脑海里又琢磨起房东朱老头儿媳的话来。

昨天上午,房东的儿媳到刑队反映他丈夫过去生意上有个朋友,以前经常来玩。自从案发后便突然失踪了。现在,他又神奇地冒了出来,自称到深圳去做了一笔大生意,发了一票,回来后每天豪赌狂饮,一赌就是成千上万元,在各大宾馆胡吃海喝,挥霍无度。很可能就是他作的案。否则,他为什么不来玩了?

老庄耐心地听完,并作了详细的笔录。但他仔细一想,兴趣不浓,因为被盗的存款至今未见人去提;被盗的金首饰,集市上尚未发现有人出售。临别,她又随意补充一句:"好像蛮怪的,前几天我丈夫发现老保姆住的阁楼床上,放着一块我们包金银首饰的红花手帕。我丈夫问她这块手帕是哪里来的,她说是我送给她的,但我好像送的是一块灰格子的手帕。"

说者无意,听者有心。老庄那根敏感的神经一下子被触动了起来。

细节往往是破案的关键。对!应该把最大的注意力,集中在最不起眼的地方。他琢磨着朱老头儿媳的话,恍然大悟,倏地闪出一个大胆的假设:会不会是老太自己作的案?他合上笔记本,又躺回床上,越想疑点越多:一是中午发案,此时正值居民回家吃午饭高峰,却无人见作案者的踪影,似乎不合乎发案规律;二是案犯蒙面赤足,窃走东西,怎么会不留蛛丝马迹?三是首饰、外币、存款都藏匿在大橱内第三件皮猎装内袋,外人不易找到,而案犯却轻车熟路,为什么又不知老太的身份;四是被害人被捆绑、殴打,为何头上、身上、手上都不留印痕;五是作案者用刀威逼老太,如此胆大妄为的暴徒,为什么不用刀撬橱门,却到梳妆台上的盆内取了钥匙启锁,盗物后又文雅地锁上橱门,钥匙放回原处;六是银行迟迟不见有人来取款,为什么当天不及时提走存款等等。想到这些,老庄兴奋地跳了起来,心想案犯就是保姆本人,没错。

老庄三下五除二地匆匆扒完泡饭,拿起皮包刚欲出门,妻子又数落开了:"女儿找工作的事问了没有？今天不能再忘了，不要老是工作工作，女儿身上也要操点心。"

一听妻子的唠叨，老庄心里就烦躁，他不耐烦地说："这几天有案子，没空。"

老婆愠怒地嚷道："你看看手表，现在才几点？像你这么没日没夜地卖命，给你几个钱？警告你，今晚不许再晚回来！"

老庄头也不回，一头扎进茫茫的晨雾之中。

老庄虽然想到女儿至今待业，还没找到工作，心情很不好，但一到队里什么都忘了。他兴致勃勃地向同伴描述了自己的疑问和推理，大伙儿茅塞顿开，拍案叫绝。

"嘀铃铃"，门铃按了许久，朱老头才蹒蹒跚跚地出来开门，见来者又是上次来的两位侦查员，惊诧地问："怎么案子还没查完？"老庄答非所问："保姆何杏花在吗？今天一定要找她谈一下。"老庄口气坚决，不容推辞。朱老头嗫嚅地道："上个星期就回绍兴老家去了。"

老庄急切地追问："为什么？"

老头却笃悠悠地慢慢道来。案发后，她突然提出自己也被罪犯搜去180元钱。认为这是为了给我家帮佣才挨打被抢的，提出要我们赔偿，我一口同意。可晚上我和儿子商量此事，儿子坚决不从，扔下一句话，说她想干就干，不干就走。一听这话，我气得把拐杖一扔，指着儿子骂道："你这个不孝之子，何大妈十多年来起早贪黑，含辛茹苦地帮你，又把你的儿子带大，你就这么无情无义？动物也有舐犊之情，可你连动物也不如！"

儿子却提醒我她患有心脏病、中风后遗症，万一死在这里就麻烦了，打发她回老家算了。""逆种！你给我滚出去！"我气得直哆嗦。

老太见我们父子俩闹开了，自讨没趣地返回老家去了，我怎么留也留不住她。"唉！"朱老头喟然长叹一声，无可奈何地摇摇头。

老庄怀疑地问："那天遭抢劫，什么痕迹也没留下，只是大橱把手处发现了老保姆的三枚指纹，会不会是她作的案？"

老头连连摇手道："不可能！绝对不可能！"他又拍了拍胸脯说，"她平时洗衣服，放衣服，开大橱门是很正常的，留下指纹理所当然。14年来，我们的钱都交给她保管，要偷，什么时候不能偷？"

晚上，老庄与小陈又找小保姆董晓娟和其男友谈了话，结果还是一无所获。

老庄拖着疲惫的身躯饥肠辘辘地回到家，开门见厨房的桌子上堆放着席子和枕头，上面压着一张条子：你既然已嫁给公安局，那就住到队里去好了，不要再回来了！望着纸条和席子，老庄心里涌起一阵难言的苦涩。他不怪妻子的狠心与无情,因为他欠妻子的情太多了,为了工作,他对家里照顾得太少了。全家的重担都落在妻子一人身上,女儿的事全由妻子操心,自己只是把这家当成旅馆饭店。想到这些,他深深地感到内疚。

<h1 style="text-align:center">五</h1>

老庄坐在去绍兴的列车上,凝望着车窗外的点点农舍,陷入了沉思。此时,他心里怀着两种复杂的感情:迅速破案的信心,挂一漏万的担心。老太患有心脏病,稍有差池,发生意外怎么办? 万一一命呜呼,案子就死无对证。这些暂且不提,家属吵、女儿哭、闹赔偿,那就更糟了。想到这些,老庄深感责任重大。

来到绍兴市公安局,发现何杏花有前科:她20世纪60年代曾因盗窃,纵火焚烧现场,又到公安局报假案,被判七年徒刑。这一意外发现,完全印证了他的推理。

审讯室墙上挂着"坦白从宽,抗拒从严"八个赫然醒目的大字,老太若无其事地坐在凳子上,低头听候发落。

"姓名?"

"何杏花。"她发现口音不对,抬头猛地发现上次发案时找自己谈话的两名上海警察突然从天而降,顿时愣住了,感到大事不妙,坐在椅子上装聋作哑,缄口不言。

当庄侦探出示那块红花手帕时,老太顿时如被雷电击中一样呆了。良久,蓦地击掌顿足,大哭大闹起来:"我是受害人呀! 你们这样对待我一个老妈子,叫我怎么办啊? 冤枉啊!"

这一招还真灵验,庄侦探担心起来,为避免发生意外,只得暂停讯问。

老太手捂着脑袋,满脸抑郁地说:"我头晕得很,想回家休息一下。"

庄侦探心想,这老太真狡猾,想以身体不好来要挟。好不容易从60多公里外将你接来,谈了不足一个小时,怎么能如此轻而易举地让她回去。经商量决定,让老太在值班室床上先休息一下再说。晚上,老太拒绝进食,反复劝说了半天也无济于事。还是当地公安局的同志有招,吓唬她说:"你再不吃饭,就送你到医院里去打针。"

老太一听,装模作样地开始艰难地吃起饭来。这时老庄和小陈才松了口气。

老太边愁眉苦脸地吃饭,边解释道:"手帕是案子发生后的第二天,我去房东儿子房间打扫卫生时捡到的。"

"什么地方捡到的？"

"床底下。"

庄侦探调侃地说："大概是罪犯临逃慌慌张张丢下的吧？"

老太立刻顺着竿子爬上去："对！对！是他们丢下的。"

"里面装有什么东西？"

"有戒指、项链和存折。"

"现在什么地方？"

"在我睡觉的床垫下。"

老庄一阵激动，脸上却不露一丝表情。不管是拾来的也好，偷来的也罢，先不理会这些，关键是找到失物再说。他立刻让小陈作了笔录，读给老太听罢，请她按了手印。

乡村的夜如漆如墨。远处偶尔传来几声狗吠声，使旷野显得更为幽寂。吉普车马不停蹄星夜赶了60多里路，于凌晨2点多才赶到红乡董家塔村。在小山坳处才找到那幢破落的茅屋。

"咚咚咚"，一阵轻轻地扣门声，在荒僻的山村里显得特别响亮悠长。

半晌，一位满头华发的老头出来开门，见穿着警服的"不速之客"兀立眼前，瞪着眼睛惊讶地问："找谁？发生了什么事？"

"这是何杏花家吗？"老庄以平静的口吻问。

"是的！"老头正是老太的丈夫，点点头。

"我们来想找一下何杏花放在床垫底下的东西。"

"可以，可以。"老头说罢，领庄侦探等几位民警上楼。

在幽暗的房间里，掀开老太睡的床垫，只见破棉垫都是些碎棉絮七拼八凑起来的，枕头只是件破棉袄。在破棉袄的口袋里总算找到了项链、戒指和存款，但都是银首饰、银戒指，存款也仅有180多元，与被抢劫的物品和存款相差甚远，经问老太的丈夫，纯属她自己的细软，而且是他们结婚时，他的母亲作为结婚礼物送给老太的。

遇到这种难缠的对象真是棘手。硬不得、软不得、吓不得、哄不得。老太既无文化，又会要赖，而且还随时会使出中风这个杀手铜，真使这位有着20多年侦探生涯的老干探犯难了。

就此撤回去吧，却感到不甘心。再说，老太见他们没有抓到把柄，便有恃无恐，顽抗到底。不回去吧，上上下下，里里外外，反复搜查了几遍，除了差挖地三尺外，该翻的地方几乎都找遍了。

最后，还是陈小杰灵机一动，计上心来。建议找老太丈夫谈谈，旁敲侧击，迂回包抄。

老头望着大盖帽，脑袋摇得像拨浪鼓："不知道！不知道！"

老庄厉言正色地警告他："如果你知情不报，查出来后，就是触犯刑法，系包庇罪，要吃官司的。"

老头毕竟是山里人，老实巴交的，一吓就乖乖地认了，踉踉跄跄地带他们来到客堂里那张油漆斑驳的大桌前，颤颤悠悠地抽出零乱不堪的抽屉，蹲下身子，手臂慢慢地伸进桌子里面，抠摸了半天，终于取出了那只用塑料袋包着的布包，展开一看，正是被"蒙面大盗"劫走的一根金项链，两只金戒指，50000 元定期活期存折，300 元美钞。

老太又被带至桌前讯问。她满脸愁容地坐在凳上，装呆卖傻，任你暴风骤雨还是和风细雨，她来个沉默到底，一问三不知。

"你枕头的那件棉袄口袋里的布包到底是谁的，首饰和存款是谁的？"

老太听罢，低头暗自窃笑，自以为要弄了公安人员而不无得意。

"你抬头看看这东西到底是谁的！"老庄两个手指轻轻地捏着那个蓝花布包。

老太还以为是棉袄口袋内的布包，故意说："是偷来的，随便你们怎么办？"

谁知抬眼一瞧，顿时犹如一颗银针，扎入了穴位，神经质地抽搐了一下，昏迷了过去，重重地倒在地上。老庄与小陈立刻上前抬人，吓得面如土色，手忙脚乱。

警车呼啸地将老太送到县医院，他俩站在门外，面面相觑，来回踱步，一个多小时后，医生走出急诊室，脸色严峻地说："经测试，血压、心跳、大脑一切正常。"

经医生同意，老太被带到医院办公室受审，医生在旁随时处理意外情况。这下老保姆没招了，心理的抗审防线崩溃了，无奈，只得哭哭啼啼地道出了事情的真相：

我在东家帮佣，日子过得清闲太平，已习惯了大城市的舒服生活，再也不愿回到乡下受苦受累。朱老伯答应我留在上海一辈子，14 年来他一直对我很好。我完全可以不回老家，但想到乡下还有两个儿子，大的有四个孩子，日子过得很清苦；小的 30 多岁了，还没娶媳妇，几次找对象，人家都嫌我们家的房子太破了。今年春节前，小儿子来信说，人家又给介绍了个姑娘，人长得不错，但姑娘提出要造房子再嫁，或者拿出 10000 元彩礼，儿子拼死拼活地干，省吃俭用才攒了 3000 元，还缺 7000 元。来信向我要，我到哪里去弄钱呢？身边只有 180 元存款，加上自己结婚时的银首饰和银戒指卖了，最多得 300 元。还差这么多钱，几次想开口向东家借，但想想借了怎么还？看到东家的儿子做生意发了财，想偷他的钱，但想想东家一直待我不薄,孩子是我看大的,良心上过不去,就这样犹豫了四个多月,反反复复拿不定主意。上周,又收到小儿子的来信,女儿读给我听,说那个姑娘准备吹了,想想儿子这么大年纪,再不娶就要打光棍,实在无路可走,才做出了这种伤天害理的事。

老太说罢,突然又号啕大哭起来:"作孽啊!我这个没良心的东西。"

老庄听罢,心里猛地一颤。想想老太也够可悲可怜的。于是用温和的口吻宽慰她:"你的苦衷我们是理解的,这说明一个母亲对儿子的一片真情。你这样为儿子操心实在是称得上一个好母亲。但不管怎么说,去偷东西来解决儿子的困境,是不可取的。"

一阵尴尬地沉默。

老庄点上香烟,猛吸了一口,道:"既然一念之差,做了错事,感到对不起东家,但设法把财物早日还给东家,不也可以补偿一下东家的损失吗?所以希望你配合我们,早日了结此案,物归原主。"

老太胸脯一起一伏,用手帕擦擦混浊的老泪,吐出了作案的经过:

那是发案的前三天,我正为钱发愁的时候。那天,我把洗净晒干的衣服放回大橱,看看太阳很好,又拿出了那些呢衣服晒晒,突然发现那件黑色的皮猎装的内袋里鼓鼓囊囊的。我用手一摸,感到好像是戒指等首饰,于是赶紧取出来看看,结果还发现了外国钞票和两张存款单,我心慌意乱地把那包东西往口袋里一塞,但想想主人发现缺少东西后,一定会怀疑是我干的。越想心里越慌,万一查出来怎么办?怎么有脸见他们?于是又慌慌张张地回去把东西放回原处。

晚上,我怎么也睡不着,眼看到手的这么多钱再放回去,又不甘心,想到儿子的婚事,决定豁出去了。6月19日上午,趁东家上街理发的时候,我匆匆忙忙赶到女儿帮佣处,让她中午早点回来吃饭。回家的路上,又绕到废品回收站拔了根细麻绳,路上故意手里拿着打针的盒子,与对面的张老太打招呼,称这几天身体不好,出去打针刚回来。

一回到家,我立刻锁上门,一溜小跑上楼,从梳妆台上的那个水果盆里取出大橱钥匙,开了锁,从橱里的第三件衣服内袋里翻出那个红布包。赶紧放到阁楼上自己的棉鞋内,又用报纸捆好,藏在横梁上。然后回到二楼房内,用细麻绳打了活绳,套在手腕上,因怕塞嘴蒙头会闷死,所以坐在地上等女儿来,当女儿敲门叫喊老太时,便用事先准备好的孩子短裤和东家媳妇的连衫裙塞嘴套头,然后收紧绳结,最后把绑着的双手从膝盖绕过装成反绑的样子。

发案后的第二天,老太如实告诉了女儿,又把存单和外国钞票交给她的男朋友收藏。但住在东家,心里总是不踏实,整天害怕得不得了,生怕你们查出来。

为早点离开东家，她又编了自己被抢走 180 元钱的假话，要东家赔偿。老太知道房东儿子小气得很，一定会拒绝，她就可以生气离开上海，逃回乡下。

回到家里，我望着金银财宝和存折，开心死了，答应给儿子 20000 元钱娶媳妇用，请帖也发出去了，准备国庆节办喜酒。正高兴时，没想到追来了。

花开两枝，各表一枝。朱老头对门的张老太与邻居们见老太离沪返乡后，议论开了："你看，人家 28 号里的严局长多善良厚道，特意让出一间房子，给 80 多岁的老保姆住，侍候报恩。你看隔壁 27 号里的朱家，10 多年来，保姆风风雨雨把他家两代人拉扯大，如今看人家年老力衰不值钱了，便一脚蹬了，太缺德了。"

朱老头听到风言风语后，想解释又解释不清，无可奈何地摇摇头，心情很沉重，几次想亲自跑一趟绍兴，将老保姆请回来，颐养天年，无奈力不从心，只能躲在家里，避免见人。

蒙面大盗就是老保姆的消息，在天平路小弄里不胫而走。

朱老头的儿子听罢，长长地吁了口气，背在身上的忘恩负义的精神十字架终于放了下来，而朱老头闻之却如五雷轰顶，一时怔怔发愣，泪花闪闪地问"真的？"得到确认后，他嘴唇蠕动了几下，想说什么又说不出话，便一头栽了下去，真的中风了。

不久，弄堂里碎嘴张老太又换了一个新的话题，对人议论开了："14 年前，朱老头的妻子故世后，他到处张罗要续弦，自打这位保姆来了朱家帮佣后，老头突然沉默了，再也不提续弦的事。"

张老太神秘地补充说："当初老保姆才 40 来岁，脸色红润，形态丰腴，还是蛮俊俏的。"

街巷留言比蒙面大盗案传得更快、更广，很快传到了侦查员的耳朵里，但他们只是当笑话听听而已，没有再认真地查下去。

第十章　夜半哭声

20 世纪 30 年代，一部《夜半歌声》的影片轰动上海滩，善良的观众目睹了主人公沈丹平被毁容后，那如鬼似兽的面容时，禁不住唏嘘流泪，成为一时的热点。

但这毕竟是一部虚构的影片，没想到 60 年后，上海滩真实地演绎了这一幕野蛮残忍的人间悲剧。

20 世纪 90 年代初，我在《人民警察》杂志社当编辑，很想去采访这起案件，但当年还没有高架，也没有小车，金山县地处偏远，难以前往采访。

后来市局预审处的王承办员告诉我，他参与了此案的审理，我便采访了他。他还热情地陪我到市检察院找了一位处长，经过同意，我详细地翻阅了卷宗。

当时我还想去采访被害人潘苹，但王承办员为难地说："她现在心情很坏，让她安静一下吧，暂时不要去打扰她。"于是，我只能放弃。根据王承办员提供的许多潘苹整容的细节，以及报纸上发表的一些文章，终于涂鸦此文。

不知潘苹如今境遇如何，但愿她能走出阴影，过上平静的生活。

醋心大发不停地纠缠

"Happy birthday to you!"当一位身着粉红色毛衣，操着英语歌的姑娘祝贺同学生日快乐时，引起了对座一位高挑个男子的注意。姑娘青春靓丽，苹果似的脸蛋白里透红，樱桃般的嘴唇爱向上弯曲，尤其是那双动人的眸子里，似流动着清清小溪。

高个男子长脸、小眼，五官还算周正，名字叫李兴华，化工专科毕业，他迫不及待地向身边的同事小李打听："这个女的是哪里的？叫什么名字？"

小李热情地向高个男子介绍:"这位是上海建设银行石化分行的电脑技术员,上海技术师范学院本科毕业生,名字叫潘苹。"

潘苹落落大方地站起来点头致意。

小李又向潘苹介绍说:"这位是上海石化总厂一分厂技术员,上海化工专科学校毕业生,叫李兴华。"

石化厂地处偏远的金山海滩,那时也没有高架小车,所以这里的职工每周坐班车回去一次,平时都住在单位的宿舍。白天上班,同事之间接触还比较热闹,但到了晚上,一人回到宿舍,没有电视,没有娱乐,非常冷清,尤其是年轻人更是感到寂寞。李兴华常常借故到潘苹宿舍去聊天,生性爱热闹的潘苹住在单人宿舍里也颇感孤单,故对李兴华的来访颇为热情。

李兴华见潘苹热情接待,以为姑娘也有意,开始频频向潘苹示爱,但潘苹只愿与他做聊天的朋友,并不愿与他恋爱,所以她对李兴华频示爱故意装糊涂。然而,她毕竟身在孤独中,对异性的热情关心和不断帮助,一时动了真情,坠入了情网。但随着时间的慢慢推移,姑娘发现对方口气比力气大,且脾气暴躁,为人不诚实,渐渐感到对方并不是自己理想中的"白马王子",心里有了悔意,但一时又拉不下面子。

1992年9月9日,潘苹大学里的两位同学途经上海特意远道来看望她,三人来到小饭店一起吃饭,同学劝潘苹喝酒,她不善喝酒,但经不住同学的盛情,便喝起了红酒。老同学久别重逢,回忆难忘的同窗岁月,酒足饭饱,但谈兴未尽,于是,潘苹决定第二天请假陪老同学去市里游玩一天。

饭后分手时,已是晚上十点多,北京的同学小袁担心夜路不安全,主动送潘苹回宿舍。来到宿舍,潘苹邀请小袁进门坐一会。他俩进门刚聊了几句话,"咚咚"一阵剧烈的敲门声,打断了他俩的谈话。

潘苹惊讶地打开门,发现是自己的男友李兴华,见他一脸怒气,如此粗暴,便快快不快,但同学在场,又不便多讲。她主动向李兴华介绍了自己的同学,彼此握手寒暄一阵,李兴华坐在一旁,见他俩谈兴甚浓,聊得都是大学里的趣事,自己插不上话,而潘苹又不接他的话,李兴华心里有点失衡,但不便发作,便起身悻悻离去。

李兴华没有马上回去,而是站在楼下等了一小时,仍不见小袁下楼,便醋兴大发。他总怀疑潘苹与男同学会做出亲热举动,甚至会留他过夜,所以躲在暗处,坚持等到男同学出来后,才放心地回宿舍,但他躺在床上气得翻来覆去,怎么也睡不着。

翌日清早,李兴华还是不放心,悄悄来到潘苹处,躲在角落里"侦察"。果然,只见潘苹又与英俊潇洒的男同学嘻嘻哈哈地钻进了一辆红色的桑塔纳车里。李兴华见状勃然大怒，心想，你出去不带我一起去，说明你心里有鬼。

这一天，李兴华躁动不安，心神不定，便隔三差五地前往潘苹住处探望，每次都不见其踪影，失望而归。于是，晚饭后干脆坐在潘苹宿舍的门前等候。望着满天的繁星，听着远处的涛声，李兴华心想，你不随我出去游玩照相，却与其他男人寻欢作乐，有这样的女朋友吗？你这是脚踏两只船，是在玩弄我的感情。李兴华又想，干脆我们一刀两断，彻底了断算了，但又舍不得这样美丽的姑娘，只能委曲求全地好好劝她回心转意，毕竟，这个同学是在遥远的北京，他再喜欢潘苹，也鞭长莫及。想到这里，李兴华心里好受了些。

深夜十点多，潘苹坐着小车返回到宿室时，借着小车灯光，她发现李兴华站立在宿舍的门外，怕引起对方的误会，潘苹对小袁说："你再往前开些。"

车又开了大约200米，潘苹才下车。车子不停在宿舍门前，却要向前开这么远，潘苹这是心里有鬼，没有鬼，为啥避开我？李兴华的情绪又激动了起来。

潘苹怏怏不乐地来到宿舍门前，表情冷漠地对李兴华说："你这么晚了还等我干啥？"

只见李兴华唬着脸，劈头盖脸地吼道："干啥？你自己心里有数！"

潘苹平静地解释说："老同学长久不见，难得来上海，陪他出去玩玩，又怎么啦？"

李兴华回敬道："不给我打声招呼，随便与别的男人约会，好像太过分了吧！"

潘苹反唇相讥："你又不是我的父母，有什么资格要我出去向你汇报？"

李兴华说："我们现在在谈朋友，你与男人出去游玩，不带我一起去，也不打声招呼，你说你做得过分哦？"

潘苹反唇相讥："我只是与你开始相处，也没有最后决定嫁给你，你这种样子，谁还愿意嫁给你？"

李兴华刚想发作，但又怕失去心上人，只能苦苦哀求："好了，就算我态度不好，请你理解我的心情，我很在乎你，所以才如此生气的。"

"你在乎我，也不能不给人家自由吧？"

彼此争执到深夜11点，李兴华才悻悻地回到宿舍。他是既爱又恨，

潘平毁容前照片

既怕失去潘苹,又不满她的"水性杨花"。他牙也不刷,脸也不洗,和衣躺在床上,翻来覆去地"烙饼",怎么也睡不着,越想越气。有这样谈朋友的吗?有这样气人的吗?我还算什么男子汉?不行,不能让步;这次让步,以后她会更加肆无忌惮的。想到这里,李兴华看了一下手表,已是凌晨1点多,但他怎么也睡不着,一骨碌爬起来,又去敲潘苹宿舍的门。

无法忍受,决意分手

潘苹已经睡下,因为玩了一天,有点疲惫,已进入了梦乡。被一阵急促的敲门声敲醒后,她心里很不舒服。她心里清楚,肯定是李兴华这个小心眼在捣乱。她想不理他,但又担心影响隔壁休息的人,只能硬着头皮,很不情愿地爬起来。开门果然是他,潘苹怕再吵影响同室女伴的休息,用手指着嘴唇,示意小声点,潘苹不想让他进门,便提议到外面谈谈。

潘苹披上外套,冷冷地走在前,李兴华默默地跟在后,两人沉默不语地来到海滨公园。

望着波光粼粼而又平静的海滩,潘苹打破了沉默:"这两位都是我大学的同学,我们两年多没见面了,一起出去玩玩,有什么大惊小怪的?"

李兴华不依不饶地逼问:"到底是一起玩玩,还是另有所爱?"

潘苹听罢,顿时来了气,寸步不让地说:"爱是需要互相信任和理解的,既然你不相信我,也不理解我,那我们还是分手吧。"

听到此话,如五雷轰顶,李兴华顿时呆如木鸡。他心里明白,潘苹已经移情别恋,她早晚会提出分手的,没想到这么快就提出来了。李兴华想发作,但他从心里喜欢潘苹,便强忍着内心的怒火,对着大海自喘粗气。

远处不时传来海浪的拍岸声,李兴华望着一阵阵拍岸的潮水,心里像大海一样浪潮翻滚。许久,他才缓过神来,忧戚地说:"今晚的事算我不好,我向你道歉。明天是我的生日,我一次次找你,只是想请你来为我过生日的,我真的很在乎你,希望你原谅我的冲动。"

潘苹听罢,心里平静了许多,当晚没有再吵架,沉默了许久,不欢而散。

第二天晚上,潘苹虽勉强去参加了李兴华的生日晚会,但已没有了往日兴致,没有了往日的欢声笑语。潘苹默默地夹菜,强作欢颜应付着李兴华的热情。

李兴华从潘苹的表情里,已预感到了爱的危机,借酒消愁,也默默无语。潘苹本科毕业,长得也漂亮;李兴华专科毕业,其貌不扬,他心里清楚自己高攀了潘苹,总担心潘苹会抛弃自己,心里隐隐地有种自卑感。

潘苹本来就对李兴华的感情很勉强,只是没有恋爱过,对于男人的热情难以拒绝,加上形单影只,有点寂寞,这时李兴华乘虚而入,潘苹一时动了感情。但通过一段时间的接触,她感到这个男人脾气不好,且心眼又小,终于对其彻底失望,便正式向他提出分手。

李兴华似乎已有准备,但他没想到来得如此之快。他设法挽回这段感情,便找借口请她一起过生日。宴会结束后,李兴华送潘苹回去时,有点一反常态,变得格外冷静地说:"既然你不爱我了,再强求也没有什么意思。"

潘苹听罢,见李兴华真的同意后,感到有点突然,怕他一时想不开,所以没有马上表态。

第二天晚饭后,李兴华却又找到潘苹,哀求她说:"昨晚我喝多了,说的都是醉话。看在我俩已好了一年多的份上,还是不要分手吧,我求求你了。"

潘苹本以为李兴华同意分手了,知道他脾气不好,想慢慢地冷却,不要刺激他,以免引起他忘乎所以的发作。心想从此分道扬镳,有种解脱感。没想到李兴华却食言了,第二天晚上又来纠缠。她感到有些意外,但这次她决意分手,便坚定地说:"李兴华,我感到我们性格合不来,我已不再爱你了,与其这样秘而不宣地拖下去,还不如早日挑明分手的好。"

李兴华见对方态度坚决,去意已决,便拿出一封事先写好的信交给潘苹,头也不回地消失在夜幕中。

潘苹回到宿舍,迫不及待地打开信一看,李兴华在信上回忆了两人在花前月下的甜蜜往事,肯定了潘苹是个好姑娘,即使分手了,但永远不会忘记那段欢乐的时光。

悬在潘苹心上的沉石终于落了地。

天使突然成了"魔鬼"

李兴华自9月14日失恋后,整日茶饭无心,坐卧不宁。他怎么也不相信眼前的事实。几天来,由爱而生恨,将一年多对姑娘铭心的爱变成了刻骨的恨。为了报复姑娘所谓的移情别恋,玩弄自己的感情,他想到了车间里的硫酸。这种液体泼到她的脸上,她就即可失去了美丽的容颜,就会成为丑女,看她再对我傲慢,还自我感觉良好地去找其他男人。我得不到，别人也别想得到你。李兴华心里只有仇恨的火焰，没有理智的压抑，且越烧越旺；没有法律的自律，更没有宽容之心，仇恨的火焰已经烧满胸腔。

1992年9月24日，对潘苹来说，这一天是黑色的。

李兴华趁上中班之机，用火锅调料瓶装了250毫升的浓硫酸，用报纸包好，便请假回宿舍，开始实施他的报复计划。

他先打电话给潘苹，约她晚上7点来自己宿舍好好谈一下，潘苹不知有诈，爽快地答应了。

潘苹吃完晚饭，坐在宿舍里在思考对策。她知道李兴华脾气粗暴，不知他会做出什么出格的举动。倘若他臭骂自己，就不要与他一般见识，随他骂好了，让他出出气；如果他动手打人，就赶紧逃出去。

做好心理准备后，晚上7点20分，潘苹应约来到李兴华宿舍，坐在靠床的沙发上，准备倾听他的最后陈词。为了避免尴尬，她顺手拿起一本画报看了起来。

李兴华冷静地说："等一下看书，我们先谈谈。"

潘苹不冷不热地说："你说吧。"

李兴华难过地说："何必分手呢？毕竟我们好了一年多。"

潘苹坚决地说："已没有什么可以的商量了。"

李兴华盯着对方的眼睛，威胁地问："分手你不后悔吗？"

潘苹执意地回答："不后悔！"

李兴华再次威胁说："你以后会后悔的，我也会后悔的，以后不可能再有人爱你了。"

潘苹纳闷地问："那你想干什么？"

"不想干什么？"李兴华说罢，疯狂地冲到厨房间，从橱里抓起装满硫酸的瓶子，回到房间，失去理智地向潘苹左脸泼去。

潘苹没提防，闭着眼责问："李兴华想不到你是这样的人！"

一阵钻心刺骨的灼痛，眼前模糊一片，潘苹凄惨地喊道："李兴华，快救救我啊！"

李兴华赶紧用边上一盆水泼上去，潘苹以为又是那可怕的祸水，便不顾一切地奔到门外高

装硫酸的瓶子

呼:"救命啊！救命啊！"

李兴华对潘苹疯狂地说:"你不要叫了,你现在的面孔见不得人了。"

潘苹绝望地哭喊道:"我不想活了！我要死！"

李兴华把她拉至门内,用两条毛巾毯裹住她,心慌意乱地说:"你不要死,我现在马上去派出所自首。"

李兴华锁上房门后,便跑步去派出所自首。

钻心刺肺的疼痛使潘苹难以忍受。她双手捂着灼热的脸,眼前金星四射,疼痛刺骨,她实在受不了,便摸到厨房间,打开了煤气开关,准备一死了之。由于窗子正开着,才使潘苹自尽未成。

纬零路派出所民警接到报案后,迅即随李兴华来到其住处。

潘苹见来人便说:"我眼睛睁不开了,身上的衣服都烂了。"

民警上楼借了一套工作服替她换上,又用水帮她冲洗脸和身体。

潘苹凄惨地说:"我的眼睛瞎了,活下去已没意思了。"说罢,拒绝用水冲脸。

也不知过了多少时候,潘苹躺在医院里的病榻上,痛苦不堪,脸被纱布严严实实地包了起来。

当晚,单位的领导赶来探望她时,潘苹忍着钻心的痛苦对领导说:"你们不要打电话告诉我父母,我妈妈有神经衰弱症,每天晚上失眠,她知道了会晚上更加睡不着觉的。"领导听罢,心里更加难受,感叹多好的姑娘啊,昨天还漂漂亮亮的,今天却毁容了,自己受了如此大的灾难,还在替妈妈考虑。

第二天一大早,父母得知女儿出事后,心急火燎地赶来探望女儿。潘苹睁不开眼睛,却还在劝妈妈:"妈妈放心好了,我没事的。你们不要告诉姐姐,她正在休产假;不要告诉外公外婆,他们年纪大了会受不了的。"

妈妈望着女儿在如此痛苦的情况下,还处处替家人着想,禁不住捂着脸失声痛哭;父亲,一位当过 16 年海军军官的铁汉子,见心爱的女儿出了这么大的事,心如刀剜,禁不住老泪纵横。

姑娘悲痛地寻死觅活

两个多月来,潘苹忍受着常人难以忍受的痛苦,动了两次植皮手术,她都咬牙忍了下来。她心里无数次地设想自己会是什么样子,心里已做好了最坏的打算,但当她准备出院前,医生为其揭开包在脸上的纱布后,她来到镜前,望着镜子里的自己,像鬼一般吓人的面容,精神再次崩溃。

尽管她作好了最坏的心理准备,可镜子里这副可怕的面容,使她绝望地号啕大哭:"我不想活了,快让我去死!"

妈妈紧紧地抱住女儿哭求道:"小苹,千万不能去死,你死了妈妈也去死,妈也不想活了。"

是的,现实太可怕了。姑娘的脸部2至3度大面积深度灼伤,眉毛睫毛全无,双眼无法闭拢,翻出鲜红的肉眼睑;鼻翼一高一低,肌肉挛缩,用两根塑料管硬撑着;嘴部小口畸形,不能张大;左耳挛缩畸形,耳孔也用塑料管支撑着,真正的让人惨不忍睹。

"难道一个女人没有不爱的权利,为了爱的自由,竟要遭到如此厄运?"潘苹反复扪心自问。

往日那美丽活泼、无忧无虑的日子恍如梦境。潘苹中小学都是三好学生,大学是二等奖学金获得者、文艺部部长,生性活泼,能歌善舞。1990年7月,大学毕业后,她分配到石化建行证券交易所从事电脑操作。这样——位品貌俱佳、前程似锦的姑娘,仅仅因为拒绝了粗暴男人的求爱,竟被对方用96%的浓硫酸毁坏面容,脸、颈、腹部和四肢严重灼伤,致使呼吸、视觉、听觉,以及四肢关节的功能严重伤残。

因姑娘眼睑翻开,需要不断滴眼水以防干涩。妈妈为了照顾女儿,与女儿吃住在一起,不但要照顾她的日常生活,还要抚慰她那颗受伤的心灵。母亲每晚用眼药膏封住女儿的眼睛,她方能入睡;每晚还要给她擦身换药,直至深夜。

潘苹开始害怕阳光,家里白天也拉上了窗帘,没有白天与黑夜之分。她紧紧地关住小房间的门,不敢越雷池一步。她整天缩呆在如枯井一般死寂的小屋里,无法面对今后的生活,无休止的伤痛折磨和心理折磨,使她的精神彻底垮了,眼前如沙漠一般茫然无尽头。她时常半夜醒过来,为了不影响别人,只能悄悄地哭泣。这简直比死还难受!

潘苹几次寻机自杀,经妈妈反复劝说,她总算活了下来。妈妈小心翼翼地照顾她,但自己还要上班,不能日夜盯住女儿,无奈只得将自己年过八旬的父母接来,让他们日夜盯着外孙女。

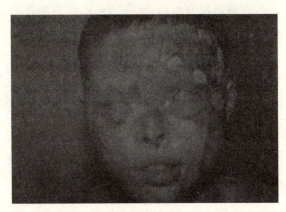

被毁容的潘苹

外婆心疼地对潘苹说："我从小带你长大，你是我们的宝贝，是我们的精神支柱，你一定要坚强地活下去，也让外婆和外公多活几年。如果你没有了，我们也活着没有意思了，你爸爸和妈妈也会折寿的。"

潘苹为了不使父母和外公、外婆受伤的心再次遭受打击，便痛苦地挣扎着活下去。

社会伸出援助之手

潘苹久久地躲避和沉默，各种传言非议传遍了石化地区，令人难辨是非。

1993 年 1 月 27 日凌晨，潘苹忍着巨大的伤痛，用颤抖的双手，给新闻单位写了一封信，倾诉了自己痛苦和悲愤的心声：

我只是个很本分、很朴素、很传统的女孩子，我从未与追求我的李兴华上过一次咖啡馆、舞厅或一起旅游，也从未接受过他的任何礼物，只是很有分寸地交往着。我觉得彼此不适合，才提出分手。我想我有选择的权利，我怎么会料到他会用心如此险恶，手段如此毒辣……

东方电台《相伴到黎明》《夜鹰热线》《东方新闻直播室》和上海电视台《晚夜新闻》，以及《解放日报》《文汇报》《新民晚报》等新闻媒体先后向社会披露了这一事件，澄清了事实，引起了社会的巨大震动。

各地的信件像雪片般向新闻媒体飞来，社会各界的电话频频不断。或同情、或安慰、或鼓励、或义愤，在这个越来越物欲的社会，姑娘体会到了"人间有真情"的珍贵和鼓舞的力量。

东方电视台组织了讨论会，人们争相发言，鼓励潘苹坚强起来，扬起生活的风帆。

东方电台报道了潘苹整形美容需要 10 万元巨款，她的家人正为筹集这笔巨款发愁的消息后，社会各界对潘苹由精神鼓励，变为实实在在的物质援助。

建设银行上海分行听到潘苹的情况后，当即决定成立"潘苹治伤基金会"，全行职工踊跃募捐，不足部分由分行补足。

潘苹父母的所在单位大观园，700 多名职工纷纷慷慨解囊，捐出了 1 万元。

上海亿嘉亿化妆品公司决定为潘苹终身免费提供美容器。

有人表示愿意为潘苹植皮，随叫随到。

东方电台和《每周广播电视报》联合成立了"援助潘苹联合办公处"，接受社会资助。消息传出,捐款者络绎不绝。

以整容外科闻名遐迩的上海第九人民医院整形外科主任,给潘苹写来了热情洋溢的信:我们全体同仁期待你的到来,医生、护士们会为你创造新的容貌,未来会尽最大努力。

第九人民医院接收了潘苹入院,为她专门腾出房间,安排最好的专家为其进行整形恢复治疗。

自首难成挡箭牌

人们在鼓励潘苹振作精神和捐款为她整容的同时,又在激愤地等待着法律对灭绝人性的凶手予以严惩。

潘苹的同事,在潘苹用的那台电脑上愤懑地打上了"冤枉!让她今后怎么生活!强烈要求严惩凶手!"等大字。潘苹所在的证券部全体员工26人和潘苹的同学,分别联名上书法院,信纸上签满了名字;许多相识和不相识的人,以及素不往来的单位也纷纷写信,强烈要求司法机关为潘苹伸张正义,依法严惩凶犯。

1993年2月16日,这起上海解放以来最严重的毁容案,在市中级人民法院正式开庭审理。

潘苹由于身体状况未到庭。

李兴华站在被告席上,耷拉着脑袋,对所犯罪行供认不讳。

上海市人民检察分院公诉人认为,李兴华已构成故意伤害罪,且"手段极其残忍,后果极为严重",适用全国人大常委会《关于严惩严重危害社会治安的犯罪分子的决定》的有关规定,在刑法规定的最高刑以上处刑。潘苹的委托代理人代表潘苹及其家属要求法院判处被告死刑。

在量刑一节上,被告委托律师认为李兴华在犯罪后,实施了"抢救行为",将脸盆水泼在原告身上,后又向当地公安机关投案自首,根据这两个情节和刑法规定,自首可以从轻。

戴面罩的潘苹

113

被告人的犯罪行为不能认为是手段达到极其恶劣、后果达到极其严重的程度。

公诉人抗辩认为,被告是在钻法律的空子,以预谋自首来逃避法律的严惩,因此这种自首难以得到宽恕。

公诉人指出,少量的水浇在浓硫酸之上,产生的化学反应是,氧化发热,用毛巾毯捂住被害人,使硫酸无法散热,只会加深伤害的范围和程度。被告是化工专科学校的毕业生,工作中一直接触硫酸,进厂后受过多次安全教育,可以说对硫酸的化学属性一清二楚,对硫酸腐蚀人体的应急救治也很明了。从他的所作所为很难看成是意欲对犯罪进行补救。

合议庭经过四天的评议,市中级人民法院依法作出一审判决,以故意伤害罪判处李兴华死刑,剥夺政治权利终身。

市中院认为,被告人李兴华恋爱不成,竟用硫酸毁人容貌,致人重伤,犯罪动机十分卑劣,作案手法极其残忍,后果极为严重,依法应予严惩。

被告人李兴华不服一审判决,提起上诉。

3月5日下午,上海市高级人民法院进行了二审。为澄清社会上的各种流言蜚语,被害人潘苹坚决要求出庭对质。

潘苹在法庭上当着李兴华和众人宣布三条意见:一、二人是在同事家的生日晚会上认识,而非托他找工作以恋爱作砝码;二、恋爱期间李兴华所谓给她的1万元,是她帮李兴华买股票的;三、在恋爱中,她从没有越轨之举。

潘苹激动地说罢,责问李兴华:"是不是这样?"

李兴华表示默认。

潘苹的委托代理人陶武平律师向审判长提议道:"能否让被害人、旁听者目睹一下被害人被毁容后的严重后果?"

审判长点头,表示同意。

潘苹抬手轻轻地拉开面罩,退去敷在伤口上的纱布。当人们目睹这张伤痕累累面目全非的面容后,旁听席上有人吓得掩脸,有人惊得抽泣。

围绕着自首是否从轻的问题,双方律师又进行了长达四小时激烈的辩论,但舆论都一边倒向潘苹。

1993年4月2日,上海市高级人民法院合议庭作出终审判决:驳回上诉,维持一审判决,判处李兴华死刑,剥夺政治权利终身,立即执行。

第十一章　米泽由纪子

我曾在长宁公安分局政治处负责宣传工作,在《解放日报》《文汇报》以及《新民晚报》等上海有影响的大报发表了许多新闻,也在杂志上发表了不少报告文学和纪实小说,在分局,乃至在市局有了一点知名度,引起了市局政治部宣教处处长傅上的注意,他力邀我到他麾下干活,我也想到市局这个更大的舞台尽情发挥,可以采访更多案件和人物,便欣然应允。

1988年的秋天,我调到市局政治部宣教处后,整天忙于写稿,很少回分局。有次回娘家,见到治安科宾馆组的于凤祥和叶莹,他俩非常热情地向我讲述了一个故事:一位南京女大学生,冒充日本女人,与一位荷兰帅小伙双飞双宿,并诈骗许多梦想出国者的钱财。故事就像果戈里的小说《钦差大臣》一般有趣,但我听说其母因救火牺牲,其父是抗美援朝的老兵时,心里感到沉甸甸的,深深地为她感到惋惜。

坐落于上海西区地区的英柏度假村属于高档住宅区,茂密的花木掩映着一幢幢风格各异的西式小洋房。流水潺潺,鸟语花香,充满了异国情调。20号楼是幢尖顶红墙的别墅小楼,豪华气派,每天租金800元人民币,敢问津者非富商、权贵莫属。1992年5月,这幢小楼住进了一对年轻阔绰的外国夫妇,一住就是两个月。

但令人疑惑不解的是:这对爱侣却迟迟不付房钱。按规定,饭店半个月结一次账,催了好几次,他们总是托辞推延。更令人纳闷的是,电话接线员反映,经常有人打来电话找住20楼的米泽由纪子女士催讨欠款。为了度假村的利益,保安人员在别墅前的小桥边守候了三天,终于在1993年8月4日傍晚,截住了这对外国夫妇。

金发碧眼的男士还是那句老话:"快了!两三天后一定来结账。"

那位外国女郎的口吻更是坚定:"我们公司来电称汇款已寄出,这几天就要到了,届时立刻前往前台结账。"

保安人员这次没有轻信这对外国夫妇,而是报告了公安局。

他们究竟是哪国人?为什么迟迟不结账付款?催讨欠款的电话又为什么接连不断?他俩的行为引起了警方的怀疑。

揭开外国夫妇的神秘面纱

看到公安人员突然出现,那位女士脸上掠过一丝不易察觉的慌张。但她镇静地拿起手提包,用英语说:"对不起,警官先生,我先去厕所方便一下,然后再来接受你的调查。"说完,转身匆匆跑进了厕所。

外事警官小王暗自思忖,这女的好像在哪儿见过,挺面熟的。他猛然察觉有情况,赶紧冲向厕所,只听到里面传来"哗哗"的冲水声。女士出来后,小王迅速冲进去,只见抽水马桶内还有一些未及冲走的碎纸片,也顾不得脏啊臭的,伸手一个"海底捞月"悉数收尽。小王发现是一些撕碎的名片、笔记本和通讯录的纸片,便小心地滤去水渍,放入了塑料袋。

那个金发碧眼的男士人高马大,有着明显的欧罗巴血统。经查验护照,证实是荷兰人,名叫巴斯罗,与住宿登记簿上的一致。那个女士黑头发、黑眼睛,小巧玲珑,圆脸上戴着一副黑边眼镜,披着长长的秀发,穿一件宽松的米色马海毛绒衣,下着紧身牛仔裤,透出一股活泼的青春气息。

女士自称是丹麦籍日本人,名叫黎丽。

"请出示护照。"王警官礼貌地伸出手。

女士耸耸肩膀,摇头表示听不懂。

当王警官用英语重复一遍后,女士嘴里吐出一句英语:"在朋友那儿。"

望着女士故作镇静、若无其事的神态,王警官脑海中蓦地闪出几年前看到过的一份内部通报上的照片,就是她!她根本不是什么丹麦籍日本人,而是地地道道的中国人。

上海市公安局长宁分局治安科值班室里灯火通明,空气异常地凝重。

承办民警于警官用沉稳的口吻问道:"姓名?"

"黎丽。"女士不慌不忙地用普通话答道。

"职业?"

"丹麦霍尔拜克贸易公司驻上海办事处经理。"

"原籍？"

"日本。"她用手挽了挽秀发，补充道："1980年我曾留学中国，与同学丹麦人凯茨·维滕结婚，1987年底获签证去丹麦，次年加入丹麦国籍。"

"请出示证件。"于警官没轻信她的口供。

"今年7月31日，我借了一位比利时朋友12000美元，护照抵押在他那儿。他回国度假带走了。"

"除护照以外，还有什么能证明你身份的物件？"

"没有。"

此时已是深夜12点了，于警官心里有点犹豫。如果她冒充外国人行骗那也好办，例行公事就是了；但倘若真是外国人，恐怕麻烦不会少。现在一时没有确凿证据，随便放人很可能就会放走一个罪犯。按法律规定，传唤对象的留置不得超过24小时，时间拖不起。于警官冷静想了想，决定改变正面强攻的策略，转为侧面进攻。

"请问，与你同居的男人是你丈夫吗？"

"不是。他是我的朋友，荷兰人，是南京金陵石化中心的英语教师，聘期已满出来度假，打算这个月去香港。"

"你国外已有丈夫，为什么还与他人同居？"

"这是我的私生活。"她用手指点点鼻尖，很不以为然地说，"你没有权力干涉，这是个人隐私。"

于警官点头表示理解，继续追问："你在中国有何亲属？"

"没有。只在香港有继母，其他都在日本和欧洲。怎么，这也有必要讲吗？"

"借钱的比利时朋友是如何认识的？"

"在法国领事馆圣诞节晚会上跳舞时相识的，他叫霍克。"

"为什么借钱？"

"付房租。因为我的公司在沪的有关手续尚未办妥，租费暂时由个人支付。"

"霍克住哪儿？"

"不知道。"

"不知道为什么给他护照？"

"这……这是对别人的尊重和信任！"她显得有些不耐烦，"不像你们中国，人怀疑人，互不信任。"

坐在边上的女警官叶莹神色严峻地插话道："我们不是随便怀疑人的，之所以请你来，是因为你住房不付账，又讲不清自己的身份。"

于警官又漫不经心地问："在中国做什么生意？"

"主要是向大陆推销丹麦的医疗仪器、机器,另外购买中国的丝绸纺织品。"

于警官又突然问道:"你与丹麦人结婚在何处登记的?"

她先一愣,又无奈地答道:"1986 年底,在南京民政局涉外婚姻登记处登记的,1987 年初在丹麦举行的婚礼仪式。"

"什么时候来中国的?"

"去年 9 月从香港入境,9 月 28 日到上海。"

"从丹麦带回多少钱?"

"带回 4000 美金,丈夫每两个月寄 2000 美金给我,去年 10 月至今年 10 月共寄过六七次,最后一次是在 5 月份,共 5000 美金,是寄到武汉市晴川饭店的。"女士大方地公布了自己的隐私。

"回答问题要符合常理。"于警官提醒她。

"你们这儿认为不正常,可我们那儿却很正常。"

霞光悄然射进了窗户,外面天已亮了。办案警官匆匆吃了早餐后,于警官要通了南京市公安局的长途,并将女士的照片传真过去。很快对方答复:此人名叫吴莉,1963 年出生,南京市人,大学生,曾因诈骗罪被上海市中级人民法院判刑三年。今年 2 月,她曾以米泽由纪子的名字冒充日本人与外国人同居,被南京市公安局处罚过。

于警官看罢传真,心头一阵窃喜。他走出电信室,长长地吁了口气。旋即请叶警官拟就了收容审查报告,从而迅速查清了她的庐山真面目。

见一男一女两位警官进来,日本女士立即起身抗议:"你们如此无理扣押一个外国公民,我要找我的律师,上法庭告你们!现在我要回宾馆,请立刻放了我!"

于警官胸有成竹,客气地做了个请坐的手势,随即递上一份文件请她签字。日本女士看到上面印着《上海市公安局收容审查通知书》几个大字,立马愣住了,随即暴跳如雷,拒绝签字,又喊又叫:"我抗议!你们没有权力这样对待外国公民!我要与日本领事馆通电话,请求我国政府的保护!"她伸手抓住电话。

于警官笑了笑:"你打吧。"

日本女士声音顿时低了八度:"我只是欠房租,明天我保证付清。可你们关押我,欠账当然就没法付了。因为我们的存款两人

吴　莉(一)

都签了名,要是去领款,同样得有两人的签名。"

"吴莉!"于警官大喝一声:"你别再演戏了!你不觉得累吗?!"

听到"吴莉"这个名字,"日本女士"如同遭了电击,一阵颤栗,颓然坐下,趴在桌上呜呜地抽泣起来。

两位警官吃早餐时精心设计了几套预审方案,不料任你暴风骤雨地训斥,还是和风细雨地劝说,她都沉默到底,一声不吭。

一家人坐在餐厅等待喝喜酒

为了更清楚地了解吴莉的身份和掌握其诈骗证据,叶警官与于警官星夜兼程,赶到了南京市华侨路派出所。

据该所所长反映,吴莉大学未毕业就自动离学,一直在外行骗鬼混。上个月有位上海丝绸厂的技术人员,叫李建平,到南京吴莉家讨债,索要 2.7 万元,正巧在吴家遇到了南京汽车制造厂的冯姓工人,也在向她索要 1400 元欠款。吴莉的父亲被逼无奈,对两位索债人拍胸脯保证归还欠债,并写下了欠条。

吴家仅有一间 20 平方米的房子,阴暗潮湿,家中没有像样的家具,都是些大大小小的纸箱,唯一的家当便是那台落地电扇。这还是因为吴莉的奶奶瘫痪在床、满身疥疮,吴莉的妹妹省吃俭用凑钱给奶奶买的。

吴莉的父亲曾经是位抗美援朝的老兵,回到南京后,来到港务局船上工作,其妻与他是同船职工。一次船上失火,吴莉的母亲奋勇扑火,光荣献身,被定为烈士,当时吴莉才六岁。

这位在战场上金戈铁马的硬汉子,被生活的重担压得郁郁寡欢,有苦难言。老兵下有两个嗷嗷待哺的女孩,上有老态龙钟的母亲,工资才 50 元。他既要当孝子,又要当爹妈,实在是不堪重负,便续弦另娶。然而,结婚才两个月,女方便不愿背负这个沉重的家庭包袱,与老兵分道扬镳。老兵风风雨雨、坎坎坷坷终于把大女儿送进了大学,总算喘了一口气。不料苦藤上结出个歪瓜,女儿经不住花花世界的诱惑,堕

吴 莉(二)

119

落成毫无廉耻的骗子,使老人痛苦不堪。

老兵得知女儿被上海市公安局关押后,匆匆地乘车赶往上海,为女儿送上生活用品。他脸色黝黑,虽刚过半百,却已两鬓斑白;他身着过了时的蓝色中山装,已经洗得褪色,穿着一双黑皮鞋也已破旧,好像从来不打油,皮子都翻白了,说明他平时不修边幅。他自己省吃俭用,为了女儿,破费买了香皂、牙膏和面油,以及高级饼干。但他哪里知道女儿住惯了豪华宾馆,用惯了高档品。因没有结案,老兵没见到女儿,他留下带来的东西后,便给她留了张便条:

莉莉:

好久没有见面了。这次你的结局也是我意料中的事。你不但欺骗了别人,连我和你的姑姑,你也欺骗,真是伤透了爸爸的心。

现在再后悔也晚了,早知如此,何必当初。不过,现在醒悟还不迟。只要你好好交代自己的问题,求得政府的宽恕。以后的日子还长着呢,何去何从,还要靠你自己来选择。尽管你使我痛心,但你是我的女儿,我不会抛弃你,关键就是你的态度了。我相信你不会再使我失望的。

这次来上海再给你送点生活用品,顺便给你写这封短信。希望你能认真思考一下,再也不要辜负父亲对你的期望。

父字

1993 年 9 月 4 日

老兵走出分局的大门,又赶到住在上海的妹妹处。见了妹妹,老兵郁积在心头的怨气,终于爆发了出来。这位在美国鬼子面前毫无惧色的硬汉子,却为了心爱的女儿抱头痛哭。在一旁的妹妹也跟着默默流泪,她告诉哥哥,侄女欺骗自己的经过。

两个月前,吴莉带着荷兰情人霍克来到姑姑家,她对姑姑说:"我与荷兰的男朋友准备 7 月底结婚,在上海看中了一套时尚的家具,现急需 1000 元钱,到时还兑换券。"姑姑望着金发碧眼的外国小伙,喜出望外,立刻拿出了存折,看了看手表,马上就要下班了,赶紧来到银行,为了侄女的婚事,忍痛放弃了许多利息,取出钱给了侄女,并留他们吃饭。吴莉拿到钱后,解释说:"我与霍克晚上还有活动,下次再来,一定请姑姑一家吃饭。"

吴莉匆匆离去后,又来到表哥处,以同样的借口,向他借钱。表哥见未来的妹夫是个欧洲的帅小伙,将自己省吃俭用的存款,3400 元人民币和 300 美金,悉数从银行取出,全塞给了表妹,还等着吃他们的喜糖呢。

几天后,吴莉果然打电话给姑姑,让她帮忙在上艺餐厅订一桌喜酒,并请她们一家和老父亲、妹妹参加婚礼。姑姑不敢怠慢,赶紧来到餐厅,付了定金,订了一桌丰盛的喜宴,还特意到南京路转了半天,不知买什么好东西送给侄女,犹豫了半天,终于买了一套价格昂贵的高级古玩给新郎和新娘。

7月25日,吴莉的父亲、妹妹从南京赶到上海,与姑姑一家人兴致勃勃地来到餐厅,坐在包房里有说有笑,姑姑穿着崭新的西服,打扮得又鲜又亮,不住地夸奖道:"吴莉这孩子我是看着她长大的,没想到这么有出息。哥哥你一人抚养两个女儿,真是不容易,现在总算熬出头了,找了一个外国女婿,而且是欧洲富裕国家的美男子。"吴莉的父亲嘴上客气地说:"没什么,外国人、中国人都一样的。"但他的心里也为女儿高兴。

大家早早来到餐厅,从下午5点开始等候新郎新娘的出现,但就是不见主人到来。他们反复给餐厅打招呼,望眼欲穿地等待着,却不见新郎和新娘出现,他们都没有吴莉住宿的电话,那时也没有手机,只好请服务员先上菜。等到晚上10点,估计他们确实不会再来了,吴莉的父亲才尴尬地宣布用餐,菜早已凉了,但大家的心更凉。

第二天,吴莉打了个电话给姑姑,万分抱歉地解释说:"男友霍克突然接到父亲去世的电报,悲痛万分。不能将丧事与喜事挤在一起,故未来赴宴,请姑姑原谅。"

姑妈责怪道:"为什么不打电话告知一下?"

吴莉煞有介事地说:"由于男朋友很悲伤,我也为他难过,一时忘了,实在对不起。"

两位长辈谈及此事,不免一声长叹。

形形色色的受骗者

吴莉有过与警官打交道的经验,她以为只要"自己不开口,神仙难下手。"可是她又一次失算了。

从吴莉随身携带的手提包内,警官搜出一张64开本大小的笔记本纸张,上面写满了外文字母和阿拉伯数字:

1. L. J. P: 23000RMB+3700RMB

2. Z. Q: ① 5000J. \$+250U. S. \$+460RMB=800U. S\$

      ② 1600RMB+130000J. \$+9200RMB=4500U. S\$

3. H. Y530RMB+2000RMB

......

面对这张谜一般的纸条,两位警官开始了一场破译"密电码"的攻坚战。

于警官指着纸条问吴莉,她却满不在乎地回答:"这是我做纺织品生意图简洁而用的代号,'Y'是英语yellow(黄色),R是'Red'(红色),数字表示金额,反正都是些专业用语的英文缩写。"

再问下去,吴莉秀发一甩,极不耐烦地说:"我不是早就回答过了吗?"

审讯陷入了僵局。

于警官与叶警官商量后,决定采取"冷处理",先把她晾几天。同时加紧外围调查,掌握充分证据后,再"对症下药"。

于警官取出那些从抽水马桶里捞出来的碎纸片,一块一块拼合还原。这上面记的都是些人名和地址:

李建平,高安路某号,丝绸印染厂;

韩怡,北京东路某号5室,上海某公司经理办公室;

张强,茅台路某号402室,酒店健身房教练;

吴蓓丽……

看来要让吴莉认罪,就得进一步深挖细查,搞清案情,只有从手头拼凑起来的通讯录和神秘莫测的"密电码"上下功夫了。

叶警官静下心来,把拼合的通讯录和那份"密电码"摊放在桌子上,反复比对琢磨。阿拉伯数字显然是指钱款数据,U.S$是指美元,RMB指的是人民币,J.$可以肯定是指日元,D.H.Q,可能是指人民币兑换券,至于开头的那些英文字母又是什么意思呢?

叶警官看看这张,又看看那张。李建平,Li Jian ping "对了!"她猛一拍桌,恍然大悟地说:"你们看,这李建平拼音的每一个字开头的字母写在一起,不正是L.J.P吗? 还有,这张强和Z.Q,韩怡和H.Y,不都相符相合吗?"

听叶警官一分析,于警官恍然大悟。两人如同哥伦布发现了新大陆似的激动。

按照这个思路,警方经过大量的调查,终于找到了一批这些被骗者。

根据通讯录上的姓名地址,两位警官分头行动,四处联络查访,终于找到了一个又一个的受害人。

受害者之一:

于警官通过电话,首先找到了李建平,自报身份后直截了当地问他:"你是不是被谁骗过钱?"

对方变了调的声音传了过来:"有的,有的!是一个叫吴莉的小姑娘。"

半个小时后,李建平气喘吁吁地出现在办公室门口。他一进门就迫不及待地说开了。于警官给他泡了杯茶,让他慢慢道来。

1992年10月,一位朋友在希尔顿饭店向李建平介绍了一位女士,对方端庄秀丽,华贵大方,微笑着递过一张名片:意大利意诺公司驻上海代表处吴莉。吴女士自我介绍了一番:"我们公司在上海主要是搞汽车配件,我是专门做丝绸生意的,你们丝绸厂有什么好的丝绸,需要出口的话可以找我联系。"

乍见名片,李建平就已仰慕三分,听了她的介绍,更是肃然起敬。自己一直苦于没有办法找到出国的门路,今朝认识吴女士真是天赐良机。于是小心侍奉,大献殷勤,又是敬烟,又是递咖啡。

几天后,吴莉坐了"的士"忽然找到李建平。她说:"我有一笔大买卖,急需人民币,我手头都是外币不好办。因为我有优惠卡可使用人民币,你能否先借我一些,过几天照兑换值还你美元。"

李建平岂能错失良机,马上随出租车回家,拿了他母亲的存折到银行,取出母亲积攒了一辈子的2.3万元人民币,一股脑儿全交给了吴女士。吴女士打了收条,并留下了爱建公寓的房间号码。

三天后,吴莉又找到了李建平,急匆匆地说:"我们丹麦公司本来来电讲好这几天寄美元来的,不知什么原因,拖至今天还没有收到钱款,可手上正找到这笔大生意,又不能放手,一时还差3000元。"

李建平心想,既然2.3万元都借了,好人做到底。他请吴莉稍等片刻,便心急火燎地找了同厂的几个哥们。大家一听日本女老板借钱,立刻掏出了自家的私房钱,总算凑足了这笔款子。

次日,吴莉打来电话,告诉他生意做好了,对他的大力支持深表谢意。

李建平吞吞吐吐试探地问:"吴女士,我在厂里是搞美术设计的,想去意大利深造,你是否可以帮忙?"

"当然可以!但你得准备一笔钱。噢,对了,过几天我汇钱给你时,顺便带几张表格来,请一并查收。"

这以后,每天回家李建平第一句话就问母亲:"汇款和表格寄来了吗?"可几个星期过去了,却连个影儿也没出现过。他放心不下,骑自行车心急火燎地赶到爱建公寓外贸招待所。吴莉不在,他只好饿着肚子守株待兔地死等,直等到晚上10点多,才候到翩然而至的吴莉。她见到李建平劈头就问:"钱收到了没有?"

"还没有。不急,不急。"他打肿了脸还想充胖子。

吴莉说:"我再与香港分公司联系一下,你尽管放心,我们公司绝对讲究信誉。"

好像是看透了李建平的心思，吴莉说："至于你出国的事，我已寄信到意大利，请他们寄表格来，可能还要找担保人，不过别着急，我会当桩事情来办的。"

听了这番话，李建平像是吃了定心丸，脸上挂起了笑容。想到刚才还在疑心碰上"大兴货"，反倒觉得自己以小人之心度君子之腹，连连腹诽自己：乡巴佬！乡巴佬！

漫长难捱的几个月过去了，李建平望穿秋水，还是不见美元和表格寄来。这时，他已不指望通过吴莉出国了，唯一的愿望是尽早要回2.67万元钱。在家庭的高压逼迫下，他拉下脸面去找吴莉要钱。宾馆得知后，对他说："我们也在找她。她欠了1万多元房租还没付，就不辞而别，连东西也不要了。"

李建平听罢，如五雷轰顶，呆呆地僵立着，脑子里一片空白。

但这事李建平又不敢对身患高血压的老母亲实说，万一她经不住如此打击，一下子血管崩了，那可怎么办？无奈，他只好每天编一通假话，来安慰母亲。可厂里的同事怎么应付，平时称兄道弟，但一遇利害关系，朋友们都撕破了脸面，李建平在内外交困中度日如年。

受害者之二：

"请问于凤祥同志在吗？"

于警官抬头，见是一个体魄强壮、精干结实的男子。他便问："你是——"

"张强，酒家健身房游泳教练。"不等于警官让座，他拎过一张椅子坐下，快人快语地说了起来。

张强原是个健将级游泳运动员，多次出国比赛获奖，为国家争得了诸多荣誉。但耳闻目睹西方世界的花花绿绿，一种强烈的出国愿望油然而生。很长时间，他一直在千方百计地寻找门路，等待时机。

6月1日晚上，张强邂逅了一位仪态华贵的女士，自称是日棉株式会社驻沪办事处的米泽由纪子。张强捧着香气四溢的名片，没有轻信对方，而是谨慎地问："我到欧洲去当游泳教练，需要什么手续？"

米泽由纪子热情地说："这我可以给你找担保，不过，到第三国去的担保，需800美元手续费，然后再支付4500美元就可以了。你想办的话得抓紧时间，谁知道你们中国政策会不会变。"

张强毕竟是见过些世面的人，他严守不见真佛不烧香的信条，免得到时吃苦头。6月7日，米泽由纪子约他到英柏村别墅，与荷兰人巴斯罗一起共进晚餐。见了正宗的外国人，张强总算见到了真佛，当场给了米泽由纪子5万日元、250美元和460元人民币，总价值800美元，作为手续费。

米泽由纪子接过钱假惺惺地说："马上交四张免冠照和一份简历。"

哪知张强早已有备而来,笑眯眯地递给了她。

米泽由纪子虽有些意外,但她还是关照了一句:"抓紧时间把4500美元准备好。"

一个星期后,米泽由纪子打来电话说表格已寄到。张强急不可耐地说:"我马上就来拿。"

对方似乎颇通人情:"先别急,那上面全是丹麦文你看不懂,等我翻译成中文后给你。"

张强心里乐滋滋的,又主动问:"钱什么时候给你?"

米泽由纪子顿了顿勉强回答:"我现在只有两小时空闲,你就送来吧。"

张强听罢,立刻把准备好的13万日元、1.92万元人民币带上,招手拦了出租车,火速赶到英柏村,将钱悉数交给了米泽由纪子,她接过钱应付了几句,随后称有急事坐上车走了。

正当张强翘首盼望,时时不无得意地向亲友流露出即将到丹麦去当教练的时候,公安人员的电话打碎了他的出国梦。

受害者之三:

7月中旬的一天,一位年轻漂亮的女士来到上海商城,递上日棉株式会社驻沪办事处米泽由纪子的名片,说公司打算租房作为办公室。商城销售部经理韩怡热情接待了她,并陪伴她四处参观介绍。米泽由纪子十分赞赏韩怡:"对待客户就需要像你这样热情周到,你可算中国少有的优秀公关人员。"

一番热情的赞扬,直说得韩女士有点儿飘飘然。米泽由纪子很有把握地说:"设备都是一流的,层次高,朝向好,价格适中。你放心,我们公司一定租赁这几套房子。"

米泽由纪子参观完后,抬腕看看表,便自然地邀请韩女士:"到吃饭时间了,我们一起到对面友谊酒家共进午餐怎样?"

盛情难却,恭敬不如从命。韩女士随她步入了豪华的餐厅。起先韩女士还有点儿拘谨,但见对方亲切的态度、随和的话语,渐渐放松了起来。

"韩助理有孩子了吗?"米泽由纪子关切地问。

"都快大学毕业了。"韩女士感叹道。

"真的!"由纪子惊讶地赞叹道,"真看不出,你这么年轻,孩子就这么大了。"

"但愿她大学毕业后能到国外去深造,也了却了我的心愿。"

"你女儿去国外深造的事,包在我身上。"米泽由纪子拍拍高耸的胸脯道。

几天后,米泽由纪子翩然而至,邀请韩女士携丈夫和女儿到五星级花园酒店去作客,韩女士化妆一番,兴致勃勃地带丈夫和女儿前往。一家人见日本女士与欧洲丈夫住如此豪华的套房,心生敬佩。

翌日下午,米泽由纪子又突然而至,一脸焦虑地对韩女士道:"我做了一笔大生意,现正急需人民币交付,请帮忙救急一下。"韩怡马上掏出刚发的540元工资,又从皮夹里取出仅有的10元,一并交给了由纪子。

可米泽由纪子仍说不够,韩怡又到同事那里借了2000元。第二天,米泽由纪子又赶了来,比昨天还要急:"这笔生意大,还需8900元。"韩怡虽然自己没这么多钱,但因为有求于人,便带她找到了自己的一个小姐妹。小姐妹见是韩怡的好朋友,又是个日本商人,马上就赶回家取来了8900元人民币。由纪子舒展眉头连连称谢,写了借据,匆忙钻进小车,很快消失在茫茫的车流之中。

在众多被骗者的行列中,还有腰缠万贯、挥金如土的个体暴发户,有深圳某大公司的高级职员,有外企的公关小姐,有北京某大饭店的司机和医务人员,以及国际旅行社某分社的导游,等等,不一而足。

他们或是想出国求学深造,或是想到国外赚钱,或是想开开眼界见见世面,各种心态,各种目的,不尽相同,但是他们绚丽多彩的出国梦却被冷酷无情的现实碾得粉碎。

出国梦的破灭

取得几位被骗者的证据后,两位警官有的放矢地提审了吴莉。她面对警官的提问,还是一副冤枉的样子。

于警官手提一叠材料问她:"李建平、张强和韩怡这些人都认识码?"

听到这些名字,吴莉被点到了穴位,禁不住愣了一下。但她还是辩解道:"我是救急借了一些钱,但我会还的。"

于警官说:"吴莉,不要再演戏了,你名片上的公司纯属子虚乌有,你根本不是日本人,为什么以这些外国公司和国籍欺骗陌生人?"

吴莉沉默不语。

于警官开导她说:"你的父亲来过了,曾经参加过抗美援朝,九死一生,是个受人尊敬的老兵。你母亲在船上为了抢救国家财产献出了生命,是个烈士,更受人敬仰。你作为烈士的女儿,这样做对得起在天之灵的母亲吗?你父亲为了抚养你们姐妹俩,一个男人孤身一人抚养两个孩子多不容易啊,为了供养你上大学,他省吃俭用,你却如此胡来伤透了他的心。"

吴莉听到这里,禁不住失声痛哭了起来,叶警官给她递上一包餐巾纸,又送上一杯热水。

　　吴莉擦完泪水,喝了一口水,开始交代自己的行骗的动机和过程。

　　大学期间,受了西方思潮的影响,她开始羡慕电影和小说里那些洋人潇洒的生活方式。渐渐地变得爱慕虚荣,为了买名牌服饰,吃高档饭店,随便与男人同居。大学里认识了一位荷兰留学生,跳了一次舞便与他同居起来,但外国留学生明确表示只是同居,不会娶她做妻子。吴莉听了颇为伤心,但她哀求老外担保带她去荷兰,到了荷兰就自己谋生,绝不会再麻烦他,对方终于点头应允。

　　为了争取随外国男友去荷兰,过上梦中的幸福生活,吴莉百般取悦老外,带着他游览名山大川,住高档饭店,吃中国名菜,没有钱就将老外当道具,以帮助出国为由到处骗钱,并计划出境远走高飞。

　　多行不义必自毙,她的所作所为导致了出国梦的幻灭,最终受到了法律无情的审判,但在申请出国每年以几万人速度递增的今天,那些怀着各种目的急切想要出国的人们,尤其是青年人,从这个并非虚构的故事里,将得到什么启示呢?

第十二章　女大学生梦断"烧机"

"大哥大"现在听起来有点陌生,其实就是现在的手机。20世纪90年代中期,手机刚出现时,没有现在如此多的功能,也没有现在这么轻盈精巧,那时的手机比较笨重,就像一块长条型的砖头,同时因为当初价格比较昂贵,一个手机卖到一万多元,一般的工薪阶层不敢问津。那时的手机不仅是用来打电话的,还是用来显摆的。故此,人们称其为"大哥大"。

所谓"烧机",就是不法分子窃取"大哥大"用户密码,炮制同样号码的大哥大卖给他人无偿使用,从而盗取手机费用。这类手法在上海滩悄然出现时,扰乱了手机用户的安全,引起了客户的恐慌。

因为是一种新出现的犯罪手法,听说静安分局侦破一起这类案件,犯罪嫌疑人又是一名女大学生,引起了我的采写兴趣。于是,我前往当地派出所采访,并特意来到看守所采访了这位女大学生,但她听说我是记者后,开始拒绝回答我的提问,经过聊天沟通,取得了她的信任,最后,她抽泣地道出了自己走向深渊的缘由和经过。

20世纪90年代中期,上海悄然出现了移动电话,一些西装革履的男子和风姿绰约的女士,在大庭广众面前,手持砖块似的移动手机大声吆喝,引来了一双双羡慕好奇的目光。不知是谁谓之以古怪的名称"大哥大"。随之,手持大哥大便成了款爷阔姐的标志。

移动电话流行后,上海滩上又悄然出现了一种奇怪的现象:大哥大用户的账单费用莫名其妙地扶摇直上。有的用户以为电信局的电脑出了差错,有的用户以为大哥大出了毛病,有的用户怀疑身边的人偷打了手机,更有的埋怨又涨价了……

一时,手持大哥大的款爷阔姐、厂长经理们视手中的怪玩艺儿为信马由缰、无法驾驭的股票。

大哥大,你到底怎么啦?

这玩艺儿原来叫"烧机"

1994 年 3 月 24 日上午,上海某公司经理张先生匆匆来到万航渡路派出所,找到户籍警吴志彪纳闷地说:"吴警官,我今天上午去电信大楼付大哥大账单,怎么莫名其妙就多了一千多元呢? 我使用大哥大的频率与上个月差不多,问营业员,她说没有涨价,这就怪了!"

警校刚毕业才一年的吴志彪,是个无线电爱好者,从小就喜欢摆弄半导体之类的玩意儿,他听了张先生的反映后,敏感地意识到这里面定有"花头"。于是,他问清了张先生的大哥大的号码,又让他关掉大哥大,然后接通了这个号。然而,大哥大却传来了女接线员的声音:"对方正在使用,请稍后再打。"

大哥大已关机,怎么却传来正在使用的声音呢? 吴警官决心弄个水落石出。他又拨了 40 分钟大哥大,终于接通了这个号,吴警官先自报家门:"我是警察,请问你是谁?"

"李君。"对方没有隐瞒。

"你在哪里?"

"我在物资大厦中原经营公司。"

"你公司在何处?"

"中山北路、武宁路口。"

"你等着,我们马上就到。"

吴警官立刻向负责治安的蒋所长汇报了情况,蒋所长迅即带上治安警长孙逸新直驱物资大厦。

李经理见三名警察匆匆赶来,不知何故,颇感惊讶地问:"出了什么事?"

孙警长指着李经理手上的黑色大哥大说:"这玩艺儿出了什么事?"

李经理说:"我正在打,不是好好的吗?"

孙警长问道:"你这玩艺儿是从哪里弄来的?"

李经理直率地说:"是我的部下用两万元从电信大楼买来的。"

"请出示发票?" 蒋所长伸出右手道。

"他说过几天送来。" 李经理解释道,又扭头对一位职员说:"你这只大哥大是向谁买的?"

那位穿藏青色西装的职员告知警方："我是从一位叫张国清的嘉定人那里买来的。"

"他家住何处？"警方急切地追问。

"在嘉定，我那天是深夜 11 点去的，具体地址记不清了。"

警方不容置疑地让他带路，几经周折，于深夜 12 点多才摸到远离嘉定城的偏僻小村，将结婚才三天的新郎张国清带到了派出所。

张国清是个当过一年警察被除名的无业游民，他仰仗吃过几天警察饭，坚不吐实。后来几个回合下来，他才感到事情的严重，于凌晨 5 点和盘托出。

"我是花 1 万元钱从毛强处弄来的。"

"具体地址？"警方惊喜地追问。

"确实不晓得，但我有他的 BP 机号码。"

下午 3 点半，警方令张国清打 BP 机给毛强，佯称有位朋友急切地要买两个大哥大。毛强信以为真，于下午 4 点许驾着丰田轻骑，风风火火地从人行道上冲到电信大楼门前，一脸堆笑，尚未反应过来，就被守株待兔的警察扭进警车里，稀里糊涂地来到派出所。

毛强一到派出所便知坏事了，苦着脸道要方便，两位警察一个守窗门，一个候门口，监视着他。不一会儿，厕所里传来抽水声，警察顿感不妙，立刻拉出毛强，一个海底捞月，从马桶里悉数掏尽撕碎的塑料纸片。毛强一见 42 万元磁卡取款单被警察取获，想到辛苦了十年的血汗钱将付之东流，便发疯似地头向墙上撞去。

警察扶着满头鲜血的毛强，一阵包扎安慰后，毛强才供出了"上家"老阿姐方燕。警方迅速出击，于凌晨 2 点许，在其家门口截获了这个年轻漂亮的女子。方燕一看这么多警察乘着三辆警车来抓自己，吓得屁滚尿流，老老实实地承认自己是贩卖"烧机"的二道贩子。所谓"烧机"，就是不法分子窃取大哥大用户密码，炮制同样号码的大哥大无偿使用。方燕一股脑儿地供出了制造"烧机"的浦东椰槟食府老板沈建龙和凯司令食品厂财务科张平华两个为首的团伙。

警方经过三昼夜的四处奔波，终于将两个团伙成员悉数缉拿归案，并从沈建龙处缴获一台电脑和 10 只"烧机"，从张平华处追回 1 台电脑和 46 只"烧机"。

"烧机"大王陈小姐何许人也

被警方——抓获的烧机制作商们，交待完自己的作案过程后，均竖着大拇指称："上海滩上做烧机最早、最大的是静安寺的陈小姐。"

办案警察好奇地问："陈小姐何许人也？"

他们一致反映："陈小姐是个大学生，对烧机电脑很精通，专门在百乐门大酒店对面开了三爿烧机商店。"

知情人交代："陈小姐是最早从她香港丈夫那里学来做烧机生意的。"

"陈小姐做烧机发了大财，手上戴了八只嵌宝金戒指和劳力士金表，穿的都是名牌。"

……

陈小姐这么神，警方对其产生了浓厚的兴趣。根据嫌疑人提供的特征：圆脸，长波浪头发，身高 1.60 米多，穿着时髦，带劳力士小金表……

为了不打草惊蛇，便衣们悄然摸进了陈小姐开的位于静安寺附近的那爿长江公司经营部。

小小店堂内，共有三位女营业员，柜台内都是经营的电板、电阻等大哥大零件，便衣小孙佯装顾客问女营业员："这种电板我买十块可以便宜点吗？"

一名年轻的女子说："可以买到煞根价 650 元一块。"

小孙追问："我回去拿支票去，你们几点关门？"

"晚上 7 点关门。如果来不及，明天再来也可以，我们早晨 7 点开门。"

小孙继续巧妙地追问："我尽量赶来，请等我一下，如来不及我会打电话的，你们电话号码告诉我一下。"

在询问交谈的时候，另外几位便衣早把三位营业员仔细观察了一番，没有带劳力士小金表的女子，也没有留长波浪发型的女子。

退出商店后，侦查员根据张平华的反映，陈小姐每天下午 5 点至 5 点半去该店取大哥大，侦查员便带张平华到百乐门大酒店内，辨认马路对面进出该店的人中有无陈小姐的身影。一连守株待兔观察了三天，却不见其踪影，于是决定抓一个"舌头"。

晚上 7 点多，该店两名女营业员下班出门向 57 路公交车站走去，其中一名穿米色衣服的女子骑上了自行车向西而行。于是小车悄然跟上了自行车，说来也巧，米色女子骑车来到了万航渡路派出所附近，小车一下子挡住了米色女子的去路，请她上了小车。一问该女子姓名，她说叫汤萍，就住在派出所的楼后。她称自己是下岗人员，每月仅 120 元生活费，老板陈丽丽让她去做，每月 1000 元。另两个女营业员一个叫方玉勤，是陈老板的表姐；一个叫姚芳。其他情况一问三不知。

后请来了汤萍的丈夫，告知其利害关系，汤萍才如实道来。

陈丽丽主要靠做烧机生意发财,她每天下午5点至5点半来取没有号码的大哥大,然后回到租借的房子——延安西路174弄某号408室的工作房内制作烧机,大约5分钟做一只,卖出价是7000元一只,已做了上百只。

上个星期,陈老板从电视中看到静安分局破获了一个制作、贩卖大哥大的犯罪团伙后,打了个电话给方玉勤,称到南京去避一下风头,商店拜托表姐照看一下。

警方让汤萍每天下午3点许趁上厕所之机,打个电话出来,告知店内情况和陈丽丽的动向。随后,又来到延安西路174弄居委会,请治保主任协助,发现陈丽丽回家立刻报告派出所。

4月16日上午9点许,居委治保主任来电告知,上门查临时户口时,发现陈丽丽一人正在家睡觉。派出所民警迅速开车赶到,控制好楼前楼后,警长小孙与警官小李敲门进屋,礼貌地说:"陈小姐,对不起,派出所查一下临时户口。"

"刚才里弄阿姨不是查过了吗?"陈丽丽揉着惺忪的睡眼不耐烦地说。

孙警长亮出公安局的证件,一改笑脸道:"你被收审了,请带上换洗的衣服跟我们走。"

陈小姐似乎早有准备,一点也不惊慌,不慌不忙地从手指上摘下八只闪闪发亮的戒指,小心地放入精巧的小盒内,带上两包紫罗兰香烟和换洗的衣服,冷静地随警察而去。

上午11点,陈丽丽被带至派出所,蒋所长和孙警长亲自审讯。

"姓名?"

"陈丽丽。"

"住址?"

"吴兴路某号406室。"

"出生年月?"

"1963年2月14日。"

"学历?"

"本科,毕业于厦门大学中文系。"

"工作单位?"

"1986年大学毕业后分配在杭州当教师,因我不愿离开上海,开始做服装生意,后改做大哥大配件生意。"

谈了基本情况后,陈丽丽神态坦然,自信地讲了三句话:第一句话:共产党的话不可信;第二句话:讲得越多越不利;第三句话:你们也没有什么证据。

讲完这三句话后,陈小姐便三缄其口,至下午3点,任你是狂风暴雨,还是和风细雨,她却如老僧入定,闭目养神,沉默到底。

当晚7点,陈小姐扭动了一下丰满的腰肢,从口袋里掏出一包紫罗兰香烟,点上一支后,便金口微启道:"我想喝水。"

孙警长立刻为其沏了一杯绿茶,又端上一碗热腾腾的饭菜,与她随意地交谈起来。

随意地交流几句后,陈小姐吐着烟圈试探问孙警长:"我讲出来就可以让我回去吗?"

孙警长与她绕圈子道:"这要取决于你自己的问题,如问题不严重,构不成犯罪,当然可以让你回去。"

"刑法上没有这一条罪。如治安处罚的话,我包里有五万港币,够吗?不够我可以回家去取,随便罚多少,我都愿意。"陈小姐显然问过了内行或查过刑法书籍。

蒋所长明白地告知她:"你的事,我做不了主,要请示局长。"

陈丽丽关门道:"你们回答不了这些问题,不能保证今晚能放了我,那我拒绝回答。"

又过了半小时,陈小姐指着孙警长与户籍警小吴道:"我只愿意和你们俩谈,其他穿警服的都出去。"

等大伙儿都出去后,陈小姐说:"再让我考虑半小时。"

又一阵沉默。

"大哥大放在何处?"孙警长打破了沉默,指指手表,示意已过了半小时。

"再给我十分钟。"陈小姐不耐烦地说。

十分钟后,陈小姐主动开启金口:"东西在我小姐妹处,她正上中班,现在没钥匙,无法拿到。"

就这样,陈小姐与警察云一阵、雾一阵地兜圈子,始终不愿接触实质问题。

在女店员方玉勤的协助下,当晚警方从方的兄弟处缴获了美国摩托罗拉、日本索尼、松下,8500型、800型、折叠式等大哥大空机27只,电脑1台,电脑板5块,以及大量充电板和配件。

陈小姐见到被搜出的赃物后,眼睛里掠过一丝惊讶,但仍然未开口。

陈小姐被关进看守所后,望着铁窗外皎洁的明月,突然将头埋在双手内,呜呜地哭泣起来。

是的,一个住宾馆、食有鲜、出有车、玩有钱,随心所欲挥霍惯了的"上流社会"的贵妇人,蓦地来到阴暗的,与一群娼妓、小偷挤在一起的铁牢内,心里怎么承受得了如此悬殊的落差!从幸福的顶峰倏地坠入痛苦的深渊之中,个中滋味,没有亲自经历,谁能体会!

陈丽丽躺在冰冷坚硬的地铺上,怎么也睡不着,回忆起了欢声笑语的孩提时代,想到了青春飞扬的大学生涯,咀嚼起了商海沉浮的风雨路程,更思念起了一往情深的香港男友……

人生如梦,往事不堪回首月明中

富丽堂皇的市少年宫内,传来了"我们是共产主义接班人……"优美欢快的童声合唱。站在舞台上第一排那位戴红领巾胖乎乎齐耳短发的女孩,便是陈丽丽。也许是造物主的恩赐,小丽丽从小就有音乐天赋,整天曲不离口,她能将许多民歌模仿得惟妙惟肖。

爸爸、妈妈见心爱的独生女儿如此爱好音乐,便省吃俭用为她买了把高级小提琴,又花钱为她请音乐教师,每个星期天,爸爸放弃休息,骑着自行车带她去老师家学两小时琴,风雨无阻。辛劳了一天的父母,疲惫地回到家,为了女儿能更集中精力练琴,夫妇俩躲在厨房间静静地聆听,父母的心血和着陈丽丽的汗水,化成优美的琴声,在月光如水的春风中荡漾飘散……

工人出身的爸爸、妈妈,虽然听不懂外国名曲,但却激动得流下了泪水。

读中学后,因题山书海压得小丽丽喘不过气来,她忍痛割爱地暂时放下了心爱的乐器,但身上的艺术细胞没有因此而淡化,反而随着阅读的深入与日俱增。在学海泛舟的间隙,小丽丽如痴如醉地迷上了普希金的诗、冰心的散文,她的作文常常得优,被老师在课堂上当范文讲解,并频频出现在学校的墙报上。

苍天不负有心人。天赋加勤奋,使陈丽丽苦尽甘来,以优异的成绩考进了厦门大学中文系。在踏进校门的前夕,她对前程充满着美好的憧憬,在那本精致的日记本上,恭恭敬敬地抄下了外国著名诗人的诗歌:

理想
从出生落地就高扬起理想的风帆,
我生命的意义就是向前,
起波和颠簸是我生命中注定的摇篮,
狂风和暴雨中有着最美的青春!
我爱桃花深红的江岸,
爱渔火像流星一样飞向天边,

谁说彩霞是最美的极限，

冲破它！快冲向幸福的港湾。

活着就要像一只自由的精灵，

每日与大海朝夕相伴，

死了，也化作一滴轻盈的水，

为狂飚镶上一道严峻的花边！

是的，陈丽丽为了美好的理想发奋读书，功课之余便一头扎进图书馆，浸淫在文学名著的海洋里，巴尔扎克、雨果、莎士比亚、托尔斯泰、契诃夫等文学巨匠的鬼斧神功，使她悲喜交加、泪流满面。

一本本大部头的名著在静谧的深夜里流过心底，一行行包含哲理优美隽永的文字，汩汩地流到了日记本上。在这些名著的熏陶感染下，陈丽丽开始倾泻自己心中的情思，一篇篇飘逸空灵的散文从她的心底流泻而出。她暗暗地下了决心，这辈子一定要当个作家，一定要圆少年时的文学梦。

毕业后，她意外地被分配到杭州从事太阳底下最光辉的职业教书，但她太留恋上海了，不愿离开繁华的故乡和慈爱的父母亲。于是，在痛哭了一场后，她毅然辞去了工作，在家赋闲，继续做她的文学梦。

她整天躲在房里，喜怒无常地做少男少女生离死别的琼瑶梦。然而，仅靠父母那点微薄的工资，如何过上潇洒浪漫的生活？何况父母亲将要退休，届时如何生活下去？无奈，充满幻想的莘莘学子，开始面对现实，做起了服装生意。但一个既无资金，又无后台的大学生，要在大上海站稳脚跟，谈何容易？

然而，腼腆文静的女大学生，毕竟受过良好的教育和艺术的熏陶，她凭着独有的文化素养和审美情趣，以及背水一战的决心，起早摸黑，孤身闯荡，终于在强手如林的上海滩服装业，艰难地谋得了一席之地，每个月收入数千元。

望着事业的小小成功和数目不断上升的存款，陈丽丽从心灵深处大彻大悟到生活不是一首罗曼蒂克的诗，而是一部充满酸甜苦辣的长篇小说。

春花秋月，与香港大款一见钟情

物质上富裕了，便需要精神上的丰富，更需要爱的滋润。

陈丽丽开始在茫茫人海中寻觅白马王子，然而，她接触的圈子不是讨价还价的顾客，便是精于算计的商人，一点也没有情调和层次。尽管常常有财大气粗自鸣得意的大款向她射来丘比特之箭,或媒人像买衣服似的"按质论价",向她推销男人,陈小姐一概回绝。"简直是俗不可耐,我又不是商品。"她常常腹诽对方。

那是 1986 年的秋季,陈小姐去参加一个宴会,坐在她身边的是一位着一身黑色西服,戴金边眼镜的香港人。他礼貌地掏出一张烫金名片,递给陈小姐道:"幸会! 幸会!"

陈小姐一见到他,就被那种高贵的气质所吸引,接过名片细看,见对方是香港九龙兴兴贸易公司的总经理,更是肃然起敬。

陈小姐谦恭地问:"于总经理做什么生意啊?"

"大哥大。"于总随手从西装内兜里掏出那只黑匣子说道。

陈小姐第一次见到这玩艺儿,还不知其为何物,便疑惑地问:"这东西是干什么的?"

于总嘴角向上一抿,微笑地说:"这是移动电话。"说罢,在琴键上拨弄了几下,便拨通了电话,吩咐对方明天的活动后,又关了机。

陈小姐在一旁甚为惊讶,虽然自己也是大学生,又是见过世面的上海人,但不用电线的电话还是第一次看见。她思忖着自己拥有一台这样的电话该有多方便啊。于是她问道:"于总,我想买一台这样的电话,不知需要多少钱?"

"一万元港币。听说你们上海刚开通这种业务,你买一个很快就会派上用处的,我可以打七折给你。"

陈小姐感激不已,用纯情的目光深深地勾了对方一眼。

于总两个纤细的手指旋转着琥珀色的杯子问:"请问陈小姐在哪里谋差?"

陈小姐感到做服装个体户难以启齿,喃喃地答:"我是厦门大学中文系毕业的,分配在外地,我不意离开上海,暂时在家做做服装生意。"

"这种生意利太差,我看陈小姐很机敏,还是跟我做生意吧,我不会亏待你的。"于总经理意味深长地看了一眼陈小姐。

陈小姐怦然心动。

于总经理自我介绍道:"我也是大学毕业生,是学音乐的,但我发现这年头搞音乐和文化都无出路,只好忍痛割爱,暂时放下音乐和文化,先赚些钱,然后再去玩那些高雅的东西。"

一听说于总也是搞音乐的,真是他乡遇知音。于是,两人谈起了肖邦的钢琴、帕格尼尼的小提琴、卡拉扬的指挥……在充斥着哥呀妹呀一片通俗歌声的广州,两位知音真是酒逢知己千杯少,大有相见恨晚之感。于先生口若悬河,侃侃而谈,陈小姐洗耳恭听,如痴如醉。

回到下榻处,陈小姐怎么也睡不着,兴奋地回忆着于先生的一举一动,她决心改行投奔于总的门下。

她突然感到躁动不安,什么事也不想做,只想立刻看到于先生,想得心口隐隐作痛。于是,她拿起电话拨了名片上的大哥大号码,果然立刻接通了,于总约定晚上10点在大厅里见。

陈小姐精心打扮一番后,又细心地喷洒了香水,提前来到约会处,等到11点,于先生才匆匆赶来,陈小姐本想责怪对方姗姗来迟,但一见到于总感到什么都能谅解了。两人找了一家高雅的舞厅跳起了舞,于先生搂着陈小姐丰满的身段,直率地凝视着她的眼睛,陈小姐一下子羞涩地投到了他的怀里。

当晚,陈小姐就随于总来到宾馆,委身于他。从此,两人形影不离,如胶似漆。陈小姐跟着于总过上了出有车、食有鲜、玩有钱的豪华生活。她仿佛感到自己刚刚开始在做人。

正当两人卿卿我我沉溺爱河之时,于总接到了香港公司的急电,要他立刻回去处理一笔大生意。

在白云机场,陈小姐与于先生执手相看泪眼,无语凝噎,千种风情,难以诉说。于先生答应,等忙完了生意就去上海,并拉着她的手保证:"非你不娶!"

梦断爱情,梦断"烧机"

陈小姐回到上海后,朝思暮盼,茶饭无心,正忧心忡忡当儿,于先生突然而至。意外的惊喜,使她埋在于总的怀里嘤嘤抽泣,兴奋难抑。

于总郑重其事地给了陈小姐一笔钱和许多大哥大的配件,让她在上海做大哥大生意。陈小姐半路出家,但凭她的聪颖和生意场上的经验,很快在上海打开了局面,成了上海滩上最早从事大哥大配件生意的个体户。

陈小姐靠着于总做后盾,从香港运来美国、日本等国的各种牌子和型号的移动电话零件,颇受用户青睐。果然生意红火,钱来得容易。

1989年,于总又教会了陈小姐做"烧机"的技术,陈小姐隐隐地感到这事儿有点不对劲,但于总告知这种技术国内无人知晓,科技界都不知,何况五大三粗的警察。

在金钱的诱惑下,陈小姐回到上海,买了台电脑,开始如法炮制"烧机"。陈小姐开始还有点儿胆怯,只在小范围朋友圈内悄悄做这种生意,渐渐地感到无人过问此事,也没听说被窃号码的大哥大用户报案,于是,胆子越来越大,并公开在静安寺开门面店,公然做起了烧机生意。

1994年3月的一天,陈小姐突然从电视中看到静安公安分局捣毁两个制造、贩卖烧机的犯罪团伙,顿时如梦初醒,开始后怕起来。她匆匆地给表姐打了个电话,拜托她照看一下商店,买了去广州的机票,到那里避避风头。

她惊魂未定地飞到广州,住进了宾馆,不断地拨香港于总的移动电话,但于总却总是推说手上有事,一时间过不来,让她不要急,等风头过去了再回去。

其实,于总经理也从报纸上获悉了这条信息,他怎会自投罗网?

陈小姐每天晚上与表姐通话,得知店内一切正常,没有警察上门。两个星期后,陈小姐感到上海没有动静,以为公安人员没有发现她,于是她怀着侥幸的心理飞回上海,刚躺在床上,还没做醒桃花梦,便被戴上锃亮的手铐。

面对公安人员的频频发问,陈小姐牢牢记住于总反复叮咛的三句话:一没有证据,法院无法定罪;二坚决不说,警察就难以找到证据;三你千万不要说出我,等风头过去了,我一定来上海与你登记结婚,带你到香港定居。

是的,其他嫌疑人都如实交待了作案过程,争取宽大处理,唯有陈小姐坚不吐实。富有经验的老警察都在纳闷,一个弱女子,何来如此坚强的意志,顶住了一套套变化多端的审讯方案?

其实,这不是陈小姐意志如钢,而是她心中还在坚信着心上人的甜言蜜语:我一定会来上海的,带你去香港定居。

陈小姐此刻躺在拥挤闷热的牢房内,望着铁窗外清冷的残月,还在盼望着去香港定居,过人上人的日子。

可她哪里知晓,此时此刻,她的心上人,正在香港与太太拥衾共枕,早把她忘在九霄云外了。

派出所民警从陈小姐租借的房子里发现了一张香港某公司总经理于晓华的名片,并听说她正在与此人谈婚论嫁,随即通过市局与香港警方联系,获悉这个于总有妻子,并有一儿一女。

当孙警长和小吴再次来到看守所提审陈丽丽时,孙警长开门见山地告知她:"你别做美梦了,于晓华是有老婆的,并有一儿一女,他怎么会真的娶你呢? 他若要娶你,早就带你到香港去了,为什么始终不让你去香港呢? 他怕被拆穿西洋镜。"

陈丽丽听完孙警长的话,愣了片刻,终于反应过来了,心中的美梦破灭后,便失控似的号啕大哭。孙警长发泄完失落的情绪,让小吴给她跑了一杯水,又给她送上几张餐巾纸。陈丽丽擦完泪水,喝了一口水,开始交代自己作案的经过。

第十三章　银行存款去哪儿了

这是一起犯罪嫌疑人利用废弃的取款单报失，然后制作假证骗取存款的案件，可谓是匪夷所思，更令人震惊。为了堵住银行的漏洞，避免其他储户重蹈覆辙，办案民警来到有关银行反映李鬼作案的情况。银行的接待人员却理直气壮地说，我们挂失是有严格的规章制度的，他推脱是下面没有执行规章制度。

办案民警又找到市有关银行行长，行长连连摆手，笑曰："不可能，我们银行制度严格，绝对不可能。"民警抄下几个账号请行长亲自查一下。一查，果然存款已被人提走，行长感到莫名其妙。这下行长彻底信了，顿时吓出一身冷汗。民警告诉他："我们在嫌疑人家里搜出了30多张存款单，这意味着什么？"

是啊，如果不是民警敏锐细心，认真追查，及时侦破，案犯就会继续采用此类方法频频作案。银行就会像阿里巴巴打开了金库的大门，储户的人民币就会如流水般哗哗外流。

故此，市有关银行迅即通报了这起诈骗案件，规定全市600多家营业网点认真清理挂失单，并要求在每个网点大堂里装上带锁的箱子，每天销毁一次。同时，他们将此案上报总行，引起了总行高管的高度重视，并向全国通报案情，亡羊补牢，犹为未晚。

此案也警示储户：到银行存款时，填错的存单千万别乱丢，以防违法者"废物利用"。

一

新春刚过去，市民们还沉浸在欢度春节的喜庆氛围中，上海西部石泉地区的一些"阿诈里"(骗子)却像惊蛰后的蛇开始出洞觅食了。他们在银行周围玩起了"扔炸药包"的游戏。其中一人故意将提包扔在柜台上,另一同伙佯装拾到此包,问身边的陌生男子:"这包是你的吗?"

男子摇头之际,他便拉开黑色皮包,见里面有一叠叠厚厚的人民币。阿诈里便悄声说:"我俩分这些钱,你不要声张。"

于是,两人匆匆出门准备分钱。这时正巧阿诈里的托儿进银行寻找丢失的黑包,阿诈里迅速与男子换包,急切地说:"快走,我们在前边弄堂里见。"

男子喜滋滋地溜之大吉,以为捡了个大便宜,结果来到弄堂里拉开换来的黑包一看,只有表面一张是百元人民币,其他全是白纸,于是大呼上当。

一段时间,普陀分局石泉路派出所不断接到被骗人的报案。于是,治安民警丁宝华身着便衣,来到石泉路邮政储蓄所附近守株待兔,寻找目标。

真可谓有心栽花花不发,无意插柳柳成荫。丁宝华压根儿没想到,阿诈里没抓到,却钓到了一条意料之外的大鱼。

那天,丁宝华装得像个喜欢贪小便宜的市民,在储蓄所窗口前徘徊,无意之中,他听到一谢顶男子与储蓄所服务小姐的对话,服务小姐说:"你的钱三天前已提走了。"

谢顶男子一听又惊又急地说:"不对呀,四张存单都还在我手里,钱怎么会走呢?"

服务小姐又仔细查了一下电脑,见确实没钱,便坚定地重复说:"你回家问问,钱肯定被提走了。"

谢顶男子丈二和尚摸不着头脑,悻悻而去。

说者无意,听者有心。丁宝华感到其中必有蹊跷,他回到派出所向治安队长沐春荣汇报了此事。沐队长亦感蹊跷,便随丁宝华来到了石泉邮政储蓄所。经

银行诈骗案

了解,那位提款的男子叫沈建国,1998 年 1 月 24 日存款 1.3万元,分四张存单。

于是,两位警察按图索骥地来到沈建国的家,他一时也搞不清怎么回事。老婆坚定地说没有提过存款,但沈建国不相信,没有提过钱,好好地放在银行里怎么会自己长腿跑了呢?老婆是有口难辩,沈建国见老婆生气

的样子,还是相信了老婆的清白,但到底是什么地方出了问题?沈建国也在琢磨着这件怪事,不得其解。

警察上门问起此事,他便说出了心中的纳闷:"我前两天到银行取款时,服务小姐肯定地说已取走了存款,可我回家问老婆,她也不知此事。真是遇到鬼了!"

沈建国是位工人,讲话口齿不清,老实本分,不像狡诈的"阿诈里"。两位警察又返回储蓄所刨根问底。服务小姐回忆道:"这个储户存了钱没几天就来挂失,一周后,用身份证和挂失单来取的款。"

沐队长让服务小姐找出取款人的挂失单和身份证复印件,但见填写的身份证号码与沈建国的身份证号码不符。沐队长又提出将当初沈建国存款的录像资料调出来查看。录像上,身高约 1.60 米矮小的沈建国身后站着一位 1.80 米的瘦高个男子,此人正在偷窥着排在前面的沈建国手里的存单,并用笔在记录。当沈建国存完款后,瘦高男子紧跟着也存了款。

服务小姐又调出在沈建国身后排队人的存单,存折上的姓名写的是闵家希,存折系去年 7 月开户,账户内存款 200 元。经网上查询,存折账号开户行系四川北路邮局。这个闵家希看来就是假李逵,嫌疑重大。

沐队长决心找到这个李鬼,好在此人外貌特征明显:瘦高个,大眼睛,翘嘴巴,牙齿外露,头发凌乱。

沐队长微胖矮个,圆脸白皮,性格外向,反应敏捷,点子多多;丁宝华瘦高,皮肤黝黑,性格内向,做事踏实。沐队长与丁宝华立即追踪到四川北路邮局。两位警察向该局负责人说明来意,邮局很配合,须臾,电脑屏幕上显示出该账号的地址:新昌路 89 弄某号。

两位警察又马不停蹄来到新昌路所属的南京东路派出所,社区民警小祁翻出闵家希的户籍资料,照片上的人和录像上的人完全一样。小祁对闵家希的情况了如指掌:闵家希因盗窃两次被送劳教,出来后不久,又因诈骗罪被判处有期徒刑八年,两年前获释。

为了不打草惊蛇,小祁以统计户口资料为名上门了解闵家希的情况。其母反映说:"儿子已离婚,释放后又与前妻复婚,现住水电路,很少回来。"

两辆外地牌照的小车悄然在闵家希母亲和闵妻住处守候了四天,都不见其踪影。怪了,难道这厮狡兔三窟,还有别的住处?

星期天,沐队长正在加班,手机响了。原来闵家希已被社区民警小祁扣住。沐队长听到捷报后喜不自禁,赶紧驾车直抵南京东路派出所。

二

　　闵家希的母亲家住在新昌路,他自己住在水电路,却跑到这么偏远的石泉路来作案。据此,沐队长推断,闵家希绝不止作了这一起案件。再说,他是个老官司,有反侦查经验,但是沐队长经验比李鬼更丰富。他清楚,如果让闵家希知道是被带到石泉路派出所,他就只会交代石泉所作的一起案件,不会再交代其他地方所作的案子,所以,当闵家希被押进警车时,几位民警配合默契地将闵的皮夹克套在其头上,不让他看到警车驶向何处。

　　闵家希被带到派出所的审讯室后,他眨巴着眼睛,贼溜溜地环视四周后,警觉地问:"这是什么地方?"

　　沐队长严肃地告知:"这是上海市公安局刑侦总队803!你是老官司,我也不是新警察,你如果24小时不交代问题,我们有铁证,马上拘留你。"

　　闵家希心里没底,不知到底是哪一起案件露出了破绽,到底警方又掌握了自己多少情况。看到警察如此果断坚决,他的心越发七上八下。难道这下真的完了?但他并不甘心,抬头东张西望了一番,见铁窗外没有栅栏,便心生一计,装出俯首称臣的样子,伺机跳窗逃跑,于是对沐队长说:"我想单独跟你谈谈。"

　　沐队长早就看出了他的伎俩,冷笑一声,使了个眼色,另两个民警会意地出去了。他们一人站在窗下,一人守在门口。

　　沐队长笑着说:"怎么样,智商不比你差吧?"

犯罪嫌疑人闵家希

　　闵家希哀叹了一声,但他还不死心,想绕圈子蒙混过关。

　　闵家希先试探性地交代说:"我在华联超市拿过两条香烟。"他东拉西扯了几件小事,暗暗地观察着警察眼神的变化。不料沐队长一挥手,不屑一顾地说:"关掉,我不要听这些鸡毛蒜皮的小事,换个频道,谈谈银行的事。"

　　闵家希一听"银行"二字愣了一下,但他又自我安慰地想:别的问题他们不可能知道,难道是我母亲报了案?不过这件事他们从法律上也难处理我,不如先说出来蒙混过关。

　　他很快恢复了常态,似乎突然想起来似的,爽快地说:"对了,我去年冒领了我母亲的6.7万元存款,就这些,其他真的没有了。"他拍着胸,信誓旦旦地保证。

闵家希见警察表情激动地用笔记录着,暗自得意:和我斗,你们还嫩了点。

沐队长见对方主动交代6.7万元冒领钱款一事,心中窃喜:自己的判断没错,我们掌握的石泉邮政储蓄所的案子他还没交代,说明他身上还有案子。沐队长做完冒领母亲的存款的笔录后,猛拍一下桌子,指着闵家希颇有把握地说:"如果没有了,我立刻放你回去,看你敢不敢走!你不要以为我们不掌握你的那些事,胡乱抓你审讯。你的事我们了如指掌,就看你老实不老实交代?"

闵家希见对手还是如此强硬,便以沉默对之,想探探虚实后再说。

沐队长说:"我先讲一件你不知道的事吧。你服刑时,你老婆与你离婚后,又与别人结过婚你知道吗?不过你也瞒着老婆在外面找了个小女人。"

闵家希一听,像挨了一下闷棍,他真的不知道老婆这一情况。再说,警察连他的隐私都掌握的如此清楚,看来警察还真掌握自己不少情况。他只得又挤牙膏似的,先交代了一起还没来得及去取的五万元存款的案件。

闵家希虽交代了两起案件,但一起是冒领老母亲的存款,另一起是作案未遂,显然是避重就轻。沐队长想,你住得那么远,为什么两次都来石泉地区作案,说不定租借了这一带的房子。于是,沐队长颇有把握地点他穴位说:"你新昌路有房子,水电路有房子,石泉路也有房子吧?"

闵家希听罢一愣,他不得不佩服警察的厉害,看来警方已将他的情况弄得一清二楚,再隐瞒也是枉然。

三

沐队长几句点到穴位的话,将闵家希逼到墙角后,他不得不如实交代石泉地区所作的案件。

1997年初春,闵家希获释后,一时没有工作,闲在家里没事,便到处给别人打点小工糊口度日。在做一件小生意时,他与一位安徽打工妹认识了,闲聊了几句。闵家希得知打工妹尚未婚嫁,他开玩笑地说:"你也别乱找其他男人了,干脆嫁给我算了。"

没想到闵家希一句开玩笑的话,打工妹却当真起来,她认真地说:"大哥,你真的想娶我,我现在就可以跟你走。"

闵家希见这个打工妹比自己小十多岁,人长得尚可,干活也勤快,便殷勤地请她吃晚饭。闵家希破费地点了几个菜,要了一瓶黄酒。各自倒满酒,闵家希开始"痛说身世",他自然隐去了自己的婚事和吃官司的历史,说自己因为与领导吵架砸了饭碗,到现在没有固定的饭碗,所以耽误了结婚。

打工妹自我介绍说,自己老家在安徽六安,叫周惠珍,老家在山沟里,下面还有个妹妹和弟弟。因为家里穷,读不起书,14岁就种田养家糊口了,听说上海到处是黄金,便向妈妈要了钱随老乡来到上海,结果到处找不到工作,想回家又不甘心,不回家却没处住,饿一顿饥一顿,今天正好遇上大哥,如果你真的想娶我,我就跟定你了。

闵家希听罢,激动得拍着胸脯说:"请小妹相信我,我一定找个稳定的工作,好好干,让你过上好日子。"说罢,举起酒杯,与打工妹碰了一下,一饮而尽,当晚两人就同居了起来。

有了一夜情后,闵家希还真喜欢上了这个年轻幼稚的打工妹。为了瞒住老婆,他在石泉地区租了间房子,金屋藏娇起来。闵家希自己无职无业,平时靠乱拉生意和跑腿为生,哪还有余钱养女人?他知道老娘有几万元存款,为了与打工妹过上甜蜜的生活,便动起了老妈的歪心思。

为了打听到父母的存款情况,他来到父母住地所在的储蓄所询问:"存款单不小心丢失了,怎么取款?"

服务小姐说:"先报挂失,然后需要户口簿、身份证等证件办手续领取。"

闵家希走出储蓄所后,赶紧回到父母家,趁母亲出去买菜的当儿,翻箱倒柜,东翻西找了一阵,就是找不到母亲的身份证和户口簿,更找不到她的存款单,闵家希吃罢晚饭失望而归。

两手空空回新家的路上,闵家希突然灵机一动,决定给区工商银行行长写封信,状告银行窗口服务不好,不耐心回答储户的询问。

回到新家,却见相好还没有吃饭,闵家希给了她几个小钱,让她自己出去吃碗面条。他自己却取出纸笔,开始给区银行行长写起信来。他自称朋友做生意欠了自己的钱,对方准备用存折还债,但不知对方到底存了多少钱,去银行查询,谁知银行窗口小姐态度极其不好,希望整顿部下的服务态度云云。行长读罢群众来信,批了几句要热情为民、搞好窗口服务的话。闵家希读罢行长的来信后,好不得意,暗自窃笑。

闵家希来到银行的服务窗口,从兜里取出行长的回信,作为尚方宝剑递给了服务小姐,见是顶头上司行长大人的手书,她不知其深浅,放弃了银行的操作规定,热情地打出一张其母亲的存款清单,上面清清楚楚写着一笔笔存款,共计6.7万元。

过了几天,他又去另一家工商银行向服务小姐报失,服务小姐见他说的情况与电脑内的存款数字完全一样,信以为真,马上给他填了挂失单,并让他一周后凭身份证和户口簿来取款。

闵家希听到这些取款条件后是又喜又急。喜的是这笔巨款眼看就可以到手,急的是他没有母亲的身份证和户口簿,因为谨慎的母亲平时都将户口簿和身份证锁在抽屉里,闵家希无法取到钥匙。他不断地寻思琢磨,到哪里去弄张老妈的身份证和家里的户口簿呢?他开始留心电线杆上和墙上的小广告,发现有制作假证件的电话就打过去联系,但对方都是制作假文凭的,对于身份证和户口簿之类的东西感到有难度,难以如愿。

一天,闵家希到自行车修理摊上补车胎,与摊主聊天时,得知摊主王师傅可以搞到假身份证和户口簿。闵家希听罢高兴不已,真是踏破铁鞋无觅处,得来全不费功夫。他赶紧回到住处,拿了一张安徽打工妹的照片,写上老妈的名字,请这个其貌不扬的修车师傅制作假身份证和假户口簿。没想到第二天便收到了一张老妈名字和安徽女照片组合的假身份证,以及父母的户口簿。闵家希以挑剔的眼光仔细地查看身份证和户口簿,感到几可乱真,难以看出破绽后,便拉着小情人一起来到储蓄所取款。

闵家希先认真地填好取款单,取款时,他让打工妹站在旁边。服务小姐比对了一下身份证和户口簿,居然深信不疑,头也不抬地哗哗地在验钞机上点钱,最后送出了6.7万元现钞。闵家希提着巨款,走出储蓄所后,拉着打工妹的手一路笑着回家。

从此,他和小情人过上了吃香喝辣的日子,还给她买了一枚结婚戒指,以作定情之物。

闵家希以此成功取款受到了启发,并以此类推地想到在别人身上重演此类活剧。

春节前夕,闵家希来到几家银行,故意填错取款单扔进纸篓里,然后翻找纸篓,也来不及细瞅,趁保安和客户不注意,他先将里面的单子悉数塞进口袋里,回家后再一张张地寻宝。果然,静安区邮政储蓄所的纸篓里捡到了一张存款数目为5万元的存款单,他像发现新大陆似的兴奋不已。

第一次取老妈的存款成功后,闵家希尝到了甜头,他便拿着那张废弃的存款单,得意地对打工妹说:"就像上次取出我父母的存款那样,我们再去取这个老兄的存款。"

打工妹有些担忧地说:"上次取出的是你自己父母的钱,公安局查出来领走的人是自己的儿子,也没多大的事,但如果你取出别人的钱,会被公安局抓起来的。"

闵家希自信地说："你放心,我使用的都是假姓名和假地址,公安局到哪里去找我?"

打工妹想想也有道理,在金钱的诱惑下,便点头同意配合。于是,两人配合默契地来到静安区那家捡到存款单的银行,准确无误地报失,服务小姐按照程序,拉出了报失单。

于是,闵家希又故伎重演,先请修车师傅制作了存款者的假身份证和户口簿,来到银行如法炮制,果然又取款成功。他提着一大包钱,一路欢笑着与打工妹走回去。回家数完钱,他高兴地带着小情人到酒店里饱餐了一顿,又给她添了几件花哨的新衣。

两年来,闵家希在静安、虹口和黄浦等区的银行先后频频作案,他俩按照废弃存款单上的"黑名单"共作案14笔,均如入无门宝库,屡试屡成。除其父母的那一笔钱巨款外,总案值达14万元人民币。他带着小情人潇洒花钱,而其老妈和那些被提走存款的储户还都蒙在鼓里呢。

做罢笔录的第二天,沐队长一行风风火火地来到石泉路浔阳新村闵家希金屋藏娇之处搜查。敲门时,里面的打工妹就是不开门。原来,闵家希对她说过,他几天不回来就说明出事了,不是他亲自敲门千万别开。

沐队长敲不开门,只得强行进门。进门后,却见打工妹端坐在床上装傻。办案人员在房间里四处查找,就是找不到钱款存单、假身份证和假户口簿等有关证据。看来,他们作案的东西十有八九藏在打工妹身上。

沐队长见这个打工妹始终坐在床上不动,感觉不对劲,便示意让她站起来,但她就是不愿意站起来。两位警察将其硬拉起来后,她屁股底下的银行存单和假身份证,以及各种图章等证据水落石出般地露了出来。经过清点,有37张存款单、7个假身份证,还有户口簿证明及石泉路派出所的户口受理章、户口受理员的图章等作案工具,五花八门,应有尽有。

拿到作案证据后,为了抓获假证的制作者,沐队长又让闵家希给做假身份证和户口簿的修车师傅打手机。闵家希按照警察的要求谎称又要做两张假身份证,对方爽快地答应15分钟后就到,让他等在路口。15分钟后,一辆小车在修车师傅面前戛然停下,车上下来一男子问路,修车师傅刚比画手势,就被车上下来的另两个男子押上了小车。

在车上,便衣警察开始审讯修车师傅,他交代说:"我叫王增红,假身份证和户口簿是福建人制作的,我只是个'二传手'。"

王增红又按照警察的要求,给福建人打了手机,对方也告知他15分钟后在沪太路、灵石路口取货。15分钟后,小车抵达该路口时,见三个福建人正在翘首张望,便衣警察佯装上去问路,突然将他们一一擒获。

四

闵家希冒领存款一案成功破获后,按说警方的破案任务也就此完成,但是为了堵住银行的漏洞,避免其他储户重蹈覆辙,沐队长一行来到本区有关银行反映李鬼作案的情况。银行的接待人员不认真总结教训,却理直气壮地说:"我们挂失是有规章制度的,一万元以上上门核对,七天后才凭身份证提款。"

沐队长问他:"这几起挂失的案件都上门核对了吗?"

接待人员还是强调理由说:"我们都是这样要求的,下面职工没认真执行是他们的事,与我们无关。"

沐队长见对方只强调理由,责怪下面不尽职,便找到市有关银行行长。行长听罢,连连摆手,笑着说:"不可能,我们银行制度严格,绝对不可能,要么是内外勾结作案。"

从银行领导的态度中,可以发现他们或过于自信,或责任心不强,这是漏洞的主要原因。假若他们对职工监督严格,工作中严格要求按规章制度办事,发现问题不推诿,而是认真总结教训,加强管理,定会减少或杜绝此类事情的再次发生。

沐队长抄下几个账号请行长亲自查一下。行长请人一查,存款确已被人提走,行长感到莫名其妙。

沐队长说:"提款的身份证号码、照片都与本人不符,不信你可以亲自核对。"

这下行长彻底信了,顿时吓出一身冷汗。

沐队长说:"我们在嫌疑人家里搜出了30多张存款单,这意味着什么?"

行长惊诧地说:"后果不堪设想。幸亏警察及时破案,堵住了

侦破银行诈骗案的民警

我们的漏洞。"

是啊,如果不是民警敏锐细心,认真追查,及时侦破,案犯就会继续采用此类方法频频作案,银行就会像阿里巴巴打开了金库的大门,储户的人民币就会如流水般哗哗外流。

其实,最好的堵住漏洞办法不是公安及时破案,而是银行加强管理,按章操作,严格把关。故此,市有关银行迅即通报了这起案件,规定全市 600 多家营业网点认真清理挂失单,并要求在大堂里装上带锁的箱子,将储户作废的填单扔入箱内,每天销毁一次。同时,他们将此案上报总行,引起了总行领导的高度重视,并向全国通报案情,亡羊补牢,犹为未晚。

是的,再好的规章制度如果离开了执行者的认真执行,都将是一纸空文,此案就是对银行方面的一个提醒;同时,它也警示储户:到银行存款时,填废的存单千万别乱丢,以防违法者"废物利用";此外,当你在银行存款时,要提防周围的人,以防李鬼在背后"侦查"到你的存款情况而留下隐患。

第十四章　丈夫强奸妻子有罪吗

　　婚内是否构成强奸,一段时间以来,一直是老百姓模糊、司法界争议的问题。上海青浦法院一位法官向我说起这起疑难案件后,感觉颇为新鲜,且对今后类似案件有示范意义。到底是否构成犯罪,我不是法律专家,但我感到其违背了女性的意志,用暴力强行实施性行为,应该属于强奸。文章写好后,没有最后定论之前,一直等待法院最后的判决。

　　案件判决后,被告人提起上诉,为此,法院内部和律师界引起了激烈争论,最后又引起北京高层和法律权威的争论。公说公有理,婆说婆有理;智者见智,仁者见仁。经过长达两年之久的争论审理,终于以有罪判决一锤定音,尘埃落定。其判决无疑具有开中国婚内存在强奸之先河的意义。

为了住房的婚姻基础是脆弱的

　　婚姻是以感情为基础的,如果没有爱情的婚姻其基础必然脆弱,它带给男女双方的也只能是坍塌和不幸。

　　对于王翔与钱小萍两人来说,三个月的"闪电式"结婚,实在不是擦出爱的火花的结果,而仅仅是受物质利益的驱动所致。男方王翔的结婚动机是赶上动迁分房,女方钱小萍的动因是新疆返沪急于找个落脚之地,两人都是为了各自的目的而凑合在了一起。

　　男青年王翔系上海市青浦本地人。王家有三个儿子,王翔是老幺。本来,他年纪尚轻,家境贫困,父母尚没打算给他娶妻成家。但随着经济迅猛发展,镇里欲搞大面积拆迁,王家属于拆迁范围。按规定,被拆迁户的房屋补偿按户口簿上的人头计算,每拆迁一户,人均补偿24平方米,最令人着急的是离户口截止迁入期限只有三个月。

为能多争取一套24平方米的补偿房屋,王家开始紧锣密鼓地为王翔物色对象。王家提出,若女方同意和小儿子王翔谈朋友,并立即领取结婚证,把户口迁进王家,这24平方米的套房将作为结婚用房。这条件在上海住房拥挤经济尚不富裕的情况下颇为诱人。

二十世纪八九十年代,有无住房是上海许多女青年找对象的首选条件。按照马斯洛的人类需求五大层次的理论,首先是满足生存的需要,然后是阶梯型递增为安全、兴趣、精神等方面的需求。住房是人类生存之必需,不能苛责女青年的势利。试问,连起码的住房都没有,还奢谈什么结婚?

钱小萍就是那些首先满足住房最低需求的千千万万个讲实际的女青年之一。她出生于新疆,父母都是二十世纪六十年代支边的上海知青,现还在新疆阿克苏农场战天斗地。他们在大漠孤烟直里献出了自己的热血和青春,在物质匮乏荒无人烟的新疆饱受了苦难,已无所求,唯一的愿望就是千万不能再让女儿重蹈自己的覆辙,一定要让女儿离开风沙漫漫的西北边陲,回到梦寐以求的繁华故乡——上海。

天遂人愿。二十世纪九十年代初,在外地成家的上海知青钱姓夫妇终于盼来了一个朝思暮想的喜讯:六十年代响应国家号召支边的知青子女可以回沪投亲。小钱父母立即打点一切,抹着眼泪将女儿送到养育他们的故土,上海西郊的淀山湖畔。

那年,钱小萍芳龄二十,在亲人的热情奔走下,她顺风顺船地进入上海的一家电器厂,当上了一名操作工。虽然工作颇为辛苦,日班夜班轮流倒,薪水又少,但比起在新疆,她则心满意足了。她努力工作,为人和善,十分珍惜这来之不易的机会。

然而,一个柔弱的女孩蓦地远离父母,身单影只地在外闯荡谋生,那种凄惶孤独的感觉时时向她袭来,尤其是周末,同事们都回到温馨的家里尽享天伦之乐,或携手心上人共度美好时光,唯有她孤单一人居无定处。回到亲戚家里探望阿婆,纵有老人真心呵护,却总摆脱不了寄人篱下的拘束感。躺在逼仄的角落里,望着在云中孤凄的月牙儿,此时此刻,她多么渴望拥有一份真正属于自己的家,自己的情感,躺在那一双强健有力的臂膀上,就像在汹涌的大海里挣扎得疲惫不堪的一叶小舟,躲进风平浪静的港湾。

恰在此时,有人来为她说媒,渴望独立生活的她,面对住房的诱惑,饥不择食,盲目而又兴奋地走进了"围城"。

正处于迷惘无助境地的钱小萍，脑子里考虑的自然是起码的生存条件，有一处安定所在，成为一名真正的上海人。设身处地地为她想想，这种想法实在无可非议。在媒人的怂恿下，双方各有所求，一拍即合。从 1991 年 11 月相识，1992 年 1 月领取结婚证，男女双方恋爱的旅程仅两个多月，悲剧的种子也由此埋下。

王家皆大欢喜地分到了四套住房，钱小萍与王翔也如愿以偿地得到了一套位于青浦镇桂花园的两层套房。

结婚伊始，小夫妻俩相互谦让，感情尚好。无论刮风下雨，还是白昼黑夜，王翔天天接送新娘上下班。虽然王翔仅大妻子一岁，但他像个宽厚的兄长，处处呵护漂亮的娇妻。新娘脸上整天洋溢幸福的笑靥，暗自庆幸自己觅到了相托终生的伴侣和依靠，找到了理想中的白马王子。尽管王翔赤贫如洗，新房里除了一张大木床，一个衣橱和几件简单的生活必需品外，别无它物，但淳朴的钱小萍却不在乎物质的匮乏，沉浸在甜蜜的爱巢里心满意足。

1994 年 4 月，小两口爱的结晶呱呱坠地，两人的世界闯进了一个"不速之客"，让这对毫无思想准备的年轻夫妇手忙脚乱起来。买菜、做饭、洗尿布、喂孩子、上医院、搞卫生等等一大堆永远也忙不完的家务事，使他俩措手不及、顾此失彼。因两人婚前交往时间太短，根本不了解彼此的爱好、个性，在一个屋檐下时间一久，彼此的缺点便渐渐暴露出来，现实的生活使爱情不再浪漫。王翔故态复萌，与小兄弟们又筑起了方城，彻夜不归。受琼瑶小说浸染的钱小萍在昏黄的灯下盼夫不归，美丽现实的幻想在孩子的哭闹声和琐碎的家务中彻底破灭，她也一改往日小鸟依人的温柔，开始埋怨起王翔："你整天在外搓麻将，也不关心我，但你至少应该顾顾自己的儿子吧。"

通宵麻将搓下来的王翔，累得想好好睡一觉，却被没完没了的数落烦透了心，便一改往日的宽厚和耐心，粗鲁地训斥妻子："你怎么那么烦，让我安静一下好不好？"

"你要安静就干脆别回来！"小钱不再忍气吞声。

"你再罗嗦，我就把碗扔了。"小王被数落得烦死了。

"你扔好了，反正你不要这个家，我为什么还在乎？"小王没有被吓住。

"哗啦啦"一阵碗碎碟破声。就这样小吵天天有，大吵三六九。但王翔仍然我行我素。于是，矛盾日渐凸现，两人由争吵埋怨发展到动手撕打。柔弱的小钱当然不是丈夫的对手，被打得鼻青眼肿，无处申怨，只得含悲忍辱，暗自垂泪。

爱的小舟过早地搁浅了

婚姻的不幸使钱小萍又重新感到孤凄无援，于是，她便向远在新疆的父母写信倾诉衷肠。得知女儿婚姻出现危机后，远在天边的父母却鞭长莫及，他们别无它法，只能写信苦劝说女儿要珍惜来之不易的家庭，再三叮嘱她顾全大局，同丈夫好好生活，并把自己辛辛苦苦省吃俭用积攒下来的钱寄给女儿。

钱小萍捧着信和汇款禁不住潸然泪下，暗下决心准备与丈夫重归于好。她取出父母的血汗钱将房子装修一新，又给王翔钱让他学驾驶……在不长的时间里，父母共寄来省吃俭用的四万多元。这无疑给磨合得过紧的夫妻关系上了润滑油。

然而，王翔的母亲所作所为却令小钱寒心。当儿子与儿媳因家务琐事又争吵时，做娘的不仅没采取息事宁人的态度劝说，而是火上加油，上门与媳妇争吵打骂。丈夫粗暴地打人，妻子尚能忍受，然婆婆也蛮横地打人，使小钱难以忍受。她的心凉透了，更令她难受的是自己抱着孩子流泪满面，想给父母诉说，又实在不忍心再让本已生活窘困的父母担心、破费，只得委屈求全，悲叹自己的命运不好。

那年6月周末的一天，王翔赌瘾又发，下班不归，又溜到赌友家筑起了方城，把仅有的几个小钱往无底洞里扔。钱小萍左等右盼，不见丈夫归来，便找上门拉丈夫回家，正在瘾头上的丈夫哪里愿在赌友面前俯首称臣，便粗暴地吼道："你给我滚回去！"

钱小萍也不甘示弱地道："你给我滚回去！"

两人当着大家的面又吵打了起来，王母闻讯赶来，非但不责怪儿子，却同儿子一起辱骂并毒打钱小萍。这次钱小萍被打后彻底绝望了，当夜回到家里，一气之下打开了煤气罐阀门，欲一死了之，彻底解脱，后被邻居发现，急送医院，捡回了一条性命。

事后，王母不上门安慰，却怂恿儿子离婚。王翔也感到婚姻成了束缚自由的绳索，本已脆弱的感情早已荡然无存，便向青浦区人民法院提起离婚诉讼。法庭上，王翔列数了妻子的种种不是，坚决要求离婚；钱小萍虽也心冷似铁，但想到离婚后无处可去，便只得违心地说夫妻感情并未完全破裂，只要婆婆不插手他们夫妻之间的事，她与丈夫完全有和好的可能。为了表示自己的诚意，小钱在法庭上承认自己同婆婆争吵不对，希望一切重新开始。鉴于此，同年9月，青浦区法院判决：王翔的离婚请求不予支持。

对妻子的退让和委屈求全，王翔没有反省自己的过错，反而自恃有理，更加肆无忌惮，干脆带着三岁的儿子住回了父母家，正式和妻子分居，想以此来逼老婆就范。

半年后，王翔又以夫妻感情破裂为由，再次向法院提出离婚请求。经历了近一年的痛苦等待和冷静思索后，钱小萍的心彻底寒了。她终于明白自己的婚姻已走到了尽头，再一厢情愿维持名存实亡的婚姻已毫无意义，便痛下决心，同意结束这场苦不堪言的婚姻。

一年后的 10 月 8 日，青浦区法院听取双方的陈述后，作出了一审判决，准予王翔的离婚请求，婚生儿子随父生活，共同财产作了分割。

按说，悲剧该就此打住，这是王翔所期待的结果，加在双方身上的桎梏行将解除。两人只等离婚判决生效后就各奔前程，开始各自新的生活。

然而，在离判决书生效还有几天的时间里，一场意料不到的恶梦发生了。

婚姻判决书生效前突遭强暴

法院判决离婚后，为避免矛盾，钱小萍搬出了桂花园的住所，到亲戚家借宿。

1997 年 10 月 13 日晚 7 时许，住到父母家已两年多的王翔来到桂花园原住处楼下，见二楼的灯亮着，便猜到一定是钱小萍在里面，心里立时升起了一股强烈的报复欲和莫名的冲动。他悄悄上楼，打开房门，冷不丁从背后一把抱住回来拿衣服的钱小萍，要与她发生性关系。

当场遭到了对方的严词拒绝："判决书都下来了，你想干啥？"

王翔却厚着脸皮道："我就不让你太平。"说罢，便抱紧钱小萍，对方拼命挣扎后，拎起包想夺路而逃，却被王翔牢牢挡住。钱小萍见难以脱身，便灵机一动跑回房间想锁上房门，但又被王翔猛力挤开，经过一番争斗，钱小萍力不能支，最终被王翔按倒在床上。他像一只发疯的野兽，乱咬乱抓，钱小萍胸部和手上被多处咬伤抓伤，精疲力竭后，只能被动地任其发泄兽欲，王翔最后以胜利者的姿态扬长而去。

钱小萍失声痛哭地跑回亲戚家，向阿婆哭诉了刚才发生的痛苦屈辱的一幕。阿婆气愤地打电话询问王翔的哥哥，王翔的哥哥当场打电话责问王翔，他却对此矢口否认。王翔的哥哥便抓起电话拨通后告知阿婆："我弟弟不会这么做的，你们要告去告好了！"说罢，悻悻地挂了电话。

当晚 11 时许,钱小萍在阿婆的陪同下,来到派出所报案。值班民警听罢钱小萍的陈述,感到此事件非常特殊,难以定性,但被告这种以暴力手段违背妇女意志发生性关系的行为应该属强奸行为,便做完笔录。

凌晨 2 时许,民警上门找来王翔,经过法制教育,并在勘查验伤的证据面前,王翔如实地供述了强行发生性关系的过程。

民警纳闷地问他:"是你主动提出离婚的,又是主动分居的,为什么在拿到离婚判决书后还会这样做?"

王翔气呼呼地说:"钱小萍不讲情义,毫不犹豫地拒绝了我要求,我想没这么容易。"

此案因为王翔的行为发生在判决书下达之后,但尚未生效的特殊期,在王翔的行为定性上,公安局与检察院出现了严重的分歧。

青浦区检察院认为:王翔与钱小萍虽经法院判决离婚,但判决尚未生效,故不构成犯罪行为,不同意批捕王翔,并敦促公安局立即放人。当天,王翔被取保释放。

然而,青浦公安分局并没有放弃自己对犯罪的认定,于同年 10 月 29 日再次提请青浦检察院对王翔强奸妻子一案进行复议。11 月 6 日,检察院下达"复议决定书",坚持认为,王翔的行为不宜以强奸定罪,维持不批捕决定。

在接到青浦检察院维持不批捕决定的当天,青浦公安分局即向上海市检察院二分院提交"提请复核意见书",要求市检察二院对此案进行复议。

12 月 3 日,市检察院二分院下达复核决定书,认为法院既已作出王、钱准予离婚的判决,且二人不持异议,虽判决尚差九天才生效,但二人已不具备正常的夫妻关系,所以对王翔应以强奸罪认定,建议由青浦区检察院直接提起公诉。

二十世纪末的 12 月 21 日,当地法院对王翔强奸妻子一案进行了不公开审理。法庭上,在认定王翔有罪还是无罪问题上,控辩双方辩论异常激烈。

控方认为:被告人王翔在与钱小萍发生性关系的要求遭到拒绝后,即采用暴力手段,强行与钱小萍发生性行为,其行为已构成强奸罪,请求法院根据刑法第236 条之规定,判王翔有罪。

被告人的两位辩护律师则提出强烈的反对意见。他们认为:"根据有关法律规定,丈夫不能成为强奸罪的犯罪主体。换句话说,法律没有规定丈夫不能'强奸'妻子。法院虽然判决了王、钱两人离婚,但判决尚未生效,处于夫妻关系的存续期,如果认定王翔同钱发生性关系的行为属强奸,那在我国农村偏远地区,违背妻子意愿而强行发生性关系的现象太普遍了,这又如何定性呢?"

说罢,辩护人又补充道:"认定王翔有罪,对我国高稳定、低质量的婚姻现状来说,社会效果亦不好。"

此时此刻,站在被告席上的王翔,从公诉人与辩护律师剑拔弩张的辩论中,感受到了事态的严重性。他推翻了原先强行同钱发生性关系是欲望所致、有报复企图的供词,改口辩解:"我那晚与钱小萍发生性行为是她自愿的,我没有强迫她。"

对这起特殊的强奸案,青浦法院极为慎重,为了准确定性,适度量刑,他们做了大量的调查和走访工作,对两年前案发的所有细节重新核实认定,对所有参与此案审理的人员逐一进行谈话、笔录。然而,在基本事实已全部查清后,法院内部对王翔的行为也出现了两种截然不同的意见。

为此,法院就此案咨询了国内法学界权威人士,并逐级请示,直至将案情呈报最高人民法院。

法学界对此也出现了不同的看法,讨论热烈,公说公有理,婆说婆有理,各执已见,莫衷一是。其主流观点主要有以下三种:

第一种意见以我国著名刑法学者陈兴良先生为代表,其观点是:"性行为的非法性首先将强奸与合法的性行为相区分,合法的性行为在任何情况下都不可能构成强奸罪",所以推论出"丈夫在妻子不同意的情况下强行与妻子发生性行为,不能构成强奸罪"。持否定说的主要理由有两点:一是认为一旦建立婚姻关系,夫妻双方均有与对方性生活的权利和义务;二是认为强奸罪的本质特征之一是非法性关系,而婚姻内的性关系是合法的,在合法的性关系中不会构成强奸罪。

第二种意见以中国社科院婚内强奸问题专家李盾为代表,他则认为:"强奸罪的特征,乃是违背妇女意志,强行与妇女发生性行为,在上述情况下,丈夫的行为违背了妻子的意志,符合强奸罪的特征。"肯定说的主要理由是:妻子有权自主地决定是否同意做爱,丈夫应尊重妻子的这一权利;我国刑法规定的强奸罪构成要件中,并没有明确将丈夫排除在外。

第三种意见是持区别定性说的观点,他们认为:婚内强奸符合强奸罪的本质特征,但由于夫妻关系的特殊性,应予区别对待定性。

智者见智,仁者见仁。经过长达两年之久的争论审理终于以有罪判决一锤定音,尘埃落定。其判决无疑具有开中国婚内存在强奸之先河意义。

王翔被提起公诉后,一家之主的王母急出了一场病,这是她始料未及的。在病榻上,王母吩咐家人要想尽办法,不惜一切代价,为王翔开脱罪责,以免其受到刑事处罚。

王家为此请来了王、钱的昔日媒人张先生,恳求其再牵一回红线,让二人破镜重圆,表示事成之后必有重谢。心怀歉意的张媒人安抚了身心遭受创伤的钱小萍,对她告发王翔的利弊得失进行了"入情入理"的分析,并转告了王母的意愿。无奈,钱小萍已心如磐石,滴水不进。

一计不成,又生一计。病恹恹的王母,撑着身子,带着孙子,来到钱小萍的住处,对逆子一番数落后,一把鼻涕、一把眼泪地说起来:"自从出了这件'家丑'之后,给孙子的生活、精神造成了许多伤害,孩子被小伙伴谩骂。吓得不敢出门,他现在还小,对他的精神伤害还小,以后大了,更难以承受。看在亲生儿子的份上,望你还是到法院撤回对王翔的控告。我这个70多岁的老太婆恳求你了。"

钱小萍看到她现在的可怜样动了怜悯之心,但想起她过去横着脸与其子一起痛打自己的往事,气不打一处来,坚决地回绝道:"我们日子过得好好的,即使有点矛盾,你作为长辈也应该劝说才是,可你非但不劝说,还帮助儿子一起打我,怂恿他离婚,这个家拆散也有你的份,你现在还好意思来求情呢。"

王母气得无奈,丢下孙子就走。小孩见此情形,惊吓得哇哇急哭。钱小萍一阵颤抖,抱着儿子痛哭。她的思想一时发生了动摇:既然已和王翔一刀两断,为了儿子,还给他留一条出路吧!此时,她又回想起"死亡婚姻"带来的无尽痛苦,当她想到第一次离婚诉讼时,人面兽心的丈夫在开庭审理的当夜翻墙入室强迫与她发生性关系;当她想到第二次离婚诉讼在清点财产时,遭到王翔两记耳光的侮辱,王翔被法官训诫、罚款,并责令其具结悔过……钱小萍的心不再犹豫,她宁可自己再受一点苦,也不能让禽兽不如的前夫逃脱法律制裁。

在钱小萍最困难的时候,单位破例准许她带儿子上班,后经当地妇联出面干预,王家从钱小萍处领回了孩子。儿子是母亲身上肉,钱小萍收入微薄,独自一人生活开支又不小,但她省吃俭用,每月按时交付抚养费,以尽母亲的抚养责任。但探望儿子成了她的奢望,王家骗她的儿子说:"你的妈妈已经死了。"钱小萍不忍儿子幼小的心灵遭受太多的不幸,她默默地承受着这一切,祈求儿子能够过上安宁的生活。

这起婚内强奸案一审就是两年。迟迟不判决,钱小萍时而生发出一种心里无底的空洞感觉,还会受到不怀好意的人的冷嘲热讽。每当这时,她以被害人的身份走访法院、妇联等部门,询问有关情况,从中得到些许的慰藉。她的心异常脆弱,沉默寡言,神志有时会出现恍惚。单位同事和周围邻居看在眼里,急在心里,纷纷向她伸出友爱之手。工作上照顾,生活中帮助,还给她介绍了一位从事医务工作的男青年。这使钱小萍阴沉沉的心灵,透出了一缕希望的曙光,在她的脸上也能看到多年未见的笑容。钱小萍坚信:正义必将战胜邪恶,恶人终将会有恶报。

审理时间长达两年之久的王翔强奸妻子案终于尘埃落定。头戴法官帽、身着黑披衣的审判长庄严地宣判道：

被告人主动起诉请求法院判决解除与钱小萍的婚姻，法院一审判决准予离婚后，双方对此均无异议。该判决尚未发生法律效力期间，被告人与被害人已不具备正常的夫妻关系。在此情况下，被告人违背妇女意志，采用暴力手段，强行与被害人发生性关系，其行为已构成强奸罪，依法应予惩处。

公诉机关指控被告人的犯罪罪名成立，本院予以确认。被告人认为发生性关系是对方自愿的和其辩护人认为认定被告人采用暴力证据不足的辩解、辩护意见，因与经庭审质证的被告人在公安机关的供述及现场勘查笔录、被害人的伤痕照片等证据和事实不符，故本院不予采信。

关于辩护人提出的被告人作为丈夫不能成为强奸罪的犯罪主体及认定其有罪社会效果不好的辩护意见，因其未能提供有关丈夫不能成为强奸罪主体的法律依据，且事实上被告人与被害人的夫妻关系已处于感情确已破裂、一审已判决离婚但未生效的非正常阶段，在此期间，被告人采用暴力侵犯了被害人人身权利，扰乱了社会治安秩序，因此，其辩护意见本院亦不予采纳。鉴于本案的具体情况，可对被告人酌情以从轻处罚。

最终，法院以王翔犯强奸罪，依法判处其有期徒刑三年，缓行三年。恶丈夫终于得到了应有的报应。

纠葛尚未结束，其司法意义将更为深远

法院作出了这个具有历史意义的判决后，钱小萍表面上是胜利了，但离婚之后带来的生活困难却是别人难以体会的，她一介单身女子，又收入微薄，没有住处，难以探望自己的儿子。钱小萍又陷入新一轮的痛苦之中，茫然中她想到过结束自己的生命。在单位和妇联，以及远在千里之外的父母关心和关爱下，为了维护自身的合法权利，弱女子再次拿起法律的武器。

她又一次来到法院，对离婚时因产权证没有下发而不作处理的房屋主张其权利，她要求重新审理。在前三起民事、刑事案件中，钱小萍是被告或被害人的角色。这次，房屋产权纠纷案件中，她以原告的身份出现，并请了律师。钱小萍提出拆迁所分的房屋有自己的份额，自己不仅拥有使用权，而且拥有部分产权，要求法院依法分割夫妻共有财产。由于办证时房屋产权人冠以王翔父亲的名字，

钱小萍遂将王父推上了被告席。

法庭上，王父曾提出协商解决纠纷，因原、被告双方心理价位相差较大，而协商不成。青浦法院遂作出了一审判决，支持了原告的部分诉求。钱小萍不服，提起上诉。二审法院经公开审理后，作出维持原判的决定。这起房屋产权纠纷，尽管钱小萍未获全胜，但通过打这场官司，打出了她的信心。钱小萍表示，王家再不让她看望儿子，她还要向法院提起诉讼，请求探望权。

这时，王翔婚姻强奸案上诉后，恢复原判。该案再次成为人们谈论和记者追踪的话题，钱小萍也再次陷入困境。人们的非议，记者的采访追问，新闻媒体的报道渲染，不堪回首的往事，再次浮现在她的脑海，刺痛着她那颗受伤的心。社会上，别有用心的人放风，钱因没有打赢房屋产权纠纷，又到司法机关去告王翔。有人甚至恶语中伤，说钱小萍同医院里的那个男人早就有关系，前夫戴了"绿帽子"，才提出离婚和采取报复行为的。钱做了婊子，还想立牌坊。

真是人言可畏。钱小萍控告前夫强奸后，自己所受到的中伤，大大出乎她的预料。这里，既有王家有意的诋毁，又有一些人男权主义、大丈夫主义思想的作祟。难怪生活在"死亡婚姻"中，但又无力冲出"围城"的妇女们面对丈夫的性强暴，只能发出无力的叹息。然而，钱小萍在丈夫的强暴面前，不甘凌辱，拿起法律武器控告丈夫的暴行，这一壮举令人可敬可佩。她不仅为妇女保护自己的合法权益竖起了一面鲜明的旗帜，也为司法部门判决"非正常婚姻关系期间丈夫强奸妻子有罪"的判例开了先河，具有不可估量司法意义和社会意义。

第十五章　三十一年追踪无悔

从报纸上看到市公安局刑侦总队与静安分局侦破了 31 年前发生的凶案后,心里一颤,为上海警方如此执着的精神所感动。原本想去采访,可已有人捷足先登采写了此案,但作者主要记录了案件侦破的过程,只是讲了一个传奇的故事,没有围绕着人物来写,也没有写出侦查员决不放弃的执着精神,感到有些遗憾。

正巧《解放日报》"朝华"栏目的编辑许老师约我采写此案,我便追踪到当年负责侦破此案的侦查员王学仁,对其进行了采访。妻子看罢我写的文字后,认为挖得不够深入,说好材料不能浪费了。于是,我又对其进行了深入采访,果然挖出了许多生动的细节,此文一经发表,被《报刊文摘》等报刊转载,同时被收入公安部年度《公安文字精选》。

31 年悬案指纹一朝配对成功

王学仁从刑警岗位上退下来已经 17 年了,当刑警时,他日夜在外奔波,家里都是老伴支撑着。退下来后,王学仁整天待在家里,比较清闲,老伴习惯了做家务,他只是帮着打打副手。没想到老伴患了老年痴呆症,这下王学仁便成了买汰烧的模范丈夫。那天,他提着满满一兜菜从菜市场回到陕西北路家门口时,蓦地发现门口停了一辆蓝白道警车。刑警出身的他比较警觉,特意留心了一眼警车上的标记,是静安分局的车。老王心想小区谁家发生案子了,这里可是靠近南京

王学仁 78 岁时

159

路最繁华的地段,安保措施甚严。他拐到门卫室,随意地问了一下保安,警察找哪一家?保安笑着告诉他,找的就是你。

老王听罢,心里有点纳闷,自己是市公安局刑侦总队退休的,关系在市局,静安分局的警察怎么会突然来找我?他一时想不明白,便匆匆地赶回家。疾步来到二楼,走进家门,见有位身着制服的警察坐在了沙发上。老王细瞅,原来是自己在静安分局刑队时的同事王友斌。他高兴地握着王友斌的手,好奇地问:"小王,怎么突然上门了,当年你可还是个小青年啊。无事不登三宝殿,找我一定有事。"

王学仁猜对了,王友斌有大事告诉他。小王笑着说:"几天前,也就是4月18日,刑侦总队刑科所的指纹工程师刘志雄比对上了一枚31年前采集的指纹,这枚指纹是发生在静安区旅馆的一起电击杀人案现场所遗留,这枚指纹与江西省的一名抢劫罪犯的案犯指纹吻合,这人名叫艾红光。"

王学仁一听说电击杀人案对上了指纹,也像被电击一般地从座椅上跳了起来,长长地吁了一口气,激动地说:"我追了他大半辈子,这小子终于露出水面了。"王学仁扳了一下手指,心里盘算后感叹道:"31年了,终于抓到这小子。好!好!好!"他一连说了三个好后,又追问:"我记得当时采集了四枚指纹,对上的是哪一枚?"王学斌下意识地伸出右手中指,比画着说:"是右手中指。"

王友斌是静安分局刑科所的主任,他告诉王学仁:"比对指纹说起来容易,其实要在浩如烟海的指纹库里比对上指纹绝非易事。过去刑侦总队的指纹库里指纹档案堆满了几房间,技术员目不转睛地看一整天,也最多只能比对五六十枚指纹,一天看下来,眼睛生疼,要将指纹库的指纹全部比对一下需几年时间,且只能比对上海自己指纹库里的那些指纹,要与外地指纹库的指纹比对,还要特意上门指名道姓地核对,现在全国的指纹库已电脑联网,比对速度突飞猛进。"

上海印钞厂

指纹工程师刘志雄

王学仁好奇地感叹道："电脑这玩意真是神奇啊。"王友斌点头表示赞同，并介绍说："科技比对指纹，就像现在的高铁，比过去的慢车速度提高了成千上百倍，803刑科所早在新世纪初就采用电脑比对指纹，上海指纹库已升级输入了500多万枚指纹，全国各地的指纹库更是数千万枚之多，通过电脑联网比对一下子破了大量积案。"王学仁说："但是科技再先进，也离不开人去认真细致地采集和比对。如果我们不认真比对，也无法对上指纹；如果江西警方不将这枚指纹上网，我们更是无法对上。这正如古人所言：成事在天，谋事在人。"

王友斌告诉王学仁，在海量的指纹库里能觅到这枚指纹就像中了头彩一般，刘志雄工程师耐得寂寞，认真仔细，真是功夫了得。

上海发生第一起电击杀人抢劫案

王学斌告诉王学仁，办案人员除了对上这枚指纹外，对此案的案情却一无所知，当年的发案情况如何？又是如何侦查的？为什么31年了还没有抓到凶手？总队一支队和静安刑侦支队的侦查员没人能说得清，道得明，这些都成了斯芬克斯之谜。时间已经过去了31年，铁打的营盘流水的兵，侦查员已换了一茬又一茬。没日没夜侦破大案的侦查员都是年轻力壮的中青年，其中大多数30来岁，许多人1981年发案时还没有出生呢，有的还在穿开裆裤，资格老一点的当年也还在读小学。

侦查员从档案库里找出了那起尘封已久的电击杀人案卷宗，拂去历史的尘埃，从中看到了当年负责侦破此案的几位侦查员的名字，其中就有老前辈王学仁，一直负责侦破此案，一直追踪了十多年。

王学仁插话说，不是追踪了十多年，而是追踪到现在，已经整整追踪了31年，我一直到现在也没有放弃过追踪。

王友斌感叹了一番后继续说，侦查员们从卷宗里看出了你当年还是静安分局刑队的侦查员，写得一手漂亮的钢笔字，做的破案报告、整理的旅馆发票、现场勘查图、指纹照片、出差之地、询问笔录、审讯笔录、笔迹鉴定等各种记录都是一板一眼，一清二楚，尤其是那张电击杀人抢劫案调查一览表，排列有序，一目了然。还有你们当年的足迹遍布了全国各地。从1981年到1995年你退休为止，历时15年，近300多个对象被否定……大家看后，深深佩服你们老前辈那种一丝不苟、认真执着的职业精神。

161

王友斌问王学仁："到底是怎样一个案件？大家都说不清楚，你介绍一下。"

王学仁从书橱里翻出那只牛皮纸袋，找出那张电击杀人抢劫案调查一览表看了一下，陷入了对往事的回忆。

那是1981年8月8日，被害人从青岛来上海出差，入住静安区建华旅馆42房间，是地下房间的一房三铺。那时为了省钱，都是与陌生人合住一房。之前，一名东北人已在此房间住了半个月。当时，上海正在播放日本电视连续剧《姿三四郎》，那晚，许多旅客挤到会议室观看黑白电视，与东北人同住的青岛人没看电视，早早地睡下了。

8月10日，有旅客反映，42室房间里渗出一股异味，特别臭。服务员进去打扫卫生后，才发现躺在床上的客人已经咽气了。服务员吓得惊叫着逃了出去。静安分局刑队接到报案后，王学仁与刑技人员一起赶到现场勘查。市局刑侦处处长端木宏峪、静安分局局长周志全等都赶来了。

死者名叫李嘉惠，男，28岁，青岛假肢橡胶配件厂外勤。遇害后，身上的200多元现金和一块瑞士罗爱斯手表，以及一个黑色的小公文包和铝饭盒等物被洗劫一空。当年的青工都是30多元的工资，200多元与瑞士手表算是一笔不菲的财产。

刑侦处技术员俞伯源在离地面两米高的通风管道内发现了几根用黑胶布缠绕的照明灯电线，还有一个红色有机玻璃头箍，其两端焊有两个通电的金属体，另有一把21厘米长的西瓜刀，以及几根约七尺长的杂色旧电线等物，并采集到了不太完整的右中指、左拇指、左中指和环左指共四枚指纹。

经法医尸检后，查明被害人的面、颈、前胸及背部等十处有呈淡黄色电击烧伤的痕迹。电击杀人极为罕见，上海此案系第一例。

与被害人同住的那个东北人，案发后没有结账不辞而别，从他填写的登记表看，名叫李义清，男，40岁，吉林省人。那时住宿登记还没有身份证，需持有单位或居委会介绍信，他所持的是吉林省双阳镇中医院的介绍信。

静安分局马上成立了专案组，王学仁是专案组的主要人员。那时没有监控探头，只能靠目击者来回忆凶手的长相特征。根据服务员回忆，其人不胖不瘦、皮肤较黑、长方脸、板刷头、身高1.70左右。侦查员请来了工人文化宫的画家画了模拟像，然后专案组印发了数千张模拟像通缉令，分头到上海的

46岁的王学仁

各家旅馆排摸，一一筛选。上海的400多家旅馆都仔细过堂，但查无此人；另一头王学仁与沙晓平准备赶赴吉林省双阳镇，临行前队长王德火决定亲自赴东北，调下了王学仁，让他继续汇总材料。他们一去就是45天，经查该县根本没有中医院，但他们不甘心，锲而不舍查遍了年龄相符的男性，结果无功而返，最后上海和吉林两头线索都断了。

侦查茫然无绪之际，公安部电告上海警方，浙江省嘉善县魏塘镇旅社也发生了一起类似案件，一名男子在旅馆熟睡期间突然遭到电击，但人未死。王学仁与搭档立马赶到嘉善，与当地刑侦队长研判后，感到作案动机和作案方法，以及工具均相同，但被害人同住的那个旅客登记表上的笔迹却不同，经了解是服务员代其填写。找到被害人冯守安询问，他说在熟睡中突然遭到电击，惊醒后大叫，罪犯吓得翻墙跳入河中逃逸，但他的模样却深深地刻入了脑海里。王学仁当年给他看通缉令模拟像时问他：是不是这个人？他就像电影《追捕》里的真优美那般肯定地说：就是他！

当地刑警经过侦查，怀疑一名叫陈仁的对象，但王学仁带回嫌疑人的指纹最终被否定。不久，嘉善刑队又抓获了一名嫌疑对象，一时审不下去，交给上海警方。王学仁与搭档经过细审和严密调查之后，从时间上排除了这名对象作案的可能，发案期间他没有来过上海。

9月11日，江西省上饶市也发生了一起电击杀人案。获悉信息后，王学仁和搭档连夜赶往上饶县，被害人余开和的面颊两侧、腮部遭到电击死亡，被劫走200多元和一块上海牌手表。同住者也是不辞而别，其登记单上留下的名字是陈志伟，男，40岁，湖南省乐安市人，东安粮食加工厂职工。据当地服务员反映，长相和年龄与模拟像相似，经笔迹鉴定为同一人所留，但湖南省乐安市也查无此人。

9月25日，江西省九江市又发生了一起电击杀人案，闻讯后，王学仁与姚银生副队长、钟信义等人立马赶往九江。因为前几次到北方出差，都吃的是窝头或馒头，南方人吃不惯。他们带上了大米，请饭店帮助蒸饭。这次出差王学仁比较细心，做好了打持久战的准备，特意带了一只小煤油炉和一袋大米，以及榨菜等，准备四处奔波回来晚了自己烧饭吃。与上饶市情况类似，被害人谢伯尧也是因面部两侧有多处电灼伤致死，他所带的200多元现金连同推销的衣裤样品被洗劫一空。作案者胆子特大，同住者有五人，这个凶手照样见机作案。凶手年龄与长相符合通缉令的条件，笔迹也认定一致，其登记单上填写的名字是李明春，男，43岁，黑龙江人，通河玻璃仪器厂职员。九江刑队的技术员从电灯上采集到一小块掌纹痕迹，从烟缸上取到一枚指纹。经笔迹鉴定，确定与上海电击杀人嫌犯为同一人，当然，黑龙江的李明春也是子虚乌有。

全国公安是一家

王学仁勒住回忆的野马，缓缓地回到了眼前的现实中，禁不住感叹人生如梦，转眼31年似流水一般过去了。他站起来，准备给王友斌杯子加水。王友斌看了下手表催促说："哎呀，我都忘了时间，王支队长和队里人等着听你介绍发案经过和侦破情况呢，快走。"

王学仁坐在车上，望着马路上鳞次栉比的商店，心情格外激动，眼里泛着泪光。不知不觉，警车已到了静安分局。王学仁随着王友斌来到会议室，与刑侦支队长王锡铭等侦查员握手寒暄后，思路清晰地介绍起了当年发案和侦破的详细经过。

王学仁如数家珍地介绍完当年的发案情况后，端起杯子喝了一大口水，又回忆起了当年赴全国各地侦破的艰难经过。

1981年11月19日，四川成都也发生了一起电击杀人案，12月3日，成都警方抓住了凶手。王学仁与姚副队长接到公安部的电话后，连夜赶往成都，遇上了九江和上饶的刑队同行，大家都兴奋不已。四川省公安厅刑侦大队长吴妙华带领队员天天陪着他们深入到西城分局排摸和审讯嫌疑人。擒获的对象人叫万康寿，系江苏省溧阳市劳改农场的逃犯，28岁。审讯了三周，最后从时间、长相和年龄上感到都不像，只得抱憾而归。这名犯罪嫌疑人很快被判处死刑，但四川省法院一直等上海警方鉴定其指纹和笔迹予以彻底否定这名对象后，才执行枪决。

虽然四川一行没有对上凶手甚为遗憾，但当地公安和法院的鼎力支持和配合令人感动。天下刑警是一家，王学仁感叹地说："不管你是哪里的刑警，只要找到当地的刑队，就像回到了娘家。犹如列宁导师所言：不管无产者走到哪里，只要听到《国际歌》声，就能找到自己的同志和朋友。"

刚回到上海，听说广东省饶平县也发生了一起电击杀人案，王学仁又随王德火队长马不停蹄地赶往当地。没有卧铺就坐硬座赶到厦门，然后再从厦门坐长途汽车赶往饶平。长途车上已没座位，为了赶时间，他们站了七个小时才抵达目的地。当地没有招待所，他们就住在老乡家里，房间里有一股发霉的异味，被子又潮又脏，上海人比较讲究卫生，好在王学仁每次出差都带上一块干净的棉布和几根别针，晚上睡觉时，将棉布别在靠头的棉被一边，再脏的被子也能对付。那是因为二十世纪六十年代出差时给他的痛苦教训。1960年春，王学仁去浙江武义外调，找一个国民党情报人员了解情况，当地人告诉他此人有病。王学仁问，能说话吗？得知能说话，王学仁便接触了这个对象。没想到他患的是肺结核，王学仁回来后不久便染上了肺结核,住了一个月疗养院。他等指标一正常,马上就出院。大病初愈的他与大家一样,每天晚上加班熬夜到十一二点。不久旧病复发,且肺穿孔,那个洞足有五分硬币那么大,结果又被关进了医院。这下,他老老实实地住了22个月才康复。这个教训令他终身难忘,以后他出差都带上毛巾、牙刷和水杯,以及那块棉布。

他们与江西省上饶县的刑队副队长孙良贵,还有九江的吴队长等侦查员一起,加上当地的侦查员,每天"同吃同住同劳动"。吃住在老乡家里,每天交五角钱和一斤粮票。晚上厕所里一片漆黑,第二天发现厕所里有灯座,却不安灯,一问是为了省电。当地公安没有车,他们就步行下乡,十里路一个亭子,最多的时候一天走了六个亭子。虽然生活艰苦,但当地公安和老乡热情淳朴,他们与当地的侦查员像梳篦子一般一个村一个村地梳理,夜以继日地排摸了两个星期,没有发现符合条件的对象,最后扫兴而归。

1982年,江西省九江市刑队在福建顺昌抓住了一名湖南省米江茶场的田姓逃犯,当地公安笔迹认定与电击杀人凶手为同一人。上海刑侦处的张声华队长与静安分局刑队队长王德火兴奋地赶到当地后,反复核对感到不像,回到上海后,重新做笔迹鉴定,最后还是否定了,空欢喜一场。

此后,凡是外地发生电击杀人案,王学仁听说后打起背包就出发。他的妻子三班倒,每次出差逢妻子上夜班,家里一对儿女没人照顾,他就骑车叫来小姨子帮忙照看。家务事妻子全包了,王学仁常常半夜回家,正如顺口溜说的那样:"嫁郎莫嫁公安郎,嫁了公安守空房;十天半月不回家,回来一包脏衣裳。"但王学仁的妻子从不抱怨,默默地操持家务,心痛丈夫在外受苦。每次老王出差回来,都给他做好菜、斟满酒犒劳他。

两年时间里,王学仁与战友马不停蹄地奔走了成都、重庆、厦门、福州、汕头、饶平、南京、溧阳、杭州、温州、金华、嘉善、石家庄、北京等20多个地方。正当王学仁一行四处奔波痴迷地追踪嫌疑人时,1983年10月,市局一纸调令,调他到上海公安高等专科学校当教官。没有抓到嫌疑人,王学仁心有不甘,但警令难违,他移交的案卷材料有20来本,每本几十页,怀疑对象按地区归类,有的对象一人就一本卷宗,共有300来个对象。老王望着自己用腿一步步跑出来的心血之作被内勤抱走时,心里有种难言的郁闷,带着深深的遗憾去学校报到了。

王学仁虽在教室教书育人,但他却身在曹营心在汉,心里一直牵挂着刻骨铭心的电击杀人案。1983年至1989年教学期间,他时常打电话给原来的搭档打听破案情况,一有线索,就请假回分局与搭档一起奔走。老端木欣赏王学仁的执着与细心,1990年终于将王学仁调到刑侦总队,此后,他更是全身心地投入此案。

他利用公安部通报全国发案的信息,始终关注着这起悬案。1991 年,张声华总队长也一直关心此案,特意派王学仁到公安部汇报了这起案件的侦破情况,并询问有无线索,结果没有一点信息,但王学仁执着无悔,仍然像猫一样警惕地关注着老鼠的踪迹。

1995 年春天,王学仁退休之前,先后奔波了江西、四川、云南、广西、广东、湖南等 27 个省市,行程 10 万公里,但还是没有发现线索,他带着遗憾的心情离开了为之献身 45 年热血和汗水的刑侦岗位。

没有抓到凶手,王学仁心有不甘,每每与战友聚会时,他都会滔滔不绝地讲起此案;每当报刊上看到电击杀人案后,他仔细阅读,并都小心翼翼地剪下来,贴在笔记本上,仔细比较。如有疑问,他会写信去询问破案的情况。此案成了王学仁刑警生涯的败笔,也成了他耿耿于怀的心病,更成了他难以言说的伤痛。王学仁发誓不抓住这个凶手,死不瞑目。

王学仁听说凶手已被抓住的那一刻,激动得老泪纵横。这泪水不仅是破案后的欣慰之泪,也是一名老侦查员了却破案心愿的庆幸之泪,更是一名老公安能告慰战友和九泉之下被害人的欣喜之泪。

当年一起参加破案的端木宏峪处长、王德火队长和姚银生队长,以及侦查员章忠汉等领导和战友,因积劳成疾,都已 60 多岁过早地撒手西去了,他们是带着"出师未捷身先死,长使英雄泪满襟"的遗憾走的。

听罢王学仁的详细介绍,王支队长不无感叹地说:"没想到老王记得那么清楚,记忆力真好。"王学仁笑着说:"我追踪他 31 年了,虽未谋面,但对案情却了如指掌,对他是刻骨铭心,至死不忘啊。"

王学仁好奇地问王支队长:"你们是怎么抓住这个狡猾的小子的,不,现在他应该是 60 多岁的老头了。"

王支队长指着坐着角落里的那位小青年说:"二队队长姜东强与 803 一支队的侦查员一起赴江西抓捕凶手的,让他给你介绍一下吧。"

姜东强腼腆地笑了一下,绘声绘色地向王学仁讲述追捕凶手艾红光的过程。

我们是上海来的警察!

破案与踢球一样,速度就是胜利。比对上指纹的第二天,也就是 2012 年 4 月 19 日,刑侦总队一支队的万宗来、李臣和静安分局刑队姜东强等七名侦查员风风火火地开车赶到江西鹰潭,连夜找到当地民警了解情况。抓捕对象艾红光所在的村里都是七大姑八大姨,直接上门可能会打草惊蛇,甚至发生意外。当地民警悄然摸到信息,对象正在南昌附近的衢前镇电力工地打工。追捕人员一路疾驶追踪到衢前镇,却扑了个空,那里没有工地。循着这条线索继续追踪,几经周折,又打听到艾红光在东乡县高铁建设工地打工。不管是真是假,赶过去再甄别。

星夜兼程赶到东乡县后,望着工地浩大的场面,侦查员们惊叹道,这么大的工地怎么找人啊?仅工地就有十多处,上万名打工者星散四处,且流动频繁,工地项目部的人也无法拿出准确的名单。经过商量,七名上海侦查员与当地30多位民警分成几组,身着便衣,以项目部的名义,像梳子梳理头发一般逐个寻觅符合"籍贯鹰潭"和"60来岁"两个条件者。

功夫不负有心人。22日凌晨2点,王宗来带领小组摸到一个工棚,敲门进去,那位民工惺忪着眼睛,用浓重的当地话说:"同住的有个60多岁打工的,但几天前与老乡回家忙农务去了。"大家一阵心凉,但万宗来细心地追问,是鹰潭人吗?不是的。那有没有鹰潭来的人?对方道,有的。大家听罢激动不已,连夜继续追踪,一路盘问,终于找到艾红光打工所在的工地,但他住在荒郊野外,那里人多复杂,半夜查找易引起对象警觉逃跑,最后决定明晨悄悄地进村。

4月22日清晨,山里的鸡鸣声悠闲动听,但上海刑警的心里却格外紧张。头戴安全帽的便衣警察挨个叫来工地上60来岁的打工者。花甲老翁毕竟不多,当一名头戴草帽、手拿杯子的黑皮老头出现时,对凶手模拟像早已烂熟于心的万宗来眼睛顿时一亮,尽管岁月的沧桑刻满了此人的黑脸,但他的基本轮廓还是没变。万宗来向周围的同伴使了一个眼色,他们像猛虎一般直扑过来,迅速将其制服。艾红光尚未反应过来,万宗来大声告知他:"我们是上海来的警察!"他顿时明白自己的末日到了。

追踪了31年的对象最终被生擒,这正应验了中国的一句老话:法网恢恢,疏而不漏。

侦查员将艾红光带出工地

面对铁证，凶手的抗审心理彻底崩溃

因为凶手艾红光死不承认电击杀人，审讯陷入了僵局，已退休的老预审员周国雄被请回来参与办案。王学仁坐在静安分局刑侦支队的录像室，凝神关注着侦查员审讯凶手艾红光，仔细地观察着他的一举一动。王学仁曾根据当年的模拟像，心里对这个凶手刻画了成千上百次，就是眼前这个猥琐的模样，尤其是那双狡黠的眼神。

刑警出身的分局长周建国也特意来听王学仁的介绍。办案人员告诉王学仁，艾红光现在矢口否认电击杀人。他交代说，1989年和1991年来过上海，就是忌讳1981年来过上海。只交代自己曾在上海扒窃过几只皮夹子，避重就轻。预审员对其加大了审讯的力度，他只是试探性地露出了一句：我在金山地区做过一桩对不起政府的事情，电击过一个同住的旅客，但人没有死，他惊醒后大叫救命，我吓得翻墙逃走了。

王学仁果断地说，他在说谎，你们不要上这个老狐狸的当，金山地区根本没有发生过电击杀人案。31年过去了，他以为我们不了解当年的案情，故意放烟雾弹，是在试探我们到底掌握了多少案情，你们不能照着他的路子审下去，被他牵着鼻子走。

王学仁向办案人员提供了一个关键细节，当年金山地区的邻县浙江省嘉善县发生过一起电击杀人案，被害人叫冯守安，他当年52岁，就他一人没有死，其余三人都死了。如果他活着的话，应该是83岁了。

周建国局长插话道，马上去调查一下那个姓冯的老人是否活着？通过电脑查询很快获悉，此被害人还活着，真是万幸。周局长当即决定，马上带着凶手艾红光的照片到嘉善去找这个活着的人证，请他辨认。

一个多小时后，警车闪着灯来到了嘉善市，侦查员按图索骥地找到了冯守安老人。冯老头一头银发，但身板硬朗，精神矍铄，说话中气十足。侦查员拿出艾红光的照片，问83岁的被害人冯守安："你还记的这个人吗？"冯老头戴上老花眼镜，凝神一看，指着

犯罪嫌疑人艾红光

照片说:"当年因已经进入梦乡,被电击后大叫救命,凶手听到大叫救命后,还准备电击,听到服务员钥匙开门的声音后,便翻窗逃跑,因为墙外有条河,他跳入河中逃跑了。"冯守安老人听说凶手被抓后,高兴地说:"人家说我运道好,我活了这么把年纪,就是为了看到他被抓住的这一天。"

侦查员给被害人做完笔录后,兴奋地说:"好!冯老伯,有你写的这个证词,尤其是翻墙跳入河中的细节,我们对凶手的审讯充满了信心。"

王学仁提供的嘉善被害人的关键细节,帮助侦查员走出了审讯的困境。被害人所述的凶手逃跑跳入河中的细节成了侦查员拿下凶手的关键点。

为了掌握更多的证据,侦查员同时赴青岛找到当年的被害人李嘉惠的妻子。她听电击丈夫的凶手落网后,激动得流泪不止。她说,听说丈夫在上海被害后,悲痛过度,致使已经怀孕三个月的孩子流产。虽然她没有提供什么有价值的线索,但对侦查员孜孜以求的执着精神深表敬佩,对凶手31年后受到法律的制裁感到欣慰。

艾红光又被带到审讯室,承办员直视他的眼睛问:"艾红光,你到底是在上海金山作的案,还是在浙江嘉善作的案?"艾红光找借口说:"记错了,好像是在浙江嘉善。"他心里想,嘉善旅馆里的那人大叫救命说明他没有死,所以说出他来还能保住命。但这雕虫小技只是农民的狡黠,他不知嘉善的被害人还活着,且成了他作案的又一铁证。

侦查员拿出一张嘉善旅馆的被害人照片,问艾红光:"你还记的这个人吗?"艾红光扫了一眼照片,他未必记得这个白发老人,但他心里猜出了几分。侦查员告诉他:"这就是当年你在嘉善旅馆电击的对象,他还活着。你当年电击被害人后,跳窗翻墙,外面是条路还是河?"艾红光听罢这个细节,意识到自己是聪明反被聪明误。

侦查员提醒他说:"你不要再自作聪明了,现代科学发达程度早已超出了你的想象。否则,31年后,我们怎么会到这么偏僻的地方找到你。"

顷刻间,艾红光心里的防线彻底崩溃。2012年4月23日下午两点,艾红光被押回上海15小时后,不得不向警方缴械投降,但他只交代了一起上海作案的经过,对江西的两起电击杀人案却讳莫如深,闭口不谈。又经过20天的反复较量,5月15日上午,艾红光终于彻底交代了上海的"李义清"、上饶的"陈志伟"和九江的"李明春",以及嘉善的假名字都系他一人。至此,1981年八九月间发生的"三死一伤"的电击杀人抢劫案彻底告破。

埋藏在艾红光心底的秘密终于像挤牙膏似的全部倾吐了出来,交代完后,压在他心里31年的沉石终于搬掉了,他心里反而一下子轻松起来。作恶虽一时得逞,没有被及时抓住,他自以为聪明,但心灵的十字架却压了他大半辈子,使他惶惶不可终日。31年来,他常常从噩梦中惊醒,出一身冷汗,内心慌乱不已。交代完后的当晚,他终于安安稳稳地睡了一觉。醒来后,他才真正感悟到中国的古话太灵验了:不是不报,时候未到;时候一到,什么都报。

王学仁回到家后,他也是31年来终于踏踏实实地睡了个安稳觉,心想终于释怀了,还有老端木处长、王德火和姚银生队长等战友也可含笑九泉了,还有那三个死去的冤魂也该在九泉之下瞑目了。

第十六章　万里缉捕美女高管

公安部国合局与上海市公安局经侦总队组成联合缉捕组紧急赶往斐济,追捕两名国际刑警通缉的犯罪嫌疑人。警方缘何兴师动众万里追踪,这两人到底犯了什么弥天大罪?

上海保险监督局向市公安局经济侦查总队报案,他们发现一起金融诈骗大案。上海泛鑫保险代理有限公司擅自将寿险产品变造为收益理财产品,并大肆对外宣传销售,到底销售了多少理财产品,一时还难以查清。

该公司的总经理叫陈怡,是个年轻漂亮的女人,还有一个公司顾问叫江杰,是个中年男子,听说他俩突然卷走巨款玩起了失踪。那些买了寿险的客户风闻消息后,纷纷上门查看,果然公司已关门,这些散户眼看要不到保命钱,开始到保险公司和银行闹事。

一

一架巨型银燕在轰鸣声中钻进了碧蓝色的苍穹,向朝南的方向飞去。这架航班的目的地是香港。飞机的中间座位上坐着三位男士,靠窗的那位穿蓝白条衬衣的中年男子,是上海市公安局经侦总队的副总队长,叫戴新福。坐在他边上着蓝色 T 恤的女青年是市公安局国合处的黄樱。靠走道的那位穿白色 T 恤的青年男子是经侦总队一支队的探长韩伟峰。他们去执行一项紧急的特殊任务,要到大洋洲小国斐济缉捕两名国际刑警通缉的犯罪嫌疑人。为什么副总队长亲自带队,万里迢迢地赶往如此遥远的国家寻踪觅迹缉捕对象?他俩到底犯了什么弥天大罪呢?

事情还得从前天下午说起。2013年8月12日傍晚5时许。一辆黑色的小车驶进了经济侦查总队大院，车上下来几个人，匆匆来到一支队办公室，走在后面的那个年轻人向探长林植介绍说："我们是上海保险监督局（中国保险监督管理委员会上海监督局）的。"他向林植探长介绍自己的身份后，开门见山地报案介绍起了一起金融诈骗大案：

我们发现，上海泛鑫保险代理有限公司擅自将寿险产品变造为收益理财产品，并大肆对外宣传销售，到底销售了多少理财产品，一时还难以查清。该公司的总经理叫陈怡，是个年轻的女人，还有一个公司顾问叫江杰，是个男的，听说他俩突然卷走钱款玩起了失踪。那些买了寿险的客户风闻消息后，纷纷上门查看，果然公司已关门，这些散户眼看要不到保命钱，开始到保险公司和银行闹事。

林植是个戴眼镜、微微谢顶的年轻小伙，虽只有35岁，但颇为老到，在经济领域摸爬滚打了十多年，是一位经验丰富的探长，且懂英语，熟悉金融业务。他一听这起金融诈骗案，心里顿时一惊，到底牵涉到多少客户，涉及多少资金，一时虽难以统计断定，但此案肯定涉及到几百人，甚至数千人。一般买保险产品的多是老人，且都是成千上万元，一个个散户叠加起来可是一笔巨款啊。

林探长不敢怠慢，立刻向李副支队长汇报，他们又一起来到胡斌勇支队长办公室汇报。胡支队长听完汇报，思路清晰地发出命令道："先不管涉及多少人和资金，现在紧要的任务是先抓人，人到案后，一切都可以搞清楚。"

林探长立即对探案组的侦查员陈浩下达紧急任务，请他立刻查询陈怡和江杰的出境记录。陈浩是个更年轻的小伙子，电脑玩得娴熟。他迅速进入程序，很快电脑荧屏上显示：两人已于7月24日离境去香港。陈怡，女，34岁，上海人，上海泛鑫保险有限公司总经理；江杰，男，47岁，杭州人，泛鑫公司高级顾问。

网上的信息有限，两人到了香港后一切都成了谜，无法再追踪其线索，但当下最紧要的就是找到两人的行踪。

市局副局长陈臻听完经侦总队程总队长的汇报后，指示立即组成专案组，特案特办。陈臻副局长感到此案涉及许多老百姓的利益，不能小觑，向副市长、市公安局局长白少康汇报后，又马上向市委、市府和公安部国合局汇报，并请求公安部国合局协调侦查。

此刻，网上已经开始流传，泛鑫公司美女高管陈怡携五亿巨款出逃，金额特别巨大。新媒体时代，谁都可以成为记者，

泛鑫公司总经理陈怡

道听途说后，也不经核实，便上传微信和网络，误传的新闻迅速传遍地球村。

此案引起了中共中央政治局委员、市委书记韩正和副市长、市公安局长白少康的重视，先后批示抓紧破案。

8月14日，公安部国合局与香港警方联系，查出两人在香港停留五天后，已于7月28日离开香港，飞往韩国仁川。公安部国合局获悉信息后，又立刻与韩国警方联系，很快有了回音，两人于当晚转乘飞机前往斐济。

二

陈怡何许人也？这么年轻的女子竟然作出如此惊天动地的大案。熟悉陈怡的人都公认她长得靓丽，是个名副其实的美女。陈怡不但长得漂亮，智商也颇高。按说漂亮又聪明的女人，找工作和嫁人都不难，事业有成和家庭幸福比一般女子要容易。可惜这个漂亮女人聪明用错了地方，且胃口太大，不愿脚踏实地干事业，机关算尽太聪明，结果聪明反被聪明误。

陈怡开始是在一家公司做保险业务，凭着她的年轻美貌很快拉到了许多客户。可见自己辛辛苦苦拉来如此之多的客户，大头都给公司拿走了，自己却取得一点点报酬，她感到心理有点失衡。

2009年一个寒冷的冬天，陈怡与一起做保险业务的闺蜜谭睿在星巴克品咖啡和红酒，几杯红酒下肚，陈怡趁着酒兴说出了自己的心里不平。谭睿抿了一口咖啡，随便地劝解说："既然你能拉到这么多客户，这些人脉资源都在你的手上，何不跳出来自己单干？"

一言点醒梦中人，于是两人趁着酒酣耳热，一起筹划起开办一家自己的公司。两人掰着手指一五一十地仔细筹备起公司的业务和发展前景。

陈怡凭着自己娴熟的保险业务和人脉关系，颇有把握地说："我们先贷款一笔启动资金，找个办公的地方，招兵买马，请这些业务员以办理保险的名义吸引客户，然后我们公司代理保险公司办理保险，以虚构1年至3年短期保险理财产品，以承诺客户每年比银行更高的固定回报收益来引人上钩。"

陈怡说罢，将杯里的红酒一饮而尽，笑着继续说道："我们对保险公司则谎称系代理销售20年期限的寿险品保单保费收入，由保险公司从投资人银行账户直接扣款，如此可以从保险公司获取高额代理手续费，这样套现钱不就可以滚滚而来了吗？"

谭睿听罢,打心里佩服陈怡的谋财诡计,但她担心地问:"比银行更高的利息回报还给客户,这个钱怎么来?"

　　陈怡自信地说:"只要有新客户不断进来,我们可以将后面投资者的钱款提成一部分给前面的理财者,不就源源不断了吗?"

　　谭睿明白后,对眼前这个美女更是佩服得五体投地。

　　陈怡确实是个有心机的女人,她能从保险业务中总结出漏洞,并不留痕迹地钻空子,足以说明这个女人不寻常。

　　说干就干,两人琢磨一阵后,给公司取名为泛鑫公司,意味黄金广泛而来。通过贷款和东拼西凑终于凑到了一笔启动资金,她们先在江苏路觅了一幢大楼里的几间办公楼,装修一番后,拉了几个做保险的同行,并煞有介事地贴了几张招聘启事。2010年1月,一个大兴公司便如此横空出世了。

三

　　专案组接报后,迅疾赶到位于江苏路上的泛鑫公司,已是人去楼空。侦查员查看了一下办公地点,业务规模很大,公司下面层层团队,达400人之多。

　　8月15日,专案组确定了嫌疑人的身份,取得了确凿的证据,以非法吸收公众存款,由检察院提请对两名涉案嫌疑人陈怡和江杰批准逮捕。公安部通过国际刑警组织发布了"红色通缉令",向全世界190个国际刑警成员国发布协查通报,尤其是对斐济相邻的澳大利亚、新西兰,以及互联网上猜测较为集中的加拿大和美国进行了通报。

　　8月17日,公安部国合局会同上海市公安局经侦总队成立了缉捕小组,小组由公安部国合局4人,市局经侦总队副总队长戴新福和一支队探长韩伟峰,以及国合处黄樱等人组成。追捕组迅疾飞往香港,没想到航班延误了两小时,下午4点才抵达香港。导致去斐济的航班未赶上,当天已没有去斐济的航班,要等到明天才有航班。

　　因时间紧迫,通过新西兰移民局的协助,追捕人员以最快的速度改签机票,临起飞前五分钟乘上了前往新西兰奥克兰的航班。途中14小时,追捕人员心急如焚,难以入眠。下了飞机,已是奥克兰时间中午12点,飞往斐济的航班是明早8点。赶紧趁这个时间段,与公安部国合局联系。

　　时间在一分一秒的流逝,追捕人员只能在大厅里等候消息。倘若迟了,两名嫌疑人再逃往他国,尤其是没有外交关系的国家,抓捕的难度就更大了,追捕组在焦急地等待斐济警方的消息。

清晨一大早,在大堂里焦急等待后,追捕人员马不停蹄地赶乘飞往斐济的航班,途中又是4小时。为了早日赶至斐济,追捕组成员几天没有躺下睡觉了,但他们没有一点睡意,心里焦急地期待着飞机马上降落。

飞机还没停稳,追捕人员早已迫不及待地来到机舱舱门,出得门来,已经连续30多小时未曾合眼的缉捕组成员,顾不上吃饭休息,立刻联系上了中国驻斐济警务联络官,通过他,请求斐济移民局和斐济警察协助缉捕两名嫌疑人。当地警察局长正巧来过中国,对中国留下了美好的印象,接到中国警方的请求电话后,他立刻下令上网通缉两名嫌疑人。

中国警方与当地警方联系上后,双方见面是一阵热烈的握手。当地警方告诉追捕人员,接到中国警方请求协助缉捕的消息后,立刻行动。他俩正准备登机前往邻国瓦努阿图,过关时,当即被机场警方当场截留。两名嫌疑人所持的是瓦努阿图的身份证,倘若晚一步,他俩乘机前往瓦努阿图,缉捕将可能遥遥无期。因为我国与该国尚没有建立外交关系,该国也没有加入国际刑警组织,再抓捕他们将更加困难重重。

办完交接手续后,终于见到了久闻大名的美女嫌疑人陈怡。此女果然美丽非凡,眉眼俊俏,面若桃花;打扮得更是时尚,染着一头棕色的秀发,穿一件蓝色T恤,外着一件米色的名牌夹克,头戴一顶白色的名牌帽子,充满着青春气息。可惜价值观出了问题,犯下了弥天大罪,结果成了阶下囚。看来女人最紧要的不是外表漂亮,而是内在的价值观和善良。其身边的江杰,也是模样周正,戴一副眼镜,显得有几分书卷气;头戴一顶深蓝色运动帽,身穿藏青色夹克。他俩就像一对参加国际大赛的运动员,眼看到手的金牌猝不及防失手丢掉一般的沮丧,脸上显得无奈而失落。虽然追捕人员穿的是便衣,但他们一见到中国人的脸出现在眼前时,顿时明白末日到了。陈怡禁不住感叹:"真没想到,这么快就被抓到了!"

美女高管落入法网

高级顾问江杰被押上警车

戴副总队长是位1米8的潇洒帅男,他思路清晰,业务扎实,曾屡破金融大案。他表明了自己身份,并客气地告知他俩:"我们是中国警察,你们已被国际刑警通缉,不管你们跑到哪里,都逃不出国际刑警布下的天罗地网。我们忠告你俩,这里是在他国的地盘,希望你俩配合我们,安全太平地回到中国。明白吗?"两人点点头,以示理解。

坐上飞机后,因中国警察与两名嫌疑人座位并不相连,通过当地警方协调,位置换在了一起。两名嫌疑人分坐在中间,确保了安全。飞机前往韩国仁川的十多小时飞行途中,警察平等地对待嫌疑人,甚至转递饮料,这些细节感动了嫌疑人,他俩非常配合,抵达韩国仁川机场后,又安然地登上前往上海的航班,终于顺利地返回上海。

四

警方在对陈怡和江杰带回的行李进行清点检查时发现,陈怡随身携带四只"美旅"等名牌高档旅行包,里面的物品有80万元一枚的黄钻戒、劳力士名表和诸多珠宝首饰,还有爱马仕、LV等高档皮包和几双时尚鞋子,以及各种名牌衣服,都是些价值不菲的奢侈品,还带有83万欧元和8000美金。

在公司时,陈怡每天开上百万元的保时捷名车上下班,她另有两辆帕纳美拉跑车,还有两辆宝马轿车,都是百万元的豪车。

陈怡住在愚园路上的高档洋房里,住豪宅、坐名车,并有时尚男人殷勤地相伴。这个男人就是江杰,他名义上是公司的高级顾问,其实是她的情人,他俩不知何时同居在一起的。江杰原本在杭州有妻子,并有孩子,但一次偶然的业务联系遇上了陈怡美女高管,两人一见如故。江杰见过世面,口才甚好,在美女面前口若悬河。不缺钱花的陈怡,见到江杰这个江湖上混的大侠,顿时被他能说会道的口才和见多识广的理财窍门所吸引。

陈怡这时正春风得意,但她晚上一人却颇感孤独。想起不断地用投资者的钱款给前投资者返还

清点陈怡所带的行李

176

利息,拆东墙补西墙,漏洞越补越大,她有点六神无主。这时遇到了熟悉保险业务的捣糨糊高手江杰,感到遇见了救星,于是聘他做公司高级顾问。江杰确实反应快,鬼点子多,美女被他的能干所吸引。单身的女子寂寞时,最易动情;江杰也是在上海单打独斗,两人干柴烈火,一点就着,很快欲火中烧,失去了理智。

江杰见到如此美丽的女人和如此一掷千金的富婆,不,应该是富妹,怎不笑歪了嘴。于是,抛妻别雏,与心上人同居起来。

泛鑫公司有400多名业务员,陈怡瞒着手下的业务员,通过按比例返还奖金的手法,刺激麾下拼命拉客户。业务员为了多拿回扣,不辞辛劳地四处奔波,凭着三寸不烂之舌忽悠市民产品利息高,信以为真的市民纷纷购买,还介绍给亲朋好友,故此投资者像滚雪球一般越滚越大,结果发展到4000多人。投资最多的购买了200多万元的寿险,一般的多是购买10万元至50万元。这些客户大部分是退休人员,他们将自己下半生养老的钱毫不吝啬地买了寿险,没想到却被公司高管如此潇洒地挥霍。

这些老人都是谨小慎微的过来人,他们是如何将一生的积蓄心甘情愿地被骗呢? 泛鑫公司主要采取了以下几种手法:

一是口头忽悠,将公司理财的产品说得天花地坠,并大量散发泛鑫公司印制的宣传资料,通过业务员到马路上分发、到小区里挨个塞入报箱和朋友私下介绍等等,更绝的是通过银行里的工作人员"飞单"。飞单是个新鲜的名词,就是银行业务员做完存款等业务后,介绍推荐泛鑫公司的理财产品,人们对银行业务员的信任,误以为是银行的理财产品,其实是个别业务员的私下行为,他们从中拿回扣。

二是那些看了宣传资料和通过朋友介绍而来的上门者,看了白纸黑字和拍胸脯的保证后,相信这是保本产品。业务员给他们吃了定心丸后,再根据老人想赚钱的心理,承诺给购买产品者返回佣金,其比例是6%至12%的利息,最高的利息达15%。重赏之下,必有勇夫。投资者为了高额利息,纷纷倾囊购买。

三是泛鑫公司签的协议书都是私底下自己编写的,几张写得满满的文字,都是些拗口的法律术语和各种规则,看得投资人云里雾里。老实说,不是专业律师和专业金融人员根本看不懂。保险单多是业务员代购买者填写的,按照购买20万元20年的寿险保险单,每年交1万元,第一年保险公司返还100%佣金,第二年返还30%佣金,第三年返还5%佣金,逐年递减。泛鑫公司凭投资者的协议套取保险公司1万元的返佣金后,按照平均10%的利息约1000元分返给客户,余下的90%的9000元钱便全部收入囊中。

投资人的理财钱款源源不断地入账泛鑫公司,集腋成裘,陈总经理摇身一变成了亿万土豪,脾气也随着钱的变多而变大起来,开始颐指气使任性起来。下面的人见她都畏惧三分,甚至一起创业的副手谭睿也不在其眼里。打天下时可以一起同甘共苦,但坐天下时却难以一起分享利益。因为分赃不均,两人有了龃龉,随之产生了芥蒂,加上小姐妹的碎嘴传话,结果两人闹得不可开交。陈总经理一纸休书辞退了一起打天下的"功臣",谭睿心有不甘地到浦东地盘上拉起了队伍,另起炉灶,虽不能与之分庭抗礼,但也做得红红火火。

虽然泛鑫公司拆东墙补西墙,不断地拿新投资人的钱款填补老客户的利息,但公司的办公楼租金和运转开销、业务员的薪水和回扣,以及缴纳税款,加上总经理的个人挥霍,资金很快出现了短缺,且漏洞越来越大,甚至出现了崩盘的预兆。随着时间的推移,到了2013年6月,泛鑫公司账面上的钱已所剩无几。如何面对4000多客户等着不断要分红的利息,陈总经理感到了危机。她与顾问兼情人江杰商量,面对陷入绝境四面楚歌的局面,老谋深算的顾问也感到无力回天。在穷途末路的窘境下,于是两人密谋三十六计,走为上策,遂决定携带剩下的余款远走高飞,逃之夭夭。

出境潜逃前,两人周密谋划,先办理了十多份移民公证,详细查阅了十几个国家的移民政策。他们原计划去美国和加拿大之类的发达大国,但赖昌星的引渡使他俩感到目标太大,不易隐藏。经过多次出境"考察",对诸多国家的生活环境和自然环境进行了比较,最后感到还是大洋洲的小国瓦努阿图偏远安静,易于躲藏。在海边买幢别墅,面朝大海,春暖花开,看日落夕夕,吸新鲜空气,可谓人间天堂。

于是两人悄然行动,先将公司剩下的4000万人民币转到了香港多个银行的账户上,计划到香港分别取出;又通过黑市兑换了大量外币,陈怡还卖了自己的房产。然后,再通过朋友介绍,花了20万美金的高价购买了两张瓦努阿图的身份证。于是乎老母鸡变鸭,转眼漂白了身份成了外国人。他俩对出逃的线路也进行了精心设计,并未从香港直飞斐济,而是停留几天后转道韩国前往,采取了金蝉脱壳之计,溜之大吉。心想让那些客户们望尘莫及去吧,也让警察接到报案没有方向。两人不露声色地悄然行动,一切都做得神不知鬼不觉。

五

犯罪嫌疑人陈怡和江杰到案后,为了快速厘清其犯罪事实、查清涉案资金和

178

固定证据,专案组会同市金融办、市保监局牵头六家保险公司,在前期按照保单内容,一一对投资人进行回访,一人一档地展开细致地核对。

专案组调集了 30 多人的队伍,开进泛鑫公司办公楼。对公司属下的 11 个团队体系,共计 400 余名保险代理人,包括在职、兼职和离职等人员,逐一调查。通过逐人询问、逐项核对的方式,理顺了每个代理人发展的客户人数、理财金额等盘根错节的复杂关系和投资情况。对每个业务员联系的客户逐一登记核对,对所有投资人的基本资料、代理人、理财金额,以及涉及的保单、理财协议和收付凭证等相关资料进行登记搜集,并将从代理人处统计汇总的投资信息与登记情况逐一比对甄别,力求厘清每一位投资人的购买情况和资金损失,以便进一步明确泛鑫公司的资金敞口情况,为后续的赔偿工作夯实基础。

专案组工作量之大难以想象,为了及时侦查清楚,承办员在大热天昼夜加班了两个多月,四处奔波调查被骗金额的同时,有许多客户到保险公司和银行吵闹,办案人员还要不断地向客户解释疏导,做好安抚工作。

最后,专案组终于查清了所有被骗的资金和来龙去脉,其"长险短做"的泛鑫模式其实并不复杂。2010 年 1 月至 2013 年 7 月,陈怡分别伙同江杰、谭睿(另案处理)以挂靠和收购等方式,先后实际控制了泛鑫保险、浙江永力和中海盛帮三家保险代理公司,其保险代理模式运作,将 20 年期的保险产品虚构为年收益率 10% 左右的 1 至 3 年期的保险理财产品,骗取投资人资金并将骗取资金谎称为泛鑫保代代理销售的 20 年期寿险产品的保费,通过保险公司手续费返还的方式套现。此案被骗的投资人共涉及 4100 余人,套取资金 13 亿余元。陈怡等人通过保险公司手续费返还的形式骗取投资人资金 10 亿余元,除用于兑付部分投资人本息、泛鑫公司运营成本外,陈怡个人挥霍了 1.2 亿人民币。至案发,尚有3000 余名投资人共计 8 亿元资金尚未兑付。

在计划经济向市场经济转轨尚未成熟完善的过程中,社会上出现了物欲横流、拜金主义、信仰缺失和良知泯灭,以及道德滑坡等负面的东西,倘若一个人在转型的大潮中,不能保持清醒的头脑,不顾道德和法律底线地捞钱,捞钱越多,其罪恶就越深重;本事越大,其社会危害则越大。然而,事实一再证明了一个铁律:多行不义必自毙。

种瓜得瓜,种豆得豆,谁种下

从天堂到地狱

了祸根他就自己遭殃。聪明美女在繁华且纷乱的尘世中迷失了自己,为了金钱置法律和良知于不顾,她创办的保险代理公司所做的理财业务一开始就是违法的生意,她心里非常清楚,但她为了捞钱不计后果,并不择手段,虽然一夜暴富,一时春风得意地过起了穿金戴银、花天酒地和名车豪宅的流金日子,但很快从土豪的天堂一下子坠入到人间的地狱,这完全是咎由自取,罪有应得。

2015年2月11日上午,被告人原泛鑫保险代理公司总经理陈怡被上海市第一中级人民法院判处死刑,缓期两年执行,剥夺政治权利终身,没收个人全部财产;原泛鑫公司高级顾问江杰被判处无期徒刑,剥夺政治权利终身,并没收个人全部财产。